光文社古典新訳文庫

偉業

ナボコフ

貝澤哉訳

kobunsha classics

光文社

Title : Подвиг
1932
Author : Владимир Набоков

目次

偉業

わが妻に捧げる

I

マルティンの祖父エーデルワイス氏は、何ともおかしな話だがスイス人だった――ふさふさした口髭《くちひげ》をたくわえた上背《うわぜい》のあるスイス人で、六〇年代には、ペテルブルクの地主インドリコフ家の子供たちの家庭教師をつとめており、その末娘と結婚した。以前にはマルティンは、好んで紋章に使われるあの白いベルベットのようなアルプスの花の名は、まさに祖父にちなんでつけられたものだと思っていたのだった。そういう考えを頭からすっぱり追い払ってしまうことは、後になってもなかなかできなかった。祖父のことははっきり覚えていたけれど、浮かんでくるのはいつも同じ姿、同じ光景だけなのだ――老人は、全身白ずくめで恰幅《かっぷく》がよく、金髪の口髭にパナマ帽をかぶり、ピケ織りのチョッキにはいたるところに細々《こまごま》した飾りがぶら下がっていて（なかでもいちばん素敵なのは、爪ほどの大きさしかない短剣形のアクセサリーだ）、家の真ん前に置いてあるベンチに腰かけていたのだけれど、あたりには菩提樹《ぼだいじゅ》の葉の揺らめく翳《かげ》がちらついていた。そのベンチの上で祖父は亡くなったわけだが、その手には、金色の手鏡と見まがうような蓋《ふた》のついたお気に入りの金時計を握りしめたままだった。脳出血が襲ったのが、折しもその恰好《かっこう》をしていたときだったからで、時計の針は、家族のあいだに伝わるところでは、祖父の心臓と同時に止まったのだ。その後祖父エーデルワイスが数年にわたって保存されることになったのは、ずっしり重い革装のアルバムのなかだった。祖父の生きていた頃は、写真の撮影もなかなか凝ったものので、人や小道具にだってきちんとした並べ方というものがあるし、ふざけ半分にこなせるような作業ではなく、撮られる身ともなればもう動かないようにじっと我慢するしかない――スナップ写真が現れる以前は、笑顔を見せるのだってまだ許されていなかったのだ。「寫眞術」がこんなに手間のかかるものだったからこそ、色褪《あ》せてはいるものの極めて上質なプリントのなかで勇ましげなポーズをとる祖父の姿が、いかにも重々しくて堅苦しいように見えるわけだ――銃を手にして、撃ち落としたヤマシギを足元に置いた若い頃の祖父、牝馬デイジーに跨《またが》った祖父、ヴェランダの縞模様《しまもよう》のベンチに座る祖父は黒いダックスフントを従えているのだが、その犬はじっとしていられなかったので、尻尾《しっぽ》が三本になってしまっている。そして一九一八年になってようやく、祖父エーデルワイスは完全に姿を消すことになったのだが、それというのもアルバムが焼けてしまったからで、アルバムをしまっていた机が焼け、屋敷もすっかり焼け落ちてしまったのであり、金目《かねめ》の調度品でひと儲《もう》けもできたろうに、ろくな考えもなしに何もかも残らず灰にしてしまった近隣の農夫どもの仕業だった。

マルティンの父は皮膚病専門の医者をしていて、いっぱし名の通った人物だった――やはり祖父とおなじように色白の巨漢で、暇なときにはハゼ釣りに興じ、短剣やサーベル、それに銃身の長い古式ピストルのじつに豪華なコレクションも所有していたが、そのせいで、もっと新しいタイプの武装に身を固めた一団に銃殺されそうになったこともある。一八年の春には極度に体重が増して全身が浮腫《むく》み、息切れに悩まされるようになったが、亡くなったときの状況は今ひとつはっきりしない。妻のソフィア・ドミトリエヴナが当時、息子といっしょに暮らしていたのはヤルタ[1]の街はずれだったのだ――この小さな街では政権がころころ変わっていて、いつだって気まぐれだった。

それは薔薇色《ばらいろ》の肌にそばかすのある、見た目の若い女性で、束ねた髪は色が抜け、

1　黒海沿岸のクリミア半島にある都市。

吊り上がった眉は眉間にいくほど濃くなるが、こめかみに近づくとほとんどわからなくなるし、長く伸びた柔らかそうな耳たぶに寄った皺《しわ》は、まだイヤリングをしていた頃の名残《なごり》だった。ついこのあいだまでは、八〇年代から公園にあったテニスコートで、気迫に満ちた達者なプレイを披露していたし、秋になればエンフィールド社の黒塗りの自転車に乗って、乾いた落ち葉が一面に敷き詰められてカサカサと騒がしい並木道を走り抜けたり、子供の頃からお気に入りのオリホヴォ村からヴォスクレセンスコエ村までの長い道のりを、路肩の軟らかいところを選んでひたすらてくてくと歩きながら、珊瑚《さんご》の取っ手がついた高価な杖の先を、ハイキングの達人さながらに上下させていたものだった。ペテルブルクでは英国贔屓《びいき》と評判になって、本人もそう言われるのが自慢らしく、ボーイスカウトやキプリング[2]の話になるとたいそうな熱の入れようだし、ドリュースの店[3]に足繁く通うのをそれはもう何よりの楽しみにしていて、階段のところにある大きな広告（女性が小さな男の子の頭に石鹸《せっけん》をたっぷりと泡立てている）の前まで来るともう、石鹸のうっとりするようなラヴェンダーの香りが出迎えてくれるのだが、さらにそこには、ゴム製の浴槽だとか、サッカーボールだとか、丸くてずっしり重みがあり、しっかりと包装されたクリスマス用プディングを思わせるような匂いも入り混じっているのだった。なので当然のこと、マルティンがはじめて手にしたのも英語の本だった——ソフィア・ドミトリエヴナは『まごころのことば《ザドゥシェーヴノエ・スローヴォ》』[4]を黒死病のごとく怖がっていて、チャルスカヤ[5]の筆になる、称号をいただいた浅黒い肌のヒロインたちをあんなにも忌み嫌うように息子を仕向け、そのせいで後々マルティンは女性が書いた本という本がことごとく苦手になってしまい、たとえそれが立派に書かれたものであっても、もう若くもないし、しかもたぶんかなり太めのご婦人の、いかにも愛くるしい名前で自分を飾り立ててみたい、ロココ調のソファーの上で猫みたいに背を丸めてみたい、といった無意識の欲求をそこに感じとってしまうのである。ソフィア・ドミトリエヴナは「〜ちゃん」や「お〜」のような言い方には我慢がならず、そういう言葉は使わないようにいつも気をつけていて、夫が「うちのお坊ちゃまときたら、またお咳《せき》コンコンだねえ、おねちゅがないか測ってみるかい」などと言お

2　イギリスの作家（一八六五―一九三六）。一九〇七年ノーベル文学賞受賞。
3　ペテルブルクのネフスキイ通りにあった英国品商店。
4　一八八七年創刊のロシアの児童向け雑誌。
5　帝政末期のロシアで人気のあった女性児童文学作家（一八七五―一九三七）。

うものならもうカンカンに怒りだすのだ。ロシアの児童文学ってものは、この手のふにゃふにゃした幼児言葉であふれかえっているか、でなければ、さらにもうひとつの欠点を抱えているか――つまり、やたらと教訓臭いかのどちらかなのだ。

　マルティンの祖父の苗字が山岳地帯に咲き乱れていたのだとすれば、祖母の旧姓は、その幻想的な由来からしてヴォルコフ《オオカミ》だの、クニーツィン《テン》だの、ベールキン《リス》だのとは一線を画していて、ロシアのおとぎ話における動物相とかかわりがあった。[6] ところがロシアのおとぎ話など、ソフィア・ドミトリエヴナに言わせれば、粗雑で悪辣《あくらつ》で貧相そのものだったし、ロシア民謡なんて与太話もいいところ、ロシアの謎々にいたってはおよそばかばかしい世迷言《よまいごと》にすぎず、プーシキンに乳母がいたことさえ半信半疑で、お話を語り聞かせてもらったエピソードから、編み棒だのふさぎの虫だのにいたるまで、詩人自身の作り話なのだと言っていたのだ。[7] そんなわけで、ごく幼い頃のマルティンは、後になってから、ひたひたと打ち寄せてくる記憶の目くるめくきらめきを透かして、自分の人生にまたひと味ちがう魅惑を添えてくれたかもしれないはずのものに親しむ機会を逸したけれど、それでなくても魅惑というものには事欠かなかったので、小さい頃に自分の想像力をかき立てたのがエルスラン[8]ではなくて、西欧におけるエルスランの兄弟だったからといって、それを残念だと思ったことはなかった。それに、心をそっと突き動かして揺さぶりをかけ、その後はもうけっしてその動きが止まらなくなるように運命づけるやさしいひと押しがどこからやって来ようが、どうでもいいことなのではないだろうか。

Ⅱ

小ぶりで幅の狭いそのベッドは、両脇が縄目模様の白い柵で囲われているやつで、枕元にはちっちゃな聖像画《イコン》（金属の箔《はく》をぞんざいに切り欠いた穴からつやつやした褐色の聖者がのぞき、裏張りの木苺色《きいちごいろ》のベルベットは紙魚《しみ》だかマルティンだかに齧《かじ》ら

6　祖母の出身は前出のように「インドリコフ」家だが、その姓はロシアの神話における想像上の動物「インドリク」を思わせる。

7　一九世紀ロシアの詩人プーシキンは、乳母からロシアの民話を語り聞かされて育ったとされている。

8　ロシア民話の主人公の名。

れたかした跡がある）が飾ってあるが、ベッドの上の明るい色の壁に掛けてあったのは水彩画で、鬱蒼《うっそう》とした森林と、曲がりくねりながらその奥へと消えていく小径の絵だった。その当時、母はよくマルティンに英語の本を読んでくれたもので――それはもうじつにゆったりと意味ありげな声で単語を読みあげて、ページの最後までくると、一面うっすらそばかすに被《おお》われた色白の小さな手をそのページにそえて、それはそれは大きく皿のように目を見開いては、「それからどうなったと思う？」と聞いてくるのだが――そういう本のなかに、ちょうど、ある少年のベッドの真上に森の小径の絵が掛《かか》っているというお話があって、ある日その少年は、いつものパジャマ姿のまま、ベッドの上から絵のなかの世界に潜り込んでしまい、小径をたどって森の奥に入って行くのである。マルティンは、壁に掛っている水彩画とその本に出てくる絵がそっくりだということに、母が勘づいてしまうんじゃないかと思うともう気が気じゃなかった――そうなったらきっと母はすっかり震えあがって、真夜中にこっそり旅立ったりできないように、どこかに絵を片づけてしまうにちがいないし、だからこそ、ベッドで寝る前のお祈りをするときに（まず英語で「柔和で優しいイエス様、幼い子供の願いをお聞きください」という短い祈りを唱えてから、スラヴ語の「天主経《てんしゅけい》」に移るのだけれど、そのときには、どっかの「オヒメ」さまを「我等」が「免《ゆる》す」と「お得」になるのだった)[9]、素早く祈禱《きとう》の言葉をつぶやいて枕に膝をつこうとしながら——何かにつけ大仰なことが嫌いな母の考え方からすれば、そんな恰好などあるまじきことだったが——マルティンが祈願したのは、今まさに自分の頭上に掛っているあのうっとりするような森の小径にどうか母が気づいたりしませんように、ということだった。青年になって当時を思い出しながらマルティンはよく自問したものだった——実際自分は寝台の枕元からあの絵のなかに飛び込んだことがあったんじゃないか、そしてそのことこそが、その後のマルティンの人生をすっかり呑《の》み込んでしまった、幸せと苦痛に満ちたあの旅のはじまりでもあったんじゃないか、と。ひんやりした土の感触だとか、仄暗《ほのぐら》く緑色にたそがれる森のなか、くねくねとうねりながら延びる小径のあちこちを横切っているごつごつした木の根っこ、そこを裸足《はだし》で駆け抜けたとき、居並ぶ木立の幹がちらちらと見え隠れしながら動いて行くさま、いかにもおとぎ話みたいなことがありそうな暗く淀《よど》んだ奇妙な空気なんかが、思い出せるかのような気がしたも

9　実際の天主経の言葉は「我等に債《おひめ》ある者を我等免すが如《ごと》く」。

のだ。

祖母エーデルワイス、旧姓インドリコワ[10]は、若い頃は水彩画に熱中していたのだけれど、陶器製のパレットの上で青と黄色の絵の具を混ぜていたときには、まさかそこで生まれつつあった緑色のなかに、いつか自分の孫が迷い込むことになろうなどとは思いもよらなかったにちがいない。マルティンがそのとき味わった胸の高鳴りは、それ以来その姿や組み合わせをさまざまに変えながら、たえず人生につきまとうことになったわけだが、それこそまさに、母がマルティンの心のなかに育《はぐく》もうとした感情だったのだ——もっとも母自身だって、こういう感情を言葉にして示せと言われても困ってしまったはずで——わかっていたのはただ、毎晩のようにマルティンに与えてやる必要があったのは、かつての家庭教師で今は亡き聡明な老婦人ミセス・ブルックが自分に与えてくれたのとおなじ糧《かて》だということだけだったのだが、そのミセス・ブルックの息子は、ボルネオで蘭の採集をやったり、気球でサハラ砂漠の上空を飛んだりしたあげく、トルコ風サウナでボイラーが爆発して死んだのである。母が読み聞かせ、マルティンは肘掛椅子に膝をつき、テーブルに肘をついてそれを聞いているのだが、朗読を切り上げて寝室に連れて行くのがそれはもうひと苦労で、マルティンはいつだって、もっともっと読んでくれとせがんだ。マルティンをおぶって階段をあがり、寝室まで運んで行くこともあって、そういうのを「丸太運び」と言っていた。寝る前にマルティンは、水色のラベルを貼ったブリキの缶に入っている英国のクッキーをもらう。いちばん上の段には砂糖がまぶしてあるとびきり上等のやつが、その下にはジンジャークッキーやココナッツクッキーが入っているのだが、もう缶の底のほうしか残っていないような侘《わび》しい夜には、三段目のいちばん地味なタイプの——何も入っていない味もそっけもないやつ——で満足するしかなかった。

しかもマルティンにしてみれば、どれもこれもひとつとして徒《あだ》になったことはなかったのだ——あのさくっとした英国のクッキーだって、アーサー王の騎士たちの冒険だってそうだし——たぶんサー・トリストラム[11]の甥《おい》っ子ででもあろうかという若者が、生まれてはじめてつやつやした丸っこい甲冑《かっちゅう》の部品をひとつずつ身につけて、生涯初の一騎打ちへと馬を進めるときの、あのうっとりするようなひとときだって、

10　ロシア語では、姓「インドリコフ」は男性形で、女性の場合「インドリコワ」と変化する。
11　一五世紀の作家サー・トマス・マロリーの『アーサー王の死』をはじめとする円卓の騎士物語の登場人物。

衣服を風にひらめかせて、目隠しをかぶせた鷹《たか》をその手にとまらせた若い娘がはるか彼方《かなた》に見渡している丸い形をした島々だって、赤いスカーフを巻いて、金の輪っかを耳に垂らしたシンドバッドだって、緑色のタイヤが列をなして水面に突き出し、水平線まで連なっているみたいに見える海蛇だって、虹の端っこが地面に突き刺さっている場所を突き止めた例の赤ん坊だってそうなのだが――さらには、この手の冒険物語の遠い名残みたいなものを感じさせてくれて、どこかそれに近い雰囲気を醸し出していたのが――茶色の化粧板でできた、それはそれは素敵な細長い車両模型で、大陸横断寝台特急協会のウィンドウに飾られていたのだけれど――それをネフスキイ大通りで見かけたのは、軽く吹雪《ふぶき》が舞うどんよりした寒さの厳しい日で、靴下とパンツの上から、黒い毛糸のタイツを穿《は》かされるはめになった。

Ⅲ

母が息子に注ぐ愛情ときたら、嫉妬深くて乱暴で、心がぎすぎすしてしまうほどだったし――それに、夫とのちょっとしたいさかいのあとで息子を連れて別居することになり、マルティンが日曜ごとに父の家に通っては、ピストルだの剣だのを眺めるのに夢中になって時の経《た》つのも忘れ、そのそばで父はゆったりと新聞を読みながら、顔をあげもしないで、ごくたまに、「ああ、弾は込めてあるよ」とか「うん、毒が塗ってあるのさ」などと答えているような間ですら、ソフィア・ドミトリエヴナはもう居ても立ってもいられなくなり、あのものぐさな亭主が、息子を奪い返されないように今にも何か仕出かすんじゃないかなどというばかげた考えに悩まされるのだった。マルティンのほうは、父には愛想よく接したし敬意も払っていて、そうすることで与えられた罰がなるべく軽く感じられればと気を使っていたのだが、それというのも父が家を追い出されたのは、ほんのちょっとした不始末のせいだと思い込んでいたからで、前に夏の夜の別荘で、グランドピアノに何かやらかして、おかげで、まるで尻尾でも踏んづけられたかのような何ともすさまじい大音響でピアノががなり立てたことがあって――そのあくる日には父はペテルブルクに戻ってしまい、それ以来帰ってくることはなかったのだ。それはちょうどオーストリアの公爵だかが納屋《サラエ》で暗殺された年のことで[12]――マルティンは馬の首輪なんかが壁に掛った納屋で、羽根つき帽子の公爵が五人ほどの黒マント姿の刺客たちと剣で渡り合う姿をありありと目に浮かぶように空想したものだったが、勘違いとわかったときにはがっかりした。鍵盤が叩かれたときマルティンはその場にいたわけではない――そのときは隣の部屋で歯を磨いていて、ねっとりとした泡が立つ甘ったるい味のその歯磨き粉がとりわけチャーミングだったのは、こんな注意書きが英語で書いてあったからだった――「歯磨き粉はこれ以上改良できないので、チューブを改良しました」――が、実際にチューブの口は細長い割れ目状になっており、なので押し出された歯磨き粉は歯ブラシの上で芋虫でなくリボンのような形になるのだった。

夫と最後に交わした会話をソフィア・ドミトリエヴナが些細《ささい》な点やちょっとしたニュアンスにいたるまですっかり思い出したのは、夫の死の報《しら》せがヤルタに届いたあの日のことだった。夫は籐《とう》のテーブルのそばに腰かけて、太くて短い指の先をためつすがめつ眺めており、ソフィアが夫に言ったのは、もうこれ以上は無理だということ、ずっと前から二人の仲はよそよそしいものになっていて、明日にでも息子を連れて出て行くつもりだということだった。夫は締まりのない笑みを浮かべながら、かすれた声で静かに、君の言うとおりだよ、ああ、まさにそうさ、と答え、自分のほうがここから出て行って、街で部屋を借りることにすると言っていた。その物静かな口調、満ち足りたようなでっぷりした身体《からだ》つき、それに何より、夫が爪やすりを使って柔らかな爪をいつまでもずっといたぶりつづけているのがどうにも我慢できなくなってきて、ソフィアは、二人がこんなに落ち着き払って別れ話をしていることにぞっと身の毛もよだつような感覚を覚えたけれど、とはいえ激しい言い争いや涙のほうが無論、もっともっと恐ろしかったのだ。やがて夫は立ち上がり、爪をやすりで磨きながら部屋のなかを行ったり来たりしはじめ、おだやかな笑顔で、今後離ればなれに暮らすにあたっての細々した雑事についてしゃべっていたが（四輪馬車をどうするとかいうようなくだらない話が大半だった）――と、不意にこれといったわけもなく、蓋が開いたグランドピアノのそばを通り過ぎざま、握り拳《こぶし》を鍵盤の列の上に力まかせに押しつけ、それはまるで、ドアが開いたとたんに調子っぱずれな喚《わめ》き声が飛び込んできたみたいだったけれど、その後はもう前と変わらない静かな声でまた話をつづけ、つぎにピアノの前を通ったときには、そっと慎重にピアノの蓋を閉じたのだった。

12　一九一四年、オーストリア皇太子がサラエヴォで暗殺され第一次大戦のきっかけとなった事件を指す。

たいして好きでもなかった父の死にマルティンがショックをうけたのは、自分が人並みには父を愛せなかったというまさにそのことが原因だったし、しかも、父はだれからも見放されて死んだのだという思いを拭い去ることができなかったからだった。そのときになって初めてマルティンにわかったのは、人生というものは紆余《うよ》曲折《きょくせつ》に満ちていて、今まさに最初の曲がり角を通り抜けたところであり、人生がその方向を変えたのは、糸杉の並木道にいたマルティンを母がヴェランダまで呼び寄せて、奇妙な声で「ジラーノフさんから手紙が来たの」と言い、その後を英語で「あなたは強くならなくちゃいけないの、とっても強くね。これはあなたの父親のことなの。あの人はもういないのよ」とつづけたあの瞬間なのだということだった。マルティンはさっと血の気が引いて一瞬当惑した笑みを浮かべ、その後はずっとヴォロンツォフ公園[13]のなかをふらふらと彷徨《さまよ》い歩きながら、ごくたまに、子供の頃父につけていた幼稚なあだ名を口ずさみ、空想をたくましくして——しかも、ある種の温《ぬく》もりと同時に苦しみも感じるほど真実味のある生々しさで、父が自分のすぐ横や前や後ろ、すぐそこの糸杉の向こう側、なだらかに傾斜するあの草地、すぐそばや遠くのほう、いたるところにいるのだと想像した。

ついさっき激しい通り雨があったばかりなのに暑かった。つやつやしたセイヨウサンザシの低木の上を肉蠅がぶんぶん飛び回っていた。池を泳いでいた邪《よこしま》な黒鳥は、絵の具でも塗ったように真っ赤なくちばしを動かしていた。扁桃《アーモンド》の木々はすっかり花びらが散ってしまい、じめじめした小径の黒い土の上にそれが灰白く積もっていて、焼き菓子にまぶされたスライスアーモンドみたいに見えた。立ち並ぶレバノンの糸杉の巨木からさほど遠くないところには、たった一本ぽつんと白樺《しらかば》が生えていて、葉の茂り具合が妙に偏っていたが（まるで髪の毛を梳《す》いている途中だとでも言うように、片っ方に毛を寄せ集めた状態で固まってしまったみたいなのだ）、そんな姿が見られるのも白樺ならではのことだ。アゲハチョウが燕《つばめ》みたいなその尻尾を開いたり閉じたりして飛び過ぎて行った。きらきらとまぶしい大気、木陰をつくる糸杉——それはどれも老大木で、葉の色は赤茶け、ちっちゃな毬果《きゅうか》を脇の下にいくつも隠し持っている——、黒々とした鏡を思わせる池の水面《みなも》には、黒鳥のまわりにいくつもの輪が広がっていて、青々と照り映える空を背景に、広大な針葉樹林をカラクル羊の毛皮のご

13 クリミア半島、アループカにある公園。

とく山腹にまとったアイ・ペトリ山[14]が、歯でも突き出したみたいに天高くそびえていた——こうしたものがどれもみな、苦痛がいや増すほどの大きな喜びに満ちあふれていたので、マルティンには、翳や光がこんなふうに配置されていること自体に、何らかの形でひそかに父がかかわっているんじゃないかと思えるのだった。

「あなたが十五じゃなくて二十歳だったとしたら」——その日の夜ソフィア・ドミトリエヴナは言うのだった。「あなたがもう中等学校《ギムナジア》を卒業していて、私がもうこの世にいなかったとしたら、もちろんあなたならできるだろうし、それに、あなたがきっとしなくちゃいけないのは……」母は話の途中で考え込んだが、それはどこかの草原地帯《ステップ》を進んで行く筒形の毛皮帽子を被《かぶ》った騎馬隊を心のなかに思い浮かべたからで、はるか彼方のその一団のなかに、母はマルティンの姿を探していたのだった。けれど、幸いにもマルティンはすぐそばに立っていて、開襟シャツを着て髪を短く刈りそろえ、こんがりと日に焼けてはいるが、眉の下は日焼けもなくて白いアーチみたいになっていた。「でもペテルブルクに行くのは……」母は尋ねでもするような口調で言い、すると見も知らぬどこかの駅で砲弾が炸裂して、蒸気機関車がうしろ足で棒立ちになった……。「きっとこんなことはみんな、そのうちにおさまるはずだわ」ちょっと間をおいてから母は言った。「そのあいだにいろいろと手だてを考えておかなくちゃ」「泳ぎに行ってくるよ」なだめるようにマルティンは話をさえぎった。「コーリャもリーダも、みんな行ってるからさ」「いいわよ、行きなさい」ソフィア・ドミトリエヴナは言った。「まあ、革命なんてものはすぐにどこかに消え去って、思い出すのも不思議なくらいになるでしょうし、あなたもクリミアに来てとても血色がよくなったわ。それにヤルタの中等学校もどうにか卒業できそうだし。ごらんなさい、あっちのほう、陽《ひ》が当たってきれいじゃない」

夜更けになっても母も息子もともにまんじりともせず、死というものに思いをめぐらしていた。ソフィア・ドミトリエヴナは物思いに沈みながらも物音を立てないように、つまりすすり泣きやため息が漏れないように気を配っていた（息子の部屋に通じるドアが少し開いたままだった）のだけれど、またしても夫とうまくいかなくなるまでのいきさつがひとつ残らず、それも些細な点にいたるまでやけに克明に思い出されてきて、そのひとつひとつの場面を吟味してはっきりと悟ったのは、あの場合もこの

---

14 クリミア半島南端に位置する山。標高一二三四メートル。

場合も自分にはそうするほか仕方がなかったとはいえ、それでもやはりどこかに間違いが潜んでいたのであり、別れたりしていなければ、夫はあんなふうに孤独に、がらんとした部屋で息を詰まらせどうすることもできずに、たぶん、幸せだった最後の一年（たいした幸せでもなかったのだが）のことだとか、最後の外国旅行でビアリッツ[15]に行き、ムゲルの十字架やバイヨンヌの回廊[16]を見物して歩いたのを思い出しながら息絶えることもなかっただろうということだった。ある種の力みたいなものが存在するとソフィアは信じており、それは、あまりにも神様を彷彿《ほうふつ》とさせるような力なのだが、まるで一度も会ったことのない人物でも、その人の家だとか身の回りの品々、温室や養蜂場、夜更けにたまたま草原の彼方から響いてきたその人の声が、その持ち主を彷彿とさせるのに似ているのだった。ソフィアはその力を神と呼ぶのにためらいを感じており、それは、ピョートルやイワンという名前なのに、ペーチャやヴァーニャと呼ぶのがどうも嘘っぽく感じられてしまう人たちが存在するのに似ていたが[17]、その一方では、おしゃべりの中味を延々と報告しながら、自分の名や父称、さらに困ったことにあだ名さえも、二十回ほどにもわたってさも嬉《うれ》しそうに口の端にのぼらせる連中だっているのである。この力は教会とはかかわりがなかったし、罪をゆるしたり罰したりもけっしてしなかった――けれどときとしてそれは、木や雲や犬などを目の前にしてただもう恥じ入るような気持ちにさせたり、よき言葉のみならず聞くに堪えないような言葉まで神聖なものであるかのように大切に運んでくる大気にたいしてさえも、恥じ入るような気持ちを起こさせるのだ。そして今、不愉快なところが鼻について嫌いだった夫のことやその死のことを考えながら、ソフィア・ドミトリエヴナは子供の頃から馴れ親しんだお祈りを何度も唱えていたけれど、本当のところはといえば、その持てる気力を振り絞って、二つ三つばかりのいい思い出を頼みの綱に――霞《かすみ》のかかったその向こう側へと、果てしない空間を乗り越え、有象無象のわけのわからないものを通り越して――夫の額《ひたい》に口づけしようとしていたのだった。マルティンとはこういう類《たぐい》の話を直接交わすことはなかったけれど、二人でどんなに別のことを話題にしていてもつねに感じていたのは、自分の声や愛情を橋渡しにして、自分のなかに息づいているのとまさにおなじ、あの神の感覚がマルティンのなかにも作りあげられて

15 フランス南西部のリゾート地。
16 いずれもビアリッツの近くにある観光名所。
17 「ペーチャ」「ヴァーニャ」はそれぞれ「ピョートル」「イワン」の愛称形。

いる、ということだった。マルティンは隣の部屋で横になったまま、目を覚ましていることを母に悟られないようにわざと寝息を立てていたのだが、やはり思い出に苦しめられて悶々《もんもん》としながら、死というものの意味をどうにか理解しようとし、暗い部屋のなかで、今は亡き父にたいする優しい気持ちがあるのかどうかを探りあてようとしていた。マルティンは心のなかのありったけの力を振り絞って父に思いをめぐらし、ちょっとした実験までやってみようと、自分にこう言って聞かせたものだ――もしこれから床板が軋《きし》んだり、何かがパキッと音を立てたりしたら、それは父がぼくの言うことを聞いて、それに答えたってことなんだ……。音が鳴るかと待ちかまえているのは薄気味悪かったし、息苦しいほど蒸し暑くて、海鳴りが耳について離れず、蚊の鳴く音もかすかに聞こえた。かと思うと、父のふくよかな顔や鼻眼鏡、角刈りにした金髪、鼻の孔《あな》のわきの丸い疣《いぼ》、ネクタイの結び目をとめている二匹の蛇を象《かたど》ったぴかぴか光る黄金のリングまでが、不意にマルティンの眼前にまざまざと浮かんでくる始末で――ようやく眠りに落ちると今度は夢のなかで、教室で席についているのだが勉強についていけず、リーダが足を掻《か》きながら、グルジア人はアイスクリームを食べないのよ、とマルティンに言うのだった。

Ⅳ

リーダにもその兄にも、マルティンは父が死んだことを告げなかった——そうしなかったのは、そんな話をいつも通りに切り出す自信なんてなかったし、かといって感情を表に出すのもみっともないように思えたからだ。ちっちゃなときから母がマルティンに躾《しつ》けてきたのは、胸の奥深くにある思いの丈を人前で声に出して言ってしまったりすれば、それは勝手気ままな外気に吹きさらされてあっという間に色褪せて、どういうわけか他の人が味わった似たような思いと見分けがつかなくなってしまい——いかにも俗っぽいだけじゃなく、感情というものへの冒瀆《ぼうとく》にもなってしまうということだった。「若き英雄に」だの「忘れがたきわれらが愛娘《まなむすめ》へ」だのといった銀文字の銘が入った葬儀用のリボンには母は我慢がならなかったし、近親者を失ったりすればもう人目もはばからずおいおいと涙にくれるくせに、一方で幸運なことがあったりすると、喜びではちきれんばかりなのに、すれちがう人たちの顔に向かって高らかに大笑いして見せたりなど絶対にしないような、お行儀はいいが涙もろい人たちにたいしては容赦がなかった。マルティンが八歳ぐらいのときのこと、飼い犬のふさふさした毛を刈りあげようとして、うっかり耳まで切ってしまったことがあった。余分な毛を刈ったら色を塗って虎の模様にするつもりだったとはなぜか言い出せずにいたマルティンが目にしたのは、ストイックなほどに口数少なに怒る母の姿だった。母は、パンツを脱いで四つん這《ば》いになりなさいと命じた。すっかり押し黙ったままマルティンはそのとおりにし、やはりすっかり押し黙ったまま、母はマルティンを雄牛の腱《けん》でできた黄色い乗馬用の鞭《むち》で叩いた。それが終わるとマルティンはパンツを引き上げ、母はそれを上の肌着の裾のボタンに留めるのを手伝ってやったのだが、それというのもマルティンがボタンを掛け違えていたからだった。マルティンは公園まで行って、そこでようやく抑えていた感情を溢《あふ》れるにまかせてひっそりと泣き、コケモモの実で涙の口直しをしたが、ちょうどそのときソフィア・ドミトリエヴナもひとり寝室で涙にくれていたわけで、夜になって、むっちりしたマルティンがさも楽しそうに湯船に浸《つ》かってセルロイドの白鳥をつっついたりしたあと背中を流してもらおうと立ち上がり、皮膚のごく柔らかなところに鮮やかな薔薇色の筋がついているのを見たときには、もうすこしでまた泣き出してしまうところだった。この手の体罰が実行に移されたのはわずかにこのときだけで、ソフィア・ドミトリエヴナは、フランス人やドイツ人の母親たちがよくやっているように、どうでもいいような理由にかこつけて何かと子供に手をあげるようなことはけっしてしなかった。

早くから涙をこらえて感情を表に出さないように躾けられたマルティンの無感動で冷淡な態度に、中等学校の教師たちは唖然《あぜん》とさせられたものだ。ほどなくマルティン自身もこういう自分の性質《たち》に気づいて、これはなんとしても人前に晒《さら》しちゃまずいものだと悟ったわけで、クリミアで過ごした十五の歳《とし》には、そのことがある種悩みの種《たね》にすらなっていたのだった。マルティンは気づいたのだが、勇気のない奴だと思われたり、臆病者のレッテルを貼られたりするのをひどく恐れるあまりに、かえってそれこそまさに臆病者みたいに、顔からさっと血の気が引いて足がガクガクしたり、胸が激しく動悸《どうき》を打ったりするようなことが時としてあった。自分はもともと生まれながらに沈着冷静なわけじゃないと自認してはいたものの、それでもマルティンはやはり、勇敢な人間が自分と同じ立場に置かれたらするだろうようにつねに行動しようと固く心に決めていた。しかも自尊心が極端に膨れあがっていたのだ。リーダの兄のコーリャは同い年なのだが、やせっぽちで背も小さい。組み伏せるのにさして手間はかからないだろうとマルティンには思えた。ところが、たまたま負けることだってないとは限らないと思っただけでひどく苛々《いらいら》してしまい、その場面がおぞましいぐらいくっきりと頭に浮かんでくる始末で、コーリャとも、他の同級生とも一戦交えてみようとはせず、けれどそのかわり、二十歳になる騎兵少尉で岩みたいに筋骨隆々のウラジーミル・イワーヌィチの挑戦は喜んでうけたのだが、半年後にメリトーポリ[18]で殺されることになるその男は、マルティンをこっぴどく痛めつけてこてんぱんにやっつけ、へとへとになるまで引きずり回したあげく、しまいには真っ赤な顔にあんぐりと歯を剝《む》き出した相手を草の上にねじ伏せたものだった。あるときなどは、リーダの家族が暮らしていたアドレイズから家に帰る途中のこと、夜遅かったが、いかにも夏のクリミアの夜更けらしく、糸杉の木立が青黒く染まっているかと思うと、タタールの城壁のいかにも寂れたような白っぽさが月に照らされチョークみたいに蒼《あお》ざめて浮かびあがったりしていたのだけれど、街道へとつづく狭い砂利道の曲がり角のところで急に目の前に人影が立ち現れると、野太い声でこう尋ねた。「そこにいるのはだれだ？」胸が急にドキドキし出したのに気づいてマルティンは情けなくなった。「そうかい——ウメラフメット《アフメットが化けて出た》[19]ってわけだな」脅すような声で言うと、その男は黒い影をつき破るようにしていくぶんかこちらに近づき、その影の破《や》れ目《め》が顔の上を滑っていった。「違いますよ」とマルティンは言った。「通してください」「ウメラフメット《アフメットの亡霊》だろうって言ってるんだよ」抑えてはいるがさらにドスの利いた声でその男はくりかえし、ちょうどそのとき雲間から月明かりがさっと差し込んだおかげで、マルティンは大型の回転式拳銃《リヴォルヴァー》が男の手に握られているのに気づいた。「さあどうか、壁に向かって立ってもらおう」脅しの口調をなだめるような事務的な調子にかえてその男は言った。黒い回転式拳銃《リヴォルヴァー》を持った蒼白い手は急に覆いかぶさってきた影に呑み込まれたけれど、いちばん光を放っていた点だけはじっと動かなかった。マルティンは二つの可能性を思い描いた――第一は、あくまでも話し合いで解決すること、第二は、闇に紛れて逃げることだ。「どうやら人違いをされているみたいですね」ぎこちなくそう言うと、マルティンは名を告げた。「壁のほうを向くんだ、壁のほうを」男はボーイソプラノみたいな甲高《かんだか》い声を張りあげた。「こっちには壁なんか全然ありませんけど」マル

18 ウクライナ、ザポロージエ州の都市。
19 「ウメラフメット」の原語 Umerakhmet はロシア語では umer Akhmet（アフメットが死んだ）と読める。

ティンは言った。「壁ができるのを待つさ」男は謎めいたことを言って、砂利の音をさせながら、しゃがむか地面に腰を下ろすかしたけれど――真っ暗でよく見えなかった。マルティンはじっと佇《たたず》んだまま、左胸にかすかなむず痒《がゆ》さみたいなものを感じたが、そこにはきっと、もう見えなくなってしまった銃身が狙いを定めているのだろう。「動いたら殺すぞ」ぐっと声をひそめて男は言い、さらに何か言い足したが聞き取れなかった。マルティンはじっと立ちんぼのまま、歴戦の強者《つわもの》が丸腰のままで自分の立場に置かれたとしたらどうするか考えようと努めたのだが、何ひとつ思いつかず、やぶからぼうにこう尋ねた。「煙草はいりませんか、ありますよ」どうしてこんな言葉が飛び出したのかわからず、マルティンはすぐさま赤面したが、なかでも相手から一向に何の返事も返ってこなかったのがどうにもいたたまれなかったのだ。そのときマルティンは、この慙愧《ざんき》に堪えない失言をどうにか挽回できるやり方はたったひとつ、真正面から男に向かって歩いて行き、いざとなりゃ奴を殴り倒してもいいから、とにかくそのまま通り過ぎて立ち去ろうと心に決めた。思い浮かべたのは明日のピクニックのことや、赤みがかった黄金色《こがねいろ》の日焼けにムラなく被われて、まるでニスでも塗ったみたいなリーダの足のことだったが、ひょっとすると今夜は父が来ていて自分を待っているんじゃないか、そのために何やかやとお膳立てをしているんじゃないかと想像して、父にたいして妙な敵意を覚え、後々までずっとそのことで自分を責めていたのだった。波のさざめきのなかに、いつも同じ間隔で海鳴りの音がとどろき、ゼンマイ仕掛けでやたらとよく響く金切り声をキリギリスたちが競い合っていたが、例の木偶《でく》の坊《ぼう》ときたら、この真っ暗闇のなかにいるんだ……。自分が手のひらで心臓を覆い隠しているのに気づいたマルティンは最後にもう一度、ぼくは臆病者だ、と心のなかで言うと、やにわに前へと飛び出した。でも何も起きなかった。マルティンは男の足に蹴《け》躓《つまず》いたが、相手はその足をどけようともしなかった。背を丸め頭《こうべ》を垂れて地べたに座り込んでいたその男は、かすかに鼾《いびき》をかいていて、うんざりするほどにどぎつい安酒の匂いをあたり一面にぷんぷんさせていた。

無事帰宅してぐっすり眠った翌朝、藤の蔓《つる》がからまったバルコニーに顔を出したマルティンは、あの酔っ払いの無頼漢から武器をとりあげなかったのを後悔した。そうすれば奪い取った回転式拳銃《リヴォルヴァー》をいわくありげに見せびらかすことだってできたはずなのだ。マルティンはおのれの不甲斐《ふがい》なさにがっかりしたが、それというのも、もうずっと前からこういう非常事態がやってきてくれないものかと心待ちにしていたのに、じつは自分はとてもそんなことに太刀打できるようなタマじゃなかったのだと、みずから悟ったからだ。夢のなかの広々とした街道で、半マスク《バウッタ》に胴長のブーツ姿のマルティンは、駅馬車だの、どでかい寝台馬車だの、単身馬に跨った連中だのの行く手を幾度となく阻んでは、商人どもが稼いだダカット金貨[20]を貧しい人たちに施したものだった。海賊船の船長になりきっているときには、メインマストを背にして立ちはだかり、謀反を起こした乗組員どもの攻撃をたったひとりで撃退しようとした。リヴィングストン[21]を捜索するためにアフリカのジャングルに派遣されたマルティンは、ついにお目当ての人物を捜し出し――それは名も知れぬ土地の原生林のただなかだったのだが――その男に近づきながら慇懃《いんぎん》にお辞儀をすることで、おのれの慎《つつ》ましさをひけらかそうとするのだった。徒刑地から脱走して熱帯の沼地を横断したり、びっくりして棒立ちになったペンギンたちを横目に見ながら極点めざしててくてく歩いたり、汗だくの馬に跨って抜き身のサーベルを手に、反徒あふれるモスクワのただなかへと先頭切って飛び込んだりもした。しかももうすでにマルティンは、いかにも荒唐無稽で相当に月並みでもあったあの夜の出来事でさえも、後になってから美化しようとしている自分がいるのに勘づいていたのだけれど、件《くだん》の出来事が、これまでマルティンが空想のなかで体験しようとしてきた本来の生き方にどれほど近いかといえば、それは、およそ脈絡のない夢ってものと、ずっしり重みがあってしっかり筋の通った現実ってやつがどれだけ似通っているか比べてみるのと大差ないのだった。それに、前の晩に見た夢の話をしながら、思わず知らず細かいところを加工してわかりやすくしたり、いらないところを飛ばして脚色したりすることで、その夢をせめて理解可能で、いかにもありそうな程度のばかばかしさにまで引き上げてやるなどということは往々にしてあるものだが、まさにそんな具合にマルティンは、あの夜の顚末《てんまつ》を頭のなかで反芻《はんすう》しながら（とはいえそれをしゃべって回るつもりはなかったのだけれど）、相手をもっと素面《しらふ》に見えるようにしたり、奴の回転式拳銃《リヴォルヴァー》をもっと威力のあるものにしてみたり、自分自身の言葉はもっと気の利いたものに変えたりしていたのである。

20 一三世紀の終わりからヴェネツィアで作られた品位の高い金貨。
21 スコットランドの探検家（一八一三―一八七三）。アフリカ探検中に消息を絶ち、一八七一年に記者のヘンリー・スタンリーにより発見された。

V

それから数日の間は、コーリャとサッカーボールをパスし合ったり、海岸の岩場でリーダといっしょに海辺に落ちているちょっとした珍品（色とりどりの縞模様が入った丸い小石だとか、錆《さ》びて赤いブツブツに被われた小さな蹄鉄《ていてつ》、海に洗われて褪めた緑色になったガラス瓶のかけらは、幼い頃に行ったビアリッツの海岸を思い出させた）を探したりして過ごしながらも、マルティンにはあの夜の出来事がいまだに不思議でしょうがなく、本当にあったのかすらも疑うぐらいだったから、なおさらのこと、それをもうひとつの領分に着々と移しかえようとしていたのだが、どんなものだって日常の世界からマルティンが勝手気ままに選んでこの領分に持ち込んできさえすれば、それはすっかりここに根を張って、見事にひとり立ちしてすくすく育ちはじめるというわけなのである。波はむくむくとせりあがっては盛んに泡を吹きあげながら波頭《なみがしら》を丸く巻き込むようにして砕け散り、波打ち際の砂利を駆けのぼって一気に広がろうとするのだけれど、もちこたえることができずに元来た道を滑り降り、不意に眠りを破られた小石どもがプツプツと虚《うつ》ろな声でつぶやくのだが、それが引っ込む間もなく、もうつぎの波がやっぱり波頭をくるっと丸めて、楽しげに飛沫《しぶき》をふりまきながら崩れ落ちては透明な層になって広がり、前回行き着いたところめがけて駆けあがろうとするのだった。落ちていた木端《こっぱ》をコーリャがなるたけ遠くに放り投げてやると、フォックステリヤのレディはさっと前足を持ちあげたと見るまにざぶんと海に飛び込んで、泡を食ったように犬掻きをやりだすのだった。襲ってくる波に呑み込まれてぐんと沖に持っていかれたかと思うと、つぎにはもうすっかり無傷な姿のまま岸にぶちまけられるのだが、するとフォックステリヤは咥《くわ》えてきた木端をその場に取り落とすと猛烈な勢いで全身をぶるぶる震わせるのだ。リーダは——あの娘《こ》が海水浴をするのはいつも朝、それも早朝だけときまっていて、母親とソフィア・ドミトリエヴナもそれに付き添うので——男の子たちが海で泳いでいるあいだは、左側の切り立った岩場（リーダは「アイヴァゾフスキイ」と呼んでいた）[22]のほうに離れていたものだった。コーリャの泳ぎはタタール流の身体をくねくねさせるやり方だが、マルティンが得意にし

22 アイヴァゾフスキイは、海洋画を得意とした一九世紀ロシアの著名な画家。

ていたのは素早くて正確なクロールで、英国人の家庭教師が去年の夏に北方の海で伝授してくれたものだった。でも二人のどちらも遠くまでは泳げなかった——マルティンお気に入りの空想のなかでも、とびっきり甘ったるくてしかも不気味さ満点なやつは、広大無辺な荒海の真っただなかで船が難破して、深夜の漆黒の闇のなかに取り残されるというやつだ——もう一寸先も真っ暗で、マルティンはたったひとり混血の娘が水に沈まないように抱きかかえているのだが、その娘とは前の晩に甲板でタンゴを踊った仲だった。泳いだあと、陽差しで熱々になった砂利の上に裸のまま寝そべるのがなんとも言えず気持ちよかった。そうやって頭を思いっきり後ろに反らし、黒々とした糸杉の剣先が空の奥深くにぶすりと刺さっているのを眺めるのだ。コーリャはヤルタの医者の息子で、生粋のクリミア育ちだから、こういう糸杉だの、すがすがしいほど曇りなく晴れ渡った空だの、目が覚めるくらいに真っ青で、一面鱗みたいに眩《まばゆ》くきらめく海だのはあって当たり前のごくありふれたものなので、マルティンの大好きな空想遊びにコーリャを引き込んで、たまたま同じ無人島に打ち上げられた混血女の夫になってもらうのは至難の業なのだった。

夕方になると糸杉に囲まれた狭い回廊を登ってアドレイズに帰るのだが、大きくて不恰好な別荘にはちょっとした階段だの渡り廊下だの柱廊だのがむやみやたらとあって、あんまりおかしな造りなので、ときとして自分が何階にいるのかすらさっぱり判別がつかなくなるほどで、それというのも、どこかの急な階段を上って中二階に行き着くのかと思いきや、不意に庭のテラスに出てしまったりするからなのだけれど——その別荘ももう石油ランプの黄ばんだ明かりに満たされ、いちばん大きなヴェランダからは話し声や食器の音が響いていた。リーダは大人たちのところに行き、コーリャは腹がくちくなったとたんに寝床に直行したが、マルティンは階段の下のほうの暗がりに腰をおろして、手のひらに乗せたさくらんぼを食べながら、明かりに照らされた楽しそうな声や、ウラジーミル・イワーヌィチの大笑い、耳に心地よいリーダのおしゃべり、吃音なのにおしゃべりな画家のダニレフスキイとリーダの父親との論争に聞き入っていた。お客はいつだってあふれていた——派手なスカーフを巻いてやたらと笑いこけてばかりいるお嬢さんたちだとか、ヤルタから来た士官ども、冬の赤軍[23]侵攻のさい大挙して山に逃げてきた、何かとパニックばかりおこす近所の年寄り連中だ

23 ソ連の正規軍の名称(一九一八―一九四六)。

とか。だれがだれを連れてきたのか、だれとだれが親しいのか判然としたためしがないのだけれど、毛皮の襟巻に眼鏡姿でいかにもパッとしたところのないリーダの母親の無類の客好きときたら、とどまるところを知らないのだった。そうやってある日姿を見せたのが、アルカージイ・ペトローヴィチ・ザリャンスキイなるひょろっとして死人みたいに顔色の悪い男で、今ひとつはっきりとしないのだけれど芸能関係者か何かのような、あの毛色の変わった人種のひとりで、前線を回っては音楽に合わせて朗読したり、街がこれから攻め入られようというときに演芸会を企画して、それに使う肩章を買いに駆け回ってはみたものの、どうにも息がつづかずに戻ってきたのだが、その喘《あえ》ぎ方がいかにも嬉しそうだったのは、最後の出し物「愛の夢」に使うシルクハットが思いもかけず手に入ったからだった。髪こそ薄くなりかかっていたものの、横顔はじつにきりっとして凜々《りり》しく、なのに正面を向くとどう見ても品のある顔とは言いがたいのだ――沼みたいに淀みきった瞳の下の皮膚は袋状にだらんとたるんで、前歯だって一本欠けているのだから。物腰は柔らかく気立てもよくて繊細だったし、夜ごとみんなが散策にくりだすようなときには、耳に心地いいバリトンで「おまえは覚えているかい――ぼくらは海辺に座って……」などと歌ってみたり、真っ暗闇でアルメニアの小話なんぞ披露すると、真っ暗闇にだれとも知れぬ笑い声だけが響いたりするのだった。その男をひと目見たとたんマルティンはもう開いた口がふさがらず、いくぶん背筋がこわばりさえしたのだが、そいつこそマルティンを壁ぎわにいざなった例の酔いどれに相違なく、けれども当のザリャンスキイときたらどうやら何ひとつ覚えちゃいないようで、結局アフメットの亡霊《ウメラフメット》とはだれのことなのかわからずじまいに終わった。——アルカージイ・ペトローヴィチの飲みっぷりときたらそれは豪快で、酒が入ると見境がなくなるのだが——しかしあるときまたしても姿を見せたあの回転式拳銃《リヴォルヴァー》は——それはヤイラ[24]にピクニックに行ったときのことで、しきりと虫がすだいていたその夜は、月明かりとリュネル[25]のマスカットワインには事欠かなかったのだけれど——弾倉が空《から》っぽだったのだ。ザリャンスキイはその後もずっと大声で喚いては脅し文句を吐いたりぶつぶつつぶやいたりしながら、自身の運命的な恋愛だか何だかのことをしゃべっていたが、上から外套《がいとう》をかけられると寝入ってしまった。リー

24 ヤルタ付近の山岳の尾根に開けた放牧地。
25 フランス南部のワインの産地。

ダはたき火のそばに腰をおろし、両の手のひらで頬杖をついて、炎で赤みがさした茶色の瞳をきらめかせて踊るようにくるくる動かしながら、パチパチとはぜる火の粉を見つめていた。しばらくしてマルティンは立ち上がって足をほぐすと、黒っぽい草におおわれた斜面を登って断崖の端までやって来た。すぐ足元には底知れぬ暗闇がぱっくりと口を開けていたが、その先では——まるでこっちにせり出してきているみたいに海が間近に見えて、そのなかほどを、ツァリグラード[26]に通じる道か何かのように、水に映った月明かりの細い帯が水平線の向こうへと吸い込まれていくのだった。その左手で、真っ暗闇の奥深くにひっそりと、ダイヤのようにきらきらと街の灯《ひ》を震わせていたのはヤルタだった。後ろを振り向くといつもマルティンの目に入ってくるのは、遠くで不安そうに揺らめくたき火や、そのまわりを囲む人たちのシルエット、木の枝を投げ入れるだれかの手などだった。虫たちの声は鳴りやまず、ときおり針葉樹の焦げる甘ったるい匂いが漂ってきた——そして真っ暗なヤイラや絹みたいにつやつやした海の真上で、何もかも呑み込んでしまいかねないほど巨大な空が星明かりに照らされて灰青色に染まっているのを見ると、思わず頭がくらくらしてしまい、不意にマルティンは、子供の頃に幾度となく感じたあの感覚をまたしても味わったのだった——

ありとあらゆる感情が耐えがたいほどに高まってきて、魅力的だけれど厳しい要求も突き付けてくるような何か、ただそれだけのために人生を賭ける価値のあるような何かが、そこにはあったのだ。

VI

海の上にきらびやかに延びたこの道は、かつて絵に描かれた森の小径がそうだったように心惹《ひ》かれるものがあった——何がどうなっているのかさえよくわからない真っ暗な広がりのなかでぎゅっとひとところに集められたようなヤルタの街の明かりもやはり、子供の頃に見た光景を思い出させた——九歳だったマルティンは寝間着一枚の姿で、かかとを冷えるにまかせたまま立て膝になり窓の外を眺めていた。南急行《シュド・エクスプレス》[27]はフランスを走っているところだった。ソフィア・ドミトリエヴナは息子を寝かせて

26　中世ロシア文書におけるコンスタンチノープルの呼称。「皇帝の都市」の意。
27　パリとイベリア半島を結ぶ国際列車。

夫が待っている食堂車に行ったし、小間使いは上の寝台で死んだように眠っていた。狭い車室は薄暗くて、スライド式の青いカバーのついたランプだけが光を放っていた。ランプの腕がかたかた震えると、四方の壁もきしきしと音を立てる。シーツの下を抜け出して毛布づたいに窓にたどり着くと、上の寝台の端にさえぎられて上半分は見えないのだけれど、革のブラインドを巻き上げ――そのためには留めているボタンをはずさなきゃならず、そうすればブラインドはするすると上がりはじめるのだ――マルティンの身体はすっかり冷え切って膝はずきずき痛んでいたが、それでも車窓の景色をあきらめるなんて無理な話で、その窓の外を夜が丘の形になって飛び過ぎて行くのである。そしてまさにそのとき不意に目にしたものを、マルティンは今しがたヤイラで思い出したのだ――ほんの一握りの灯火の群れが、はるか彼方の黒々とした丘と丘のあいだにある闇の帳《とばり》の裾のあたりに見えた。その明かりは隠れてはまた姿を見せ、そのあと全然ちがう場所でちらちら瞬いたかと思うとふっと掻き消えてしまい、まるでだれかが黒いハンカチで覆い隠したみたいなのだ。やがて列車はブレーキをかけ暗闇のなかで止まった。客車ならではの妙に肉体を欠いた音が響きはじめ、人のぶつぶつつぶやく声やだれかの咳払いがして、それから母の声が廊下を近づいてくるのが聞こえたので、親たちが食堂車から戻ってくるんだな、隣の自分たちの部屋に入るときにこっちの部屋を覗《のぞ》いて見るかもしれないと考えて、マルティンはすばやく寝床にもぐり込んだ。しばらくすると列車は動き出したものの、すぐにまた停車してしまったきり動かなくなり、静かで長いひゅーっという安堵《あんど》のため息をついたのだが、そのとき暗い車室のなかを鈍い光の帯がゆったりと通り過ぎていった。マルティンがまたガラス窓のほうに這い出してみると、窓の向こうには明かりの灯《とも》ったプラットホーム《デバルカデール》があり、ごろごろとうつろな音をさせながら手押し車でそばを通る人の姿が見えたが、積まれた箱の上には、《Fragile《フラジル》》という謎めいた文字が書きつけられていた。羽虫の群れやばかでかい蛾《が》が一匹、ガス灯のまわりをぐるぐる回っていた。足を引きずるようにプラットホームを歩きながら、どこかの男たちが何事か話し合っていた。その後列車は緩衝器をがちゃんといわせながらふわっと漂い出した――ガス灯がつぎつぎと通り過ぎては姿を消し、内側が明るく照らされたガラス張りのなかにレバーがずらりと並んだ小さな小屋も通り過ぎていった――がたんと揺れがきて列車がポイントを通過すると、窓の外はすっかり真っ暗になった――またしても夜が走り過ぎていくのだ。するとまた再びどこから現れたのか、もう丘と丘に挟まれた向こうのほうじゃなくて、何だかもっとぐっとこちらに迫ってはるかになまなましく、例のあの街の明かりが群れ集っていて、蒸気機関車の鳴らした警笛の音があまりにも陰鬱で寂しげだったせいで、マルティン自身もこの街の明かりと離ればなれになってしまうのがさも残念に思えてきたほどだった。そのとき何かがバタンと強烈な音をたて、すれちがう列車が飛ぶように駆け抜けたのだが、いったん駆け去ってしまえば、もうそんな列車なんて端《はな》からありもしなかったみたいに、またしても真っ暗闇が波を打って走り抜けていくばかりで、手が届かない街の明かりもゆっくりと疎《まば》らになっていくのだった。

それがすっかり掻き消えてしまうと、マルティンはブラインドを閉じて横になったのだが、つぎの朝たいそう早くに目が覚めてみると、列車の走り具合が前よりも滑らかでのびのびしていて、まるで速足に馴染《なじ》んできたとでもいう調子なのだ。ブラインドのボタンを外すとマルティンは一瞬めまいを感じたが、それというのも景色が昨夜とは逆方向に流れているうえに、灰みたいに蒼白い早朝の光が晴れ渡った空を満たしているのも意想外のことだったし、段になって斜面に植わっているオリーブにいたっては、お目にかかるのさえまったくの初めてときているからだ。

駅からビアリッツに行くのにはランドー馬車[28]を雇って、埃《ほこり》をかぶった黒苺の茂みが両側につづく埃っぽい道を進んだのだけれど、黒苺を見たのは初めてだったし、どういうわけか駅名も黒人女《ラ・ネグレス》だったから、マルティンは疑問でいっぱいになった。十五歳になったマルティンは、クリミアの海をビアリッツの海と比べてみるのだった。そう、ビスケー湾[29]の波はもっと高いしもっと強く打ち寄せてきていた——いつも濡《ぬ》れた黒のメリヤス地の水着姿でまるまる太ったバスク人の介添え《ベニュール》（「みじめな仕事だよ」と父は言っていたものだ）がマルティンの手を引いて浅瀬に入り、二人で波に背を向けて立つと、巨大な波が後ろから轟音《ごうおん》とともに襲いかかってきて、この世のありとあらゆるものをざぶんと呑み込んでひっくり返してしまうのだ。砂浜の水際には鏡面みたいになめらかな帯ができるのだが、そういう場所では小麦色の肌をして顎に白髪のうぶ毛みたいなものを生やした女が海水浴から戻ってきた客を出迎えて、その肩にふかふかしたタオルをかけてやり、さらにタールの匂いがするキャビンのなかでは、当番の者が濡れてまとわりつく水着を引っぺがす手伝いをしてくれて、熱いお湯の入った桶《おけ》

28　折り畳み式の幌と前後に向い合った席を持つ四人乗り馬車。
29　ビアリッツが位置するフランス左岸とスペイン北岸に面した湾。

を持ってきてくれるのだが、ほとんど熱湯と言ってもいいその桶に両足を浸けることになっているのである。それが終わると服を着て浜辺に腰をおろすのだ——母は大きな白い帽子を被り、ごてごてと飾りのついた白の日傘をさしていたし、父もやっぱり日傘を使っていたけれど、それは男性用のイザベル色[30]をしたやつだった。マルティンはといえばズボンの裾を股下までたくしあげて、縞模様のシャツに、英語の入ったリボン(「王立海軍〈無敵艦〉[31]」)が胴に巻いてある日焼けした麦藁《むぎわら》帽子を被って、堀をめぐらせた砂の砦《とりで》を作っていた。ベレー帽姿のワッフル売りが通りかかっては、がちゃがちゃ音をたてながら赤いブリキのワッフル焼き器の取っ手をくるくる回すわけだが、飛んでくる砂や海の塩分が混じった、大きくてぐにゃりと曲がったそのワッフルも、このときのいちばん鮮明な思い出のひとつになっている。砂浜の奥にある石を敷いた散歩道は、海が荒れると波を被ってしまうような場所だったが、若くはないものの潑剌《はつらつ》として血色もいい花売りの女がその道で、父の白いジャケットのボタンホールにカーネーションを挿そうとしたことがあって、花を穴に通そうとするその様子を、下唇を突き出して顎に皺を寄せながら襟の折り返しにギュッとくっつけてじっと眺める父の姿がまたいかにも滑稽で、人が好《よ》さそうに見えたものだ。残念でならなかったのは、九月の末になって、浮き浮きするようなこの海だとか、曲がりくねったイチジクの樹が庭に植わった真っ白な別荘を後にしなければならないことだったけれど、このイチジクの樹ときたらどうせ、ひとつだって熟れた実をつけようとしたためしはなかったのだ。帰る途中にひと月半ほどベルリンに滞在したが、そこではアスファルトの舗装道路を少年たちがごろごろと音を立てて——たまに書類鞄《しょるいかばん》を小脇に抱えた大人さえもが——ローラースケートで走り抜けるのだった。それにここにはなんとも素敵な玩具店もあったし（機関車やトンネル、高架橋まで揃っている）、郊外でテニスをしたり、クーアフュルステンダム[32]に行ったり、ヴィンターガルテン劇場[33]の星をちりばめた夜空のような天井を見たり、さわやかに晴れ渡った日に白い電気自動車に乗っ

---

30 薄い黄灰色。スペイン王フェリペ二世の娘で、のちにオーストリア大公妃となったイザベル（一五五六—一六三三）が、オーステンデ攻略のさい白いブラウスを替えない願掛けをし、ブラウスが黄ばんだ故事にちなむ。

31 H.M.S. Indomitable、英海軍巡洋艦インドミタブルのこと。

32 ベルリン西区の目抜き通り。

33 当時ベルリン中心部にあった著名なヴァリエテ劇場。

てシャルロッテンブルクの松林[34]にも出かけた。国境でマルティンは、ガラスをはめ込んだペン軸を車室に忘れたのに気づいてはっとしたのだが、それはガラスのところに目を近づけて覗くと、青みがかった雲母みたいにきらめく景色がたちまち現れるやつで、駅で昼食（エゾライチョウのコケモモソース）をとっているときに車掌がそれを届けてくれて、父はその車掌に一ルーブル渡した。ヴェルジュボロヴォ[35]は雪模様で冷え込みが厳しく、炭水車には薪《まき》がうず高く積まれ、赤く塗られたロシアの蒸気機関車には排雪板が取り付けられて、白い蒸気がばかでかい煙突からもうもうとあふれ出ては崩れながらあたり一面に広がっていくのだった。北急行《ノール・エクスプレス》[36]はヴェルジュボロヴォでロシア仕様となり、茶褐色の外観は保ったままだが、これまでになく生真面目な雰囲気で横幅も広くなり、暖房だって暑いぐらいに効いているし、すぐに全速力に移ったりすることはなくて、動き出してから調子が出るまでには時間がかかるのだ。水色をした通路の窓辺にある跳ね上げ式の窮屈な補助椅子に腰かけているだけでもじゅうぶん幸せな気分になれたし、それにチョコレート色の制服を着た太っちょで鳩胸の車掌も通りがかりにマルティンの頭を撫《な》でてくれたりした。窓の外には白一色の平原が広がり、雪原のところどころにセイヨウヤナギの樹が突き出ていて、踏切の横木のそばにフェルトの長靴をはいて立っている女の人が緑色の旗を握っているのや、農夫が荷橇《にぞり》から急いで飛び降りて、怯《おび》えて尻込みする馬の目をミトンで覆い隠すのも見えた。夜だって今までとはひと味違う——黒い鏡のような窓ガラスの向こうを無数の火の粉が飛び過ぎて、炎の矢が降りそそいだような軌跡を描いていたのだった。

Ⅶ

まさにこの年以来マルティンは、鉄道や旅行、遠い街の夜景、真っ暗な夜に響く蒸気機関車の耳をつんざくような慟哭《どうこく》、一瞬かいま見える通過駅に、蝋人形館《ろうにんぎょうかん》よろしくもう二度とお目にかかれないような類の人たちが煌々《こうこう》と照らし出されている光景などに、なみなみならぬ愛着を示すようになった。そのカナダの貨物船はゆっくりと離岸して、舵《かじ》に繋《つな》がっている鎖がじゃらじゃらと音を立て、内部からの振動がぶるぶる

34 ベルリンの西部地区。
35 リトアニア南西部の都市ヴィルバリスのロシア名。
36 ベルギー、フランスとロシアを結ぶ国際寝台列車。

と伝わってくるその船に乗って、マルティンは母といっしょに一九年の春にクリミアを後にしたわけだけれど、しけの海や斜めに叩きつけてくる雨のせいで、急行列車ほどのワクワクする旅行気分にはなれず、徐々にゆっくり時間をかけることで、ようやくマルティンはこの旅のあらたな楽しさを味わえるようになったのだった。ゴム引きコート《マッキントッシュ》に白黒のマフラーを首に巻いた若い女性がいて、いつも付き添っていた顔色の悪いその夫はしばらくすると荒海にノックダウンされて姿を見せなくなったけれど、その女《ひと》は風に吹きさらされた髪がその顔をくすぐっているのにも一向に頓着せずにひたすら甲板じゅうを歩きまわっていて、その女《ひと》の出立《いでた》ちや風にはためくマフラーのなかにマルティンは、かつて父が客車のなかで身につけていたチェック柄の鳥打帽やスエードの手袋だとか、飛び過ぎていく風景の真っただなかに浮かぶ急行列車の通路をいっしょに駆けまわるのが何とも楽しかったフランス人の少女がベルトで肩にかけていたワニ革のバッグだとかに心惹かれたときに感じたのと同じ、旅ってものに独特のかけがえのないあの感覚をすっかり堪能したものだった。たったひとりこの若いご婦人だけがいかにも本物の旅人らしく見えた――騒乱のクリミアで運搬《うんぱん》する貨物も見つけられなかった、いかにも見込みの甘いチャーター船の船長に、帰りの船が空になるのが嫌さに乗せてもらえた他の乗客たちとはどこかちがっていたのだ。量だけはやたらとかさばるが、どれもいかにもあわてて無造作に荷造りされたトランクは、ベルトの代わりに縄で縛られていたけれど、それでもなぜか、この人たちは手ぶらでふらっと出かけるだけといった印象を受けるのだった。はるかな土地を巡る旅ってものはそもそも、この人たちの打ちひしがれて憔悴《しょうすい》しきった様子とは反りが合わない——乗客たちは死の危険を逃れてきたとでもいった様子なのだから。どういうわけかマルティンには、実際そのとおりだという不安感はあんまりなかったし、たとえばあそこにいる、何カラットものブツを腹帯に隠し持っている灰みたいな顔色の闇屋が港に取り残されたとしたら、ダイヤ入りのはらわたに目のない赤軍兵が一番乗りしてきたとたん真っ先に殺されてしまったにちがいないということだってたいして気にはならなかった。それに、雨に煙る景色のなかを遠ざかっていくロシアの海岸を、すっかり落ち着き払って、余計な感情もまったく抱《いだ》かず、別れにつきものの、不自然なほど時間を長く感じさせるようなごく些細な兆候すら微塵《みじん》もなしに、マルティンはほとんど無感動なまなざしで見送っていたのであり、何もかもが靄《もや》のなかに掻き消えてしまってはじめて、にわかにマルティンはアドレイズや糸杉の樹々、愛嬌《あいきょう》にあふれた別荘のことを思い出すのに熱中したのだが、あの別荘の住人たちときたら、浮足立った隣人たちがびっくりして問うと、こんなふうに答えるのだった――「クリミアでなくて、いったいどこで暮らせって言うのかしらね」。しかもリーダの思い出は、その頃の二人の実際の関係とはちがった彩りを与えられていた。マルティンが記憶をたどろうとしていたのは、ある日、蚊に刺されたと訴えるリーダが、ふくらはぎの日焼けを透かして赤くなった場所を掻いていたので、刺されて腫《は》れたところにどうやって爪で十文字の痕《あと》をつけたらいいかやって見せてやろうとしたら、いきなり手の甲をはたかれたときの光景だ。それにお別れを言いに行ったときのことも脳裏によみがえってきた――二人とも何を話せばいいのかわからず、ヤルタに買い物に出かけたコーリャのことばかり話題にしていたから、当の本人がようやく戻ってきたときにはどんなにかほっとしたことだろう。リーダの細面《ほそおもて》で柔和な顔立ちには、どこか鹿を思わせるところがあったけれど、今ではそれがうるさいぐらいに頭に浮かんでくるのだった。大の仲良しになった船長のキャビンでチクタクと音を立てる時計のすぐ下の寝椅子に横になったり、うやうやしく畏《かしこ》まったきりひと言も口をきかずに一等航海士と当直をともにすることがあって、それはひどいあばた面《づら》の、ごくまれに何かしゃべるともぐもぐした独特の発音をするカナダ人の男なのだけれど、マルティンの心を何とも知れずぞっと凍《い》てつかせたのは、あるときその一等航海士が話してくれたことで、船乗りってものは老いさらばえて海を去っても結局ひとところに落ち着くことなんてないんだぜ、孫たちゃ落ち着いて座ってるってのに、爺《じい》さんはずっとふらふら歩きまわってるのさ、まだ足元に海が残ってるんだな——こういう類の海の暮らしの目新しさだとか機械油の匂い、波の揺れ、変わった種類のいろんなパンのなかには聖餅《せいへい》[37]みたいなものさえあったけれど、そういったものに馴れ親しんでいきながらも、マルティンがいつも自分に言い聞かせていたのは、この巡礼に旅立ったのは傷心ゆえであり、不幸な愛に別れを告げるためなのだが、でも風に吹きさらされたマルティンの落ち着いた顔を見たところで、だれひとりその内心の苦しみに勘づいたりはしないだろう、というストーリーなのだった。登場するのは、謎めいてはいるが素敵な人たち——船をチャーターしたカナダ人は無愛想な顔のピューリタンで、彼のゴム引きコート《マッキントッシュ》は船長室のどうしようもなくいかれたトイレの便座の上でぶらぶら揺れていた。二等航海士はパトキンという名

37　キリスト教のミサや聖体礼儀で食されるパン。

のオデッサ生まれのユダヤ人だが、そのアメリカ訛《なまり》の英語のはしばしには、思い出したようにロシア語らしい輪郭がぼんやり浮きあがるのだった。平の船員のひとり、シルヴィオというスペイン系アメリカ人はいつも裸足で歩きまわり、おまけに短剣まで身につけている。ある日船長が手に怪我《けが》をして現れ、最初は猫にひっかかれたと言っていたけれど、友達のよしみで後《のち》にマルティンに告げたところでは、船内で酔っ払っていたシルヴィオを殴ったときに奴の歯に当たって切れたのだそうだ。こうやってマルティンは船乗りの暮らしってものに親しんでいった。入り組んだ船内の造りや、あの階段につぐ階段、いたるところにある狭苦しい通路やスイングドアなどは、すぐにその秘密をマルティンに分け与えてくれたので、しばらくするともう、知らない通路をこれ以上見つけるのは難しくなった。そのあいだも縞のマフラーのご婦人は、まるでマルティンと好奇心を分かち合ってでもいるみたいに、いつも絶対に会いそうもないような場所に姿をちらつかせるのだが、いつだって髪は吹きさらしのままだし、つねに遠い目をしており、かたや夫の方は寝込んでからもう二日目になって、食堂船室の防水布を張ったベンチの上でもだえていて、カラーもつけていなかったほどだけれど、もうひとつのベンチに寝ていたのがソフィア・ドミトリエヴナで、剝いたレモンの小房を口にくわえていた。ときおりマルティンはみぞおちのあたりにきゅっと刺すような虚《むな》しさを感じ、確かなことなんてどこにもないんだと思うのだった——ご婦人の方はあいかわらずあちこちに出没していて、マルティンはもうこの女《ひと》を、万一のことが起きたら真っ先に救助しようと決めていた。ところが海は荒れ模様だったにもかかわらず、乳白色の雲にどんよりとおおわれた冷え込みの厳しい明け方、船は首尾よくコンスタンチノープルの停泊地にたどり着き、突如甲板にずぶ濡れのトルコ人が現れたが、検疫隔離の権利はこちら側にだってあると思っていたパトキンは、その男に大声で「水に沈めてくれるぞ！」と怒鳴って回転式拳銃《リヴォルヴァー》で脅しさえした。一日おいてさらに船はマルマラ海[38]に向かって進んだが、ボスフォラス海峡[39]のことはマルティンの記憶に何ひとつ残らず、覚えているのは霧に包まれて工場の煙突みたいに見える三、四本のミナレット[40]だとか、ゴム引きコート《マッキントッシュ》のご婦人の声だけで、その女《ひと》は、そうやっ

38 黒海とエーゲ海を結ぶ海。
39 黒海とマルマラ海を結ぶ海峡。オスマン帝国時代の歴史的建造物が沿岸に建ち並ぶ観光スポットとして有名。
40 イスラム寺院に付属する尖塔。

てみずから声を出して自分にしゃべりかけては曇り空のたれこめる岸辺を見つめているのだった。聞き耳を立てていたマルティンに聞き取れたのは、「紫水晶の《アメチストヴィ》」という言葉だったけれど、自分の聞きまちがいだろうと決めつけてしまった。

Ⅷ

コンスタンチノープルを過ぎると空は晴れ渡ったけれど、海はパトキンの表現では「とてもチョッピー（荒れ模様）」なのだった。ソフィア・ドミトリエヴナは無謀にも甲板にあがってはみたものの、そのまま食堂船室に逆戻りして、船の舳先《へさき》が上下するたびに腹のなかの何もかもが奴隷よろしくそれに従って上下するぐらい忌まわしいことなんてこの世にないわ、などと言うのだった。あの女《ひと》の夫は呻吟《しんぎん》しながら神様に、この苦しみはいつになったら終わるのかと問いかけては、手を震わせて急いで盥《たらい》をひっつかもうとする。マルティンが母に手を握られながら感じていたのは、今すぐここを出て行かなきゃ自分もすぐに吐いてしまうってことだった。そのとき入ってきたのがマフラーを巻いた例のご婦人で、夫に慰めるように問いかけると、夫のほうは黙ったまま目も開かずに、手のひらで喉元を断ち切るような仕草をしてみせたが、するとその女《ひと》はソフィア・ドミトリエヴナにも同じことを聞き、聞かれたほうは苦渋に満ちた笑みを浮かべた。「じゃああなたも降参しちゃったってことなのね」とその女《ひと》は言って、マルティンのほうにキッと鋭いまなざしを向けると一瞬足を踏み惑い、マフラーの端を肩越しにさっと投げかけると出て行った。マルティンがその後を追うと爽やかな風が顔に当たって、白波が泡立つ鮮やかな濃いブルーの海が眼前に開けた。その女《ひと》はよじられたロープの上に腰をおろして、小さなモロッコ革の手帳に何か書きつけていた。あの女《ひと》のことで少し前に乗客のだれかが、「あの尻軽め、けっこうそそられるぜ」と口にしたのにかっとしたマルティンは声のするほうに振り向いたけれど、そこに何人かいたスタンドカラー姿の浮かない顔をした年配の紳士たちのなかに、その恥知らずを見分けることはできなかった。それが今、小さな鉛筆を手帳に走らせながらあの女《ひと》がいつも舐《な》めまわしている赤い唇を眺めているとマルティンは戸惑ってしまい、何と言っていいのかわからなくなって、唇がしょっぱく感じられるのだった。あの女《ひと》は書くことに没頭していてマルティンには気づいてもいないかのようだった。とはいえ、マルティンのすっきりとした丸顔や、数えで十七という年齢、そのたたずまいの一切と動きとの調和――それはロシア人によく見られるものだけれど、なぜだか「どこか英国風」な感じがするのだ――まさにこんなマルティンが腰にベルトのついたふかふかした黄色のオーバーを着ているさまが、このご婦人にはどこか印象深く思えたのだった。

その女《ひと》は二十五歳で名をアーラといい、詩を書いていた――この三つともおそらく、女性を魅力的にせずにはおかないものだろう。お気に入りの詩人はポール・ジェラルディ[41]とヴィクトル・ゴフマン[42]だった。アーラ自身の手になる詩もたいそう響きがよく、薬味もピリッと効いていて、男性にたいしてはいつも敬称で「あなた」と呼びかけていたし、血と見紛うほどの真っ赤なルビーのごとき光彩を放っていた。そうした詩のひとつが、つい最近ペテルブルクの社交界で大変な人気を博していたのだ。それはこんなふうに始まる。

紫のシルクの上、帝政風《アンピール》の天幕のもと、
あの人は私のすべてを慰めた、吸血鬼《ヴァンピール》の口で吸いつきながら、
でも明日にはもう二人とも死ぬさだめ、身を焦がして灰となり、

麗しき二人のからだは、砂地へと散り混じる。

女たちはこの詩を書き写し合ってはそらで覚えて暗唱したたし、ある海軍士官候補生などはそれに曲をつけて歌にしたほどだ。十八歳で結婚してから二年ちょっとのあいだは夫を裏切ることもなかったけれど、まわりの世界にはルビー色に染まった罪という名のきな臭さが芬々《ふんぷん》としていて、すっきり顔を剃《そ》りあげたあきらめの悪い男どもが、やれ木曜日の夜七時に自殺してみせるだとか、いやクリスマスイヴの夜中の十二時だとか、朝の三時に窓の下でだとか言ってよこすのだ——これじゃ日時だってこんがらがってしまうし、どこにでもすぐ駆けつけられるわけじゃない。この女《ひと》にはある大公までもがぞっこん参ってしまった。それで、ひと月にわたってそのことでうるさく電話をかけてきたのがあのラスプーチン[43]だったのだ。彼女がときおり言っていたのは、

41 フランスの詩人（一八八五―一九八三）。大衆的な恋愛詩で有名。
42 ロシアの詩人（一八八四―一九一一）。象徴派の亜流として知られる。
43 帝政ロシア末期の宗教家（一八七一頃―一九一六）。ニコライ二世と皇后に取り入って政治に介入したため暗殺された。

自分の人生なんて所詮竜涎香《しょせんりゅうぜんこう》の香りがついたレジー煙草[44]の軽やかな煙にすぎないってことだった。

こういうことは何もかもマルティンにはさっぱり理解できなかった。この女《ひと》の書いた詩にもいささか首を傾《かし》げざるをえないのだった。コンスタンチノープルはぜんぜん紫水晶《アメチストヴィ》らしくないじゃないかと言うと、あなたには詩的想像力がないのねとアーラは一蹴したものだが、アテネに上陸したときには、裸の子供たちの挿絵が入った廉価版の『ビリティスの歌』[45]を贈ってくれて、表情たっぷりな発音のフランス語でそれを読み聞かせてくれ、しかもそれは暮れ方のアクロポリスの丘という、言わばそれにいちばんふさわしい場所でのことだった。アーラのしゃべり方でマルティンがことのほか気に入っていたのは、「P《エル》」の文字を発音するときのしっとりとした声の出し方で、まるでひとつの文字じゃなくて長い柱廊がつづき、しかもそれが水面にでも映っているみたいなのだ。無数のこういうフランスのビリティスどもだとか、ギター片手に過ごすペテルブルクの白夜だとか、五聯《ごれん》の長短短格《ダクチリ》で作られた罪深いソネット[46]だとかの代わりに、あんな名前に合うように振舞うなんてさぞ大変にちがいないこのご婦人のなかにマルティンがあえて見出《みいだ》そうとしたのはまったく別のもの、まったくちがう何かだった。船上で人知れず始まったこの関係はギリシャでも、ファレーロン湾[47]に面した海岸の真っ白いホテルのひとつでつづいたのだ。ソフィア・ドミトリエヴナと息子にあてがわれたのは、じつにみすぼらしくて狭苦しい部屋だった——たったひとつしかない窓は埃っぽい中庭に面していて、そこでは夜明けになれば、さも悩ましげにあれこれと喉を試してみたり、準備運動に翼をばたばたさせてみたり、その他いろいろな音を出しながら、若いアレクトル[48]がかすれた声を威勢よく張りあげはじめるのだ。マルティンは青い色の硬い寝椅子で眠ったが、ソフィア・ドミトリエヴナのベッドのほうも狭くてぐらぐらだし、マットレスもでこぼこだった。虫といっても棲《す》みついているのは蚤《のみ》ぐらいのものだったけれど、ただそいつがなかなかすばしこいやつで、意

44 トルコの煙草の銘柄。
45 フランスの作家ピエール・ルイスが一八九四年に発表した散文詩集。架空の古代ギリシャの女性ビリティスが書いた詩篇の翻訳という体裁になっている。
46 ソネットは弱強格の四行の聯二つと三行の聯二つの十四行から作られるのが普通で、五聯の長短短格は規則違反の破格となる。
47 アテネ郊外の港湾。
48 ギリシャ語で「雄鶏《おんどり》」の意。

地汚くて全然捕まらない。アーラは運よくなかなか素敵なツインの部屋に落ち着くことができたので、ソフィア・ドミトリエヴナに、こちらの部屋にいらしてはいかがでしょう、そのかわり夫はマルティンのいる部屋に行ってもらいますから、と誘った。ソフィア・ドミトリエヴナは、いえいえとんでもない、と立てつづけに何度か言ったあげく、その勧めを喜んで受け容《い》れ、その日のうちに部屋を移ってしまった。大柄でひょろ長くて暗い顔つきのチェルノスヴィートフのおかげで狭苦しい部屋はぎゅうぎゅうになってしまった。どうやら蚤もこの男の血にあてられてしまったらしく、その証拠に二度と姿を見せなかった。その持ち物も——髭剃り道具に罅《ひび》の走った手鏡、オーデコロン、それにシェービングブラシときたら、いつも濯《すす》ぐのを忘れて窓敷居やテーブルや椅子の上に一日中立てられたままで、泡もべっとり灰色に固まってい て——マルティンをげんなりさせたし、なかでもとくに辛《つら》かったのは、夜が来て横になろうとするたびに自分の、つまりマルティンの寝椅子から、ネクタイみたいなものだとか、メッシュの下着だとかを取り除かなければならなかったことだ。服を脱ぐときは、チェルノスヴィートフはだるそうに身体を搔きながら、あんぐり口を開けてあくびをする。それからばかでかい素足の片方を椅子の端にかけて、指を髪の毛のなかに突っ込むと、そんな窮屈な姿勢のまま固まってしまう——そのあとまたゆっくりと動き出し、時計のゼンマイを巻いて横になると、うめき声を出しながら自分の身体でマットレスを揉《も》みしだくのである。しばらくすると、もう真っ暗になったところに声が響くのだが、それがいつも同じ「若者よ、頼むからどうか空気を汚さないようにしてくれたまえよ」という文句なのだ。朝髭を剃るときにはきまってこう言う——「お肌にはニキビトール・クリームを。みなさんのお年頃には欠かせません」。身支度をするさいには、靴下は踵《かかと》ではなく親指に穴が開いている方——露見防止の見地から——を選びながら、大声を張りあげて「ああ、われらもかつてはまた駿馬なれど」などと歌い、歯の間からひゅうっと音をさせる。こういう一切合切がなんとも単調そのものでおよそ面白味ってものがない。マルティンは気を使って笑顔を作っていたのだ。

それでもいくらか慰めになったとすれば、危険と隣り合わせのスリルを味わっていたからだった。禁断の思いが夢にまで出てきてしまい、母音たっぷりなその相手の名前を真夜中に寝言でぽろりと口走ってしまう、なんてことがいつ起きてもおかしくなかったし、それを聞いて頭に血がのぼった夫が、研ぎ澄ました剃刀《かみそり》を手にして夜中に襲ってくるなんてこともないとは限らなかったからだ。とはいえチェルノスヴィートフが使っていたのは安全剃刀だったし、そのちっぽけな道具の扱いもブラシ同様の汚らしさで、いつだって灰皿の上に、錆《さび》の浮いた刃のふちに髭と混ざった石鹼の泡がこびりついて黒っぽく固まったまま置いてあるのだ。やたらと陰気な顔つきで押し殺したようなしゃべり方をするのだって、マルティンにしてみれば、ぐっと内に秘めた嫉妬心をあえて表に出さないようにこらえている証拠のように思えた。終日アテネまで出向いて用を足さなければならないときなど、妻はあの親切で落ち着いた、でもそれなりに苦労も重ねてきた若者と二人きりで時間を過ごしているんじゃないかと疑わずにいられなかっただろうが、マルティンが空想する自分はまさにそんな若者だったのだ。

Ⅸ

とても暖かくてやけに埃っぽい日だった。カフェでは、甘くて黒いどろっとした液体入りのひどく小さなカップが、巨大な氷水のグラスのおまけみたいにして出されるのだった。砂浜を仕切っている柵に貼られて風に吹きさらされているポスターにはロシアの女性歌手の名が記されていた。アテネ行きの電車が、のどかな昼の青空に軽快な音を響かせて通り過ぎると、あたりはまたしてもひっそりと静まり返るのだった。小さな家々が見渡すかぎりまどろんでいるかのようなアテネの街を見ると、バヴァリア地方[49]の小都市のような感じがした。はるか彼方の黄色い山々の眺めときたら絶景だった。アクロポリスでは、大理石の屑《くず》や破片が点々とするなか、褪めた色の罌粟《けし》の花が風に吹かれてぶるぶると揺れていた。通りのど真ん中で、まるでたまたま姿を現したとでも言わんばかりに線路が始まって、リゾート列車の車両が止まっていた。果樹園にはオレンジが実っていた。荒地には壮麗な円柱が数本立ち並んでいたが、なかには倒れて三つに折れてしまっているものもあった。この手の黄色っぽい大理石が崩れてできた代物《しろもの》はどれも、すでに自然の手の内へと落ちようとしているのだった。それと同じ運命は、あるときまではまだ新築だったはずのマルティンが泊まっているホテルにだって待ち受けていたはずだ。

49 南ドイツ、バイエルン地方のラテン語名。

アーラと並んで浜辺に立ったマルティンは、あまりの嬉しさにぞくぞくしながら、はるか彼方の魅惑の地ってやつにたどり着いたんだと自分に言い聞かせるのだった——恋ってものにはまたとないスパイスだし、これ以上の幸せなんて望めやしない、何しろ風のなかで笑いながら髪をかき乱したあの女《ひと》がすぐそばにいるんだから。派手な色のスカートをはためかせたり、あの女《ひと》の膝にぎゅっと押し付けたりしているのは、かつてオデュッセイアの船の帆を膨らませたのと同じあの風なのだ。ある日、マルティンと肩を並べて足元のよくない砂地をぶらついていたあの女《ひと》は足をふらつかせてよろめいて、それをマルティンは手で支えてやったのだが、あの女《ひと》は踵をくいと持ち上げて靴の底を肩越しにちらりと見遣《みや》ると歩きだして、またしてもふらりとよろめき、マルティンはついに意を決してあの女《ひと》の半ば開いた唇に吸いついたが、この長かったけれどさして巧みとも言いがたい抱擁のあいだにバランスを失いそうになって、あの女《ひと》もぐらりと体勢を崩して抱擁から逃れると、笑いながら、あなたのキスはウエットすぎるのよ、もっと練習しなくちゃね、と言った。マルティンは両足が情けなくもぶるぶる震えるのを感じたし、心臓だってどきどき早鐘を打つ始末で、こんなぐあいに動揺してしまった自分を呪ったのだけれど、それは学校で取っ組み合いの喧嘩《けんか》をしたあと、「あれ、こいつ顔が真っ蒼だぜ！」とみんながはやし立てたときに味わった感覚を思わせた。とはいえ、人生で初めてのキス――目をつぶったディープなキスで、その奥底には何かしらデリケートに蠢《うごめ》くものがあって、それが何に由来するものなのかはすぐには見当がつかなかったけれど、それがあまりにもすばらしくて、予期した以上のものを惜しげもなく与えてくれたので、おのれの不甲斐なさなどすぐにどこかに掻き消えてしまい、砂地での風にさらされた一日は、ひたすらキスをくりかえして上達することに費やされ、夜にはマルティンはもう、丸太ん棒でもずっと引きずっていたみたいに完全にぐったりしてしまった。アーラが夫と一緒に食堂に入ってきたとき、マルティンと母はもうオレンジの皮を剥いていたところだったが、あの女《ひと》は隣のテーブルについて円錐形《えんすいけい》に置かれたナプキンをさっと広げると、それを軽やかな手つきでひらりと膝に落とし、それから椅子をテーブルに引き寄せた――マルティンの顔はゆっくりと紅潮していったし、あの女《ひと》と目を合わせるなんてなかなか思い切れなかったけれど、やっとのことで目を合わせてみても、あの女《ひと》のまなざしのなかに、こちらに応えてくれるような戸惑いの表情を見つけることはできなかった。

貪欲でとどまるところを知らないマルティンの空想が、純潔などというものと反りが合っていたわけではなかろう。マルティンはすっかり純真というわけでもなかったのだ。「不純」と呼ばれるような考えがマルティンを苛《さいな》むようになってもうかれこれ二、三年になるし、たいしてそれに逆らいもしなかったのだから。初めのうちはこういう空想は、幼い頃からあった惚《ほ》れっぽさとは別個に息づいていたのだった。忘れもしないあのペテルブルクの冬の日、子供たちが手づくりの芝居を披露した後で、まだメイクも眉墨も落とさず、コソヴォロトカ[50]を着たまま、やはりメイクをして眉のところまでスカーフを巻いた同い年の従姉妹《いとこ》と二人で物置のなかに閉じこもり、その娘《こ》を見つめたまましっとりしたその手を握りしめたマルティンは、いかにもロマンティックな仕草だとつくづく実感したものの、だからといってそれに興奮したりはしなかった。メイン・リード[51]の主人公モーリス・ジェラルドが、馬に乗ったルイーズの横に自分の馬をぴったり寄せて、ブロンドの混血娘のしなやかな腰に手を回して抱きよせると、わきから作者が「このような接吻《せっぷん》に比しうるものがあろうか？」と嘆じてみせる。こういう類の事柄のほうがもうよっぽどマルティンを興奮させるのだった。まあ大概のところ——いささか遠いところにあって、秘密が多くてけっこうあやふやなところがあるものならば、どんなものだろうと夢想を働かせて細かなディテールを作りあげるにはうってつけで——それはレディー・ハミルトン[52]の肖像だって、同級生が目を瞠《みは》りながら声を低くしてしゃべる淫売宿の話だってかまわないのだが——とりわけそういったものがマルティンの想像力をかきたてていた。ところがもはやそんな霧は晴れてきて、視界も良好になってきていたというわけだ。砂浜でのあれにすっかり心を奪われてしまったマルティンは、そのときアーラが実際に口にした言葉など一向に気にも留めていなかったのだ——「あなたにとって私はおとぎ話以上のものにはなりっこないのよ。私はばかみたいに感じやすいの。あなたは私をけっして忘れたりしないわよね、ほら、ずっと前に読んだだれかの小説のことを忘れたりするようなふうにはね。それに、これから付き合う女《ひと》たちには、私のことをしゃべったりしちゃだめ、いけないわ」。

50 立襟で胸が斜めに開く白いロシア風シャツ。
51 アイルランド出身の作家(一八一八—一八八三)。子供向けの冒険小説を得意とし、帝政末期のロシアで人気があった。
52 美貌で知られ、一八世紀末から一九世紀初頭のイギリスで社交界の名士たちの愛人となったエマ・ハミルトンのこと。

ソフィア・ドミトリエヴナにとってみれば、嬉しくもあり嬉しくもなしといったところだった。知り合いのだれかがしたり顔で「私らは今日散歩していてね、そう、見たんです……歩いてたんですよ、あの女流詩人と手を組んでね、そうそう、とても親しげでね……おたくの息子さんはもう完全にやられちまってますな」などとご注進におよぶことがあると、ソフィア・ドミトリエヴナは、べつにそんなのはちっとも変なことじゃありませんわ、あんな年頃ですから、と答えたものだった。母はマルティンが早くも男らしい情欲を示したことが誇らしかったとはいえ、それでも自分の胸にしまっておけなかったのは、アーラはチャーミングだし気持ちのいい女性ではあるけれど、英語で言えばあまりにも「手が早く《ファスト》」て、息子の目がくらんでしまうのは許せても、アーラの色気たっぷりな品のなさは許せないということだった。幸いなことにギリシャ滞在も終わりに近づきつつあった——あと数日たてば、夫も亡くなり生活費にさえ事欠いていると正直に書くのにとても骨が折れた手紙にたいする返事が、スイスにいる夫の従兄弟《いとこ》ハインリヒ・エーデルワイスから届くはずだったからだ。かつてハインリヒ・エーデルワイスはロシアまで訪ねて来てくれたことも何度かあってソフィアや夫とも懇意にしていたし、甥っ子のことも可愛《かわい》がっていて、日頃から誠実でおおらかな人だってことになっていた。「覚えてるかしら、マルティン、ハインリヒおじさんが最後に来たときのこと。どっちにしても、あの前だったわよね？」この「あの」はいつだってはっきり示されることはなかったけれど、あの諍《いさか》いの前、夫と別れる前を意味していて、だからマルティンも「あの前」、「あの後」とだけ言って、それ以上余計なことはひと言も付け足さなかったのだ。「あの後だと思うよ」と息子は答えたが、それは別荘にやって来てソフィア・ドミトリエヴナのそばにずっと腰をおろしていたハインリヒおじさんが、もともと涙もろい人柄だったこともあり、目を真っ赤にして出てきたあと、映画館のなかでもまだ泣いていたのを思い出したからだ。「もちろんそうよね、私ったらなんて馬鹿なのかしら」おじさんが到着して夫の話になり、仲直りするように諭された光景が不意によみがえってきたソフィア・ドミトリエヴナはすぐにそう言った。「おじさんのこと、よく覚えてるじゃないの。いつも何かしらお土産を持ってきてくれたものね」「最後のときは室内電話機だった」マルティンはそう言って眉をひそめた――電話線を引くのが面倒だったし、ようやくだれかが子供部屋から母の寝室に線を通してみると、あまり調子がよくなくて、一日経つとまったく動かなくなってしまい、それ以来放りっぱなしになっていたのだ――以前におじさんが持ってきたほかのプレゼントも似たり寄ったりで、たとえば、『スイスのロビンソン』[53]などは、本物のロビンソンを読んだ後じゃあもう退屈このうえない代物だったし、ブリキでできた小さな貨物列車をもらったときなどは、がっかりしてひそかに涙したくらいだが、それというのもマルティンが好きなのは客車だけだったからだ。「どうしてそんなしかめっ面をしてるの？」ソフィア・ドミトリエヴナが尋ねた。マルティンが説明すると母は大笑いしてこう言った。「本当にそのとおりね」――そしてマルティンの幼かった頃の、もう取り戻すこともできないし、説明しようもないような諸々《もろもろ》についてつい考え込んでしまったのだが、それを思うと胸が締めつけられるほどの愛《いと》おしさを感じた――何もかもすっかり終わってしまうなんて――何てことでしょう――髭も伸びてきたし、爪だって手入れして、菫色《すみれいろ》のネクタイなんか締めて、あんな女と……。「あの女《ひと》はもちろん、とってもチャーミングよ」ソフィア・ドミトリエヴナは言った。「でも、ちょっと羽目をはずしすぎだと思わない？ そんなふうに見境を失っちゃだめよ。答えてちょうだい――いいえだめだわ、何も聞きたくなんかないのよ……。ただね、あの女《ひと》はペテルブルクじゃとんでもない発展家《フラート》だったって話よ。それにまさかあなたは本当にあの女《ひと》の詩をいいと思ってるの？　あんな女々しい悪魔主義が？　あの大げさな詩の読みっぷりったら。本当にあなたたちはその――どう言うか知らないけど――手を握りあうような仲ってものになったってことなの？」マルティンはどちらともつかない笑みを浮かべた。「きっとあなたたちのあいだには何もないんでしょうね」ソフィア・ドミトリエヴナは鎌をかけるような狡猾《こうかつ》な言い方をして、やはり狡猾に目を泳がせている息子をじっと見つめた。「何もないに決まってるわ。あなたはまだそこまで大人になっちゃいないもの」マルティンは大声で笑いだし、母は息子を引き寄せると、その頬にむさぼるようにべとべととキスをした。こんな一部始終が繰り広げられたのは、ホテルの前の敷地に置かれたガーデンテーブルで、それも早朝のことだったけれど――その日はいかにもすばらしい天気になりそうで、雲ひとつない空にはまだ薄もやがかかっていたのだが、それはちょうど、豪華版の童話集の艶紙に印刷されたはっとするほど色鮮やかな口絵の上によく挟んであるパラフィン紙みたいだった。マルティンがこの半透明の紙片を

53　スイスの作家ヨハン・ダビット・ウィースの児童文学作品。デフォーの『ロビンソン・クルーソー』を下敷きとしている。

そっと取り除けてみるとそれは純白の階段で、そこを、垂れ下がったヒップをもぞもぞ動かして目の覚めるように真っ青なスカートを波みたいに規則正しく揺らしながら、つやつやに磨きあげたつま先をわざとのような落ち着きぶりで一歩また一歩突き出しては下に降ろし――繻子《しゅす》のバッグを振り子のようにぶらぶらさせ、顔には微笑《ほほえ》みさえ浮かべて、髪を真ん中から左右に振り分け、澄んだ瞳に首のほっそりした女性が降りてくるのだが、大きな黒いイヤリングをつけていて、やはりそれもぶらぶら揺れているのだった。マルティンはこの女性を出迎え、その手にキスをすると後ろに退き、女性は笑いながら音楽でも奏でるように喉を震わせソフィア・ドミトリエヴナに挨拶すると、籐編みの椅子に腰をおろして太い英国製の煙草を吸ったが、それは朝のコーヒーの後の最初の一本だった。「寝顔がとってもすてきだったのよ、アーラ・ペトローヴナ、だから起こさないでおきたかったの」ソフィア・ドミトリエヴナは言うのだが、エナメル塗りのシガレットホルダーを横手に持って、なぜかマルティンのほうを横目でちらりと眺めると、息子はもう手すりに座って足をぶらぶらさせていた。アーラははしゃぐようにして昨夜見た夢の話をしはじめた――それは、古代ギリシャの神官たちが登場する豪勢な大理石造りの夢だったけれど、そんな連中がはたして夢に出てくることなんてあるのかどうか、ソフィア・ドミトリエヴナにははなはだ疑問だった。打ち水をされたばかりでまだ濡れている砂利がきらきらと輝いていた。

マルティンの好奇心は膨らんでいった。砂浜をぶらぶらしたり、だれでも目撃できるような場所でキスしたりするのが、あまりに引き伸ばされた序章のように思えてくるのだったが、かといって究極の望みを達するのは不安でもあった――細かな点が少々マルティンにはうまくイメージできなかったし、経験がないことも悩みの種だったのだ。忘れもしないあの日、アーラは、私は木でできているわけじゃないからそんな扱い方はやめて、と言い、また昼食のあと夫はまちがいなくずっと街に出ているし、ソフィア・ドミトリエヴナは部屋で休んでいるはずだから、マルティンの部屋に寄ってだれだかの詩を見せてあげると言ったのだが、その日こそまさに、ハインリヒおじさんと室内電話機の話で幕を開けたあの日だったのである。のちにスイスで、ハインリヒおじさんから誕生日に黒い彫像（球をドリブルするサッカー選手）をもらったのだが、おじさんがテーブルの上にその無用の長物を置いたまさにその瞬間、はるか彼方のファレーロン[54]のあの穏やかな朝や、階段を降りてくるアーラの姿がぞっとするほど鮮明に頭に浮かんできたのはどうしてなのか、マルティンにはわからなかった。昼食をとるとすぐさまマルティンは部屋に戻って待つことにした。チェルノスヴィートフの石鹸だらけのブラシは鏡の後ろに隠した――どういうわけか目障りだったのだ。中庭からはバケツの鳴る音や水がはねる音、喉音が目立つしゃべり声が聞こえた。窓辺の黄色いカーテンがふわりと膨らむと、床に落ちた陽だまりが大きく広がった。蝿《はえ》は円を描くのではなく、平行六面体や台形のようなものを描いて電灯の支柱のまわりを飛びまわり、ときおりそこに止まるのだった。マルティンは興奮を抑えられなかった。ジャケットを脱いでカラーも外すと寝椅子の上に仰向《あおむ》けに寝転んで、心臓がバクバクと打つ音に耳を傾けていた。すばやい足音が近づいてきてドアを叩く音がすると、マルティンのみぞおちの内側で何かがパンと破裂した。「ほら、こんなにあるわよ」とアーラは泥棒みたいにひそひそと囁《ささや》いたけれど、マルティンには詩なんかもうどうでもよかったのだ。「あらだめよ、なんて乱暴なのかしら」アーラは消え入るような声で言ったが、それはマルティンを手伝っているみたいだった。マルティンはなんとかあの悦楽に近づこうとして慌てふためき、ついにそこにたどり着いたが、するとアーラがマルティンの口を手でふさいでつぶやいた。「しっ、静かに……隣の人たちよ……」

「少なくともこいつだけは、ずっとおまえのそばにいてくれるはずだよ」はっきりした声でハインリヒおじさんは言うと、気持ち身体を後ろに反らして小さな彫像をだれはばかることもなくうっとりと眺めた。「十七歳にもなればもう、人は将来自分の部屋に飾るものを吟味しなくちゃならんし、それにおまえは英国のスポーツが好きだろう……」「すてきだね」おじさんを悲しませないためにマルティンはそう言うと、サッカー選手の足元に固定されたボールに手を触れた。

その家は木造で、周囲には樅《もみ》の木が鬱蒼と生い茂り、霧が山地を被っていた。暑くて黄土色をしたギリシャはほんとうにはるか遠い場所となってしまった。とはいえ、誇らしくて晴れがましかったあの日の感覚はまだどんなにか活き活きと心に残っていたことだろう——愛人ができたのだから！　そのあと夜になって、あの青い寝椅子がどれほど陰謀めいた姿に見えたことか！　横になるとチェルノスヴィートフは、あいかわらず肩甲骨を掻きながらいかにもぐったりした様子で寝返りを打っていたが、やがて真っ暗闇のなかで唸《うな》り声をあげると、空気を汚さないようにしてくれとこちらに

54　アテネ郊外の港町。

念を押し、最後には鼻息をひゅうひゅういわせるようにして鼾をかきだし、そこでマルティンは、ああ、もしこいつが知っていたとしたら……などと思ったものだった。そしてある日のこと、夫は街に出かけているはずだったし、その夫がマルティンと暮らしていた部屋の寝椅子では、アーラがもう早々と、アーラ自身の言い方によれば「天国を垣間見」終わってドレスを直しているところで、一方マルティンはといえば、汗だくで髪を振り乱しながら、同じ天国で落としてしまったカフスボタンを探していたが——するといきなりドアが勢いよく押し開かれてチェルノスヴィートフが入ってきて言った。「おや、君はこんなところにいたのかい。案の定スピリドノフの手紙を持って行くのを忘れちまってさ。困ったことになるところだったよ」アーラはくしゃくしゃになったスカートを手のひらで伸ばしながら、額に皺をよせて尋ねた。「じゃああの人はもうサインしてくれたの?」「あのベルンシテインの古狸《ふるだぬき》め、いつだって面倒を押し付けてくるだけなんだからな」旅行鞄の中味を掘り返しながらチェルノスヴィートフが言った。「連中が金を払うのを渋るなら、あの畜生どもが自分たちでどうとでも手だてすりゃいいんだよ」「肝心なのは」アーラが言った。「支払いが遅れてるのを忘れないことよ。どう、見つかった?」「きれいさっぱり消えちまったよ」あちこちの封筒を確かめながらチェルノスヴィートフがつぶやいた。「絶対あるはずなんだがなあ。実際消えちまうはずがないじゃないか」「なくなっちゃったなら、もう何もかもおじゃんよね」アーラは不満気に言った。「だらだらと引き延ばしやがって」チェルノスヴィートフはつぶやいた。「これがあいつらお得意のやり口なのさ。開いた口がふさがらないよ。いっそスピリドノフがきっぱり断ってくれたほうが、こっちとしちゃよっぽど嬉しいね」「そんなに苛々しないでちょうだい、見つかるわよ」とアーラは言ったが、あきらかに自分も気を揉んでいる様子だった。「あったぞ、こいつはありがたい！」チェルノスヴィートフは大声をあげて見つかった紙切れに目を走らせたが、それに心を奪われるあまり顎ががっくりと垂れ下がっていた。「忘れずに支払いが遅れたことを言わなくちゃだめよ」アーラが念を押した。「合点承知さ」チェルノスヴィートフはそう言って急いで出て行った。

このいかにも事務的な二人のやりとりにマルティンはちょっとばかり面食らった。夫も妻も取り繕っていたわけではない——実際二人とも自分たちの心配事で頭がいっぱいになって、マルティンがそこにいることなどすっかり忘れていたのだ。それでもアーラはすぐさま元の気分を取り戻し、ギリシャのドアの閂《かんぬき》ときたらとんでもないヤクザな代物よね、自分で勝手に外れちゃうんだもの、などと笑い飛ばし、不安になったマルティンが問いただすと肩をすくめた。「あら、大丈夫よ、あの人は何も気づいちゃいないわ」その夜マルティンは遅くまでなかなか寝付くことができず、結局不安な気持ちのまま、さも満ち足りたような鼾の音に耳を澄ましていた。三日後、母とマルセイユに向けて出港したさいには、チェルノスヴィートフ夫妻はピレウス港[55]まで見送りに来てくれた。二人は埠頭《ふとう》に立って腕を組み、アーラは笑顔でミモザの枝を振っていたが、それでも前日の夜にはひと筋の涙を見せたのだった。

X

この景色、この口絵のイラストときたら、半透明の薄い紙をめくってみるとどぎついほどにこれ見よがしな派手さだったので、マルティンはもういちどその靄をもとに戻してみたのだが、それを通して見ると、こういう色使いにも密《ひそ》やかな魅惑がそなわるようになるのだった。

それに大西洋横断航路の大きな客船は、すみずみまで清潔でピカピカに磨かれ、広々としていて、化粧用品の売店や絵の展覧会場、薬局や理髪店まであり、甲板では毎夜みんながツーステップやフォックストロットを踊っていた——甘酸っぱい胸の疼《うず》きとともにマルティンが思い出していたのは、あの愛しい女《ひと》のこと、やわらかいけれど胃のあたりがわずかに落ち窪《くぼ》んだその胸や澄んだ瞳、それに、抱きしめるといかにも華奢《きゃしゃ》に身体を軋ませて、「まあ、折れちゃうわ」などと言うさまだった。そうするうちにもアフリカがほど近くなって、北側の水平線にはシチリア島が紫色の輪郭を見せ、そのあと船はコルシカ島とサルデーニャ島のあいだをすり抜けていき、焼けるような暑さの陸地が形づくるこうした模様はどれも、まわりのどこかほんの目と鼻の先に現れながら、その実体が知られぬままに通り過ぎていってしまうのだけれど、そんな肉体を欠いた姿の現れが、マルティンを惹きつけてやまないのだった。マルセイユからスイスへの道中では、マルティンは丘のはざまにちらつくお気に入りのあの夜の灯火と同じものが見えたような気がした——それはもう大陸横断鉄道《トラン・ド・リュクス》ではないごく普通の急行列車で、揺れもひどいし薄暗くて、石炭の煤《すす》で薄汚れているとはいえ、こう

55　ギリシャのアッティカ地方にある港。

いう抗《あらが》いがたい誘惑ってやつは思いがけなくどこにだって出現するものなのだ――真っ暗闇のなかに浮かびあがるあの街の明かりや泣き叫ぶような汽笛の音……。ローザンヌから自動車に乗って、山岳地帯を少し登ったところにあるおじさんの家に向かうあいだ、マルティンは運転手の横に座って、ときおり笑顔で母とおじさんを振り返ったが、二人はともに自動車用の大きなゴーグルをつけて、同じようにお腹の上で両手をしっかり握りしめていた。ハインリヒ・エーデルワイスはいまだに独り身で、幅の広い口髭をたくわえていて、マルティンには、そのしゃべり方のちょっとした抑揚だとか、楊枝や爪用のピックを使う仕草が父を彷彿とさせるのだった。ローザンヌの駅でソフィア・ドミトリエヴナを出迎えたハインリヒおじさんは顔を手で覆って大泣きしたのだが、そのあとのレストランでは落ち着きを取り戻して、ちょっとばかり大時代なそのフランス語でロシアのことや、以前そこを旅したときの話をしはじめた。「何とも運のいいことさ」おじさんはソフィア・ドミトリエヴナに言った。「何とも運のいいことだよ、あんたのご両親はこんな恐ろしい革命の時代まで生きながらえずに済んだのだからな。あの年老いた公爵夫人のことはこのうえなくよく覚えとるよ、白髪でなあ……。あの何とも不憫《ふびん》なセルジュのことをどんなに可愛がっておったことか」そして従兄弟の思い出話になると、ハインリヒ・エーデルワイスの目はまたしても水色の涙であふれた。「そうです、母もあの人が気に入ってました、それは本当ですわ」ソフィア・ドミトリエヴナは言った。「でも母はもともとどんな人でもどんな物でも好きになってしまう人でしたから。ところでマルティンに会った印象はいかがでしょうか」ソフィア・ドミトリエヴナは急いでこうつづけたが、それは、そのふさふさした口髭にうんざりするほどのセンチメンタルな陰影をもたらしている悲しい話題から、ハインリヒの気を逸《そ》らしたかったからだった。「似ているな、よく似ているよ」ハインリヒは頷《うなず》いた。「額が広いのも同じだし、歯並びが立派なところもだ……」「でも、正直大人びてきたんじゃありません?」あわててソフィア・ドミトリエヴナが口を挿《はさ》んだ。「それにね、あの子にはもう色恋沙汰みたいなことだってあったんですよ」ハインリヒおじさんは話題を政治の話に変えた。「今次の革命が」おじさんはレトリックでも使うようにこう言った。「どれほどの長きにわたりうるのか? そう、それはだれひとりとしてわからんよ。哀れなことに、麗しきロシアは破滅の道をたどっている。もしかすると、独裁者の断固たる手によって、行きすぎた行為には終止符が打たれるかもしれん。けれど、あのすばらしかったいろいろなもの、それにあんたらの土地だって荒らされ放題になってしまったし、田舎にあったあんたらの屋敷もならず者どもに燃やされてしまったが——そういうもの一切にお別れを言わなくちゃならんのさ」「スキーはいくらぐらいするの?」マルティンが尋ねた。「わからんな」ハインリヒおじさんがため息をついて答えた。「私はそういう英国風のスポーツを嗜《たしな》んだことが一度もないのでね。おまえは英語訛もあるな。そいつはいかんぞ。今後そういうところは全部きちんとすることにしような」「この子はかなりいろんなことを忘れちゃってるみたいで」ソフィア・ドミトリエヴナが息子をかばって言った。「ここ数年はもうマドモアゼル・プランシュのレッスンを受けられなくなったので」「亡くなったんだな」ハインリヒおじさんは感慨深げにそう言った。「ここにもまたひとつ死があったというわけか」「いえちがいますわ」ソフィア・ドミトリエヴナはにこりとした。「またどうしてそんなことを? あの方ならフィン人に嫁いでヴィボルグで無事に暮らしてますわ」「どちらにしてもこれは総じてじつに悲しいことだよ」ハインリヒおじさんは言った。「いつかセルジュとあんたがここに来てくれればとあんなに願っていたが、その夢ももう叶《かな》うはずもないのだし、ただひとり神のみが人々の運命をご存じなのだ。空腹も満たされてもう何もいらないというのであれば、そろそろ出発してもいいがね」

　道は陽の光に満たされていて曲がりくねっていた。右手には切り立った岩肌が壁のようにそびえ立ち、そのあちこちに入った亀裂から生えているとげのある灌木《かんぼく》が花を咲かせていたし、左手は断崖で谷になっていて、水が岩棚で鎌の形に泡をたてながら滑り降りていくのだった。しばらくすると黒々とした樅の木々が姿を現し、あの斜面かと思えばまたこの斜面、という具合にひとところに固まって生えているのだった。見渡せば、あちこちが雪でまだらになった緑がかった背の高い山々がいつの間にかこちらに迫ってきていて、そういう山々の肩越しにもっと灰色をした別の山も顔をのぞかせていたが、はるか向こうにそびえている山々は紫がかってはいたもののグワッシュ[57]で描いたごとくに真っ白で、そういう山々はじっとしたまま一向に動こうとしないし、その上に広がっている空もどこか色褪せたような感じで、走っている自動車の頭上を黒々と流れていく樅の梢《こずえ》のあいだから漏れてくる目の覚めるような青との際

56　ペテルブルク近郊のフィンランドとの国境に近い都市。
57　アラビアゴムなどで溶いた不透明水彩絵具。

立った違いを見せていた。不意にこれまでに体験したこともないような感情とともにマルティンが思い出したのは、ロシアの公園の外れに鬱蒼と生い茂る樅の木を、ヴェランダの青い菱形《ひしがた》の窓ガラス越しに眺めた記憶だったが――軽くしびれのきた両足を伸ばし、頭のなかにまだブーンという唸りが残っているのにも気づかずに自動車を降りると、土や融《と》けた雪の香り、荒々しくて鮮烈なその匂いや、樅の木造りのおじさんの家の美しいたたずまいに思わず息をのんだ。その家は村から半露里［約五三〇メートル］ほど離れてぽつんと立っており、上の階のバルコニーからの眺めは、完璧に空を飛んでいるとしか思えないような、それはもう背筋がぞっとするほどの絶景で、清潔な手洗いは松脂《まつやに》の香りがしたが、その小窓からも春の別荘地らしいあのどこまでも青みの深い空がのぞき、家を囲む庭には土が黒く剝き出しになった花壇があり、その奥で林檎の木々が花を咲かせていたし、そのすぐ向こうには樅の林がつづき、ぬかるんだ道は村につながっていて、そういう場所は涼しげなのに心が浮きたつような、何か訳知りな感じのする静けさに包まれており、かすかに頭がくらくらするのを感じたけれど、それはこの静けさのせいとも、匂いのせいとも、三時間も乗り物に揺られたあげくたどりついた、今までにないような満ち足りてひとところにどっしり腰を据えた気分のせいともつかなかった。

この家にマルティンが暮らしたのは秋の終わりまでだった。冬にはジュネーヴ大学に入学することになっていたのだ。ところが、英国の友人たちと活発な手紙のやりとりをしたあと、ソフィア・ドミトリエヴナはマルティンをケンブリッジにやることにした。ハインリヒおじさんはすぐにはこれに納得しかねた――おじさんは英国人ってものにそもそも虫が好かなかった。冷淡でずる賢い国民ってわけだ。そのかわり、この名門大学が要求する高額な出費のことを思ってもがっかりしなかったどころか、反対にそこに惹きつけられたのだった。些細なことにかんしては倹約をよしとして、左手には小銭をぎゅっと握りしめながらも、おじさんは右手では大金の小切手によろこんでサインするのだ――その出費が尊重すべきものであるときにはなおさらだった。ときおりおじさんは感動的なぐらいにわがままな人物になりきって、手のひらでテーブルをばたんばたんと叩いては、口髭を息で膨らませて声を張りあげる。「私がそうしてやるのはだな、いっそそのほうがせいせいするからだ!」するとソフィア・ドミトリエヴナはため息をついて、新調したばかりのジュネーヴ製のブレスレット型腕時計を手から引き抜こうとし、ハインリヒはそれにすっかりめろめろになってしまって、ポケットに手を突っ込むと、水色の縁取りがついた大きなハンカチを引っぱりだして、それをばさばさと振り拡《ひろ》げて溢れてきた涙を隠しながら、大きな音を立ててまず一度、さらに一度と鼻をかみ、それから口髭を拭った——まず右側、そして左側という順番で。

夏の訪れとともに、十字の焼印の入った羊たちは山地のさらに上のほうにまで放牧されるようになった。どこからとも知れず、その方角すら定かではないけれど、流水の金属的な響きが聞こえるようになり、その音はこちらまで流れてくると耳にした者を包み込んで、口のなかに奇妙なくすぐったさを呼び起こしたし、向こうではもうもうと土煙が舞いあがるなか、灰色の縮れ毛を押し合いへし合いさせて、やんわりとぶつかり合いながらぞろぞろと流れていく羊たちの背中が、その密度を刻々と変化させていき、しかも、しっとりとしてふくよかで、余すところなく五感を和ませてくれる首輪の鈴の音がどんどん大きくなってあたりを満たしていくさまはなんとも神秘的で、まるで羊たちの上にもうもうと巻きあがる土煙そのものが音を出してでもいるかのようなのだった。ときとして一匹が群れを飛び出し、駆け足で走り抜けようとするのだが、毛のふさふさした犬が吠えもせずにその羊を群れへと押し返し、その後ろを軽やかな足取りで牧童が歩いていく――やがて鈴はその音色を微妙に変化させて、以前のようなより濃密で静かな音になっていくのだけれど、そのあともまだずっと大気のなかを舞う土埃といっしょに鳴りつづけていた。「こいつはすてきだ」鈴の音が聞こえなくなるまで耳を澄ましていたマルティンは小さな声でつぶやくと、また歩きはじめたが、それはお気に入りの散歩のコースで、村道や樅の木の生い茂る森の小径が出発点になっていた。針葉樹の森は突如としてまばらになり、傾斜はきついけれどみずみずしい牧草地が姿を現し、石のごろごろした抜け道が生垣に挟まれるようにして下っていて、ときどき濡れた薔薇色の鼻面をした牝牛《めうし》が下から上ってきては立ち止まり、尻尾を振り回しながら首を横に振ってすれちがっていくのだが、その後ろをついて歩いてくる杖を持ったすばしこそうな老婆は、いつもマルティンのことを胡散臭《うさんくさ》そうな目で見るのだった。眼下のポプラや楓の木立の向こうには大きなホテルが白い姿を見せていたが、そこの主《あるじ》はエーデルワイス家と遠縁にあたるのだ。

このひと夏のあいだにマルティンはさらに体格がよくなって、肩幅もぐんと広くなり、声も落ち着いた低い音になった。一方で頭のなかはどうにも収拾がつかなくなり、感情のほうもいまひとつ摑《つか》みどころがなくて、外の暑いところから帰ってくるとやけにはっきりと感じられる別荘地特有の屋内の涼しさだとか、機嫌悪そうにブンブンと唸りながらこつこつと天井につっかかる丸々太ったマルハナバチだとか、一面の青空にまるで獣の肢《あし》でも伸ばしているみたいな樅の木の恰好だとか、森のはずれで見つかった茶色くて立派なポルチーニ茸《だけ》みたいなものが妙に感情を揺さぶったりするのだ。これから英国へ旅立つのだと思うとマルティンは胸が高鳴ったし嬉しかった。アーラ・チェルノスヴィートワの思い出は最終的な完成の域に到達し、ファレーロンで味わった幸せの価値ってものが自分にはまだよくわかってなかったんだと思いかえしたものだった。劣情を癒してくれたのはあの女《ひと》だけれど、それによってますます火をつけられて、山岳地帯で過ごした夏のあいだずっとそれに苦しめられつづけたせいで、マルティンは毎晩のようにいつまでも寝付かれず、あらゆる類の冒険物語を空想するのだが、そのなかには夜明けの街でマルティンを待っている数多《あまた》の女たちもいて、ときにはそういう女性の名のなかのいくつか——イザベル、ニーナ、マーガレット——が、往々にして口をついて出てきてしまうこともあり、とはいえそれはまだ血も通っていないし実際にそこに暮らしてすらいない名前にすぎず、人気《ひとけ》のないがらんとしたその家に主《あるじ》になる女《ひと》はぐずぐずして一向に越して来る気配もない——そこで、このなかのいったいどの名前がある日突然生きた女性になりかわって、その名前を今みたいな秘密めかしたやり方で口にすることがもうできなくなるくらい現実的で自然なものになりそうか、あれこれと考えてみるのである。ところで毎朝、年老いたメイドの手助けにと村から通ってきていたその姪《めい》っ子の十七になる少女マリーは、とても物静かでかわいらしく、濃い薔薇色の頰《ほ》っぺたをして、黄色っぽい金髪のおさげをぐるりと頭に巻き付けていた。よくマルティンが庭に出ているときに、マリーが上の階の小窓をいきなり開け放って雑巾の埃をぱっとはたいたところで動かなくなってしまうのだが、それはたぶん、雲の影が楕円形《だえんけい》を描いて山の斜面を滑っていくのにでも見とれていたにちがいなく、そのあと手の甲をこめかみに当てながらゆっくりと振り返って奥に戻っていく。マルティンが上の階にあがると、隙間風の按配《あんばい》でどこを掃除しているか見当がつき、濡れてつやつやした床板の上ではマリーが立て膝のまま物思いにふけっていて、その後ろ姿がマルティンの目に入り、黒い毛糸のタイツや緑色に水玉模様が入ったワンピースが見えた。マリーはけっしてマルティンと目を合わせようとしなかったけれど、ただ一度だけ——それはもうちょっとした事件だったが——空っぽのバケツを持ってすれちがいざま、曖昧でやわらかな笑顔でにっこりしたものの、結局それはマルティンに向けたものじゃなく、雛鳥《ひなどり》たちに笑いかけたものだった。ずっとマルティンはいつかあの娘に話しかけてそっと抱いてやろうなどと心に決めていたのだが、あるときマリーが帰ってから、ソフィア・ドミトリエヴナが鼻をひくひくさせて眉を顰《ひそ》めると、急いで家中の窓という窓を開け放ったことがあって――それでマルティンも、マリーにたいして腹立たしいほどの嫌悪感を抱くようになり、ただ、長い時間を経てようやく、マリーの姿が遠くのほうに――開いた窓だとか、井戸のそばの木の葉に射し込む光に照らされて――現れるのを少しずつ目にするうちにやっと、その魅力にふたたび抗えなくなっていったのだけれど、それでも近づくのはやはり怖かった。こんな具合に喜びに満ちて悩ましげな何ものかが、遠くからマルティンを誘惑していたのだが、しかしそれはマルティンに向けられたものではなかったのである。一度、山の上のほうまで登っていったときに、大きくておでこの広い岩の上にしゃがんだことがあったが、すると下から曲がりくねった山道を羊の群れが音楽みたいな悲しげな鈴の音をたてながら通り抜け、つぎに通ったのは二人連れで、ぼろぼろの服を着た陽気な男に、やたらと笑ってばかりいる若い娘だったが、その娘は歩きながら靴下を編んでいるのだった。二人はまるでマルティンには肉体なんかないとでも言うように、そちらのほうを見向きもせずに通り過ぎ、マルティンは長いことじっと二人を目で追っていた——男のほうは歩調を変えもせずに、道連れの娘の肩に手をかけていたし、娘のうなじを見ていると、急ぐでもなくこの先の谷へと降りて行きながら、ずっと編み物をつづけているのがわかるのだ。かと思うとまた、ホテルの前のテニスコートのあたりに現れて、きゃあきゃあ声をあげて真っ白なウェア姿を際立たせながら、ラケットでアブどもを追い払っているご令嬢たちときたら腕も露《あら》わな姿だったけれど、プレイを始めたとたんにもう——見るもぶざまな大根切り打法で、どうにも救いようがないのだった——マルティン自身がすばらしく腕のいいプレイヤーで、ホテルに泊まっていたアルゼンチンの若者たちをひとり残らず這いつくばらせたほどだから尚更《なおさら》なのだが、それというのも、テニスボールの特性を味わいつくすのに必要不可欠なコツだとか、いくつもある要素をスムーズに調和させる技をごく幼い頃から身につけているからで、だからこそ、白いボールへの打撃はどれも弧を描くようなストロークから始まり、ガットに当たるはぜるような音がしたあともまだ動きを止めたりはせず、腕の筋肉を伝って肩そのものにまで達して、あたかもそのなめらかなサイクルを完成し、その場所からまたもや滞りなくつぎのストロークが生まれるのである。

八月のある暑い日など、ニース出身のプロ選手ボブ・キットソンもコートに現れ、マルティンに手合わせを願い出たものだ。例のごとくに情けないあの足のガクガクがきた――あまりに空想力が逞《たくま》しすぎた代償だ。とはいえマルティンの滑り出しは上々で、ネットのすぐそばに落ちてくる球もうまく拾ったし、ベースラインから力まかせにいちばん遠いコーナーに打ち込むこともできた。周囲には見物の人だかりができて――それは気持ちのいいことだった。顔が火照《ほて》って喉が渇いてどうにもたまらなくなった。サーブの球を全力を込めて打ち込んだ瞬間、折れ曲がった身体ですばやくネットに向かって駆け出したマルティンは、このセットを取れると踏んだ。ところが、このひょろっとした血も涙もない眼鏡姿のプロ選手ときたら、ここまではまるでやる気のないプレイを連発していたのがいきなり目を覚まし、稲妻みたいな強打の五連発でもって形勢を互角にまで回復してきたのだ。マルティンは疲れを感じて不安をおぼえた。陽の光が正面から目に射し込んでくる。シャツもベルトの下からはみ出してこようとする。キットソンがこのポイントを取ってしまえば――もう万事休すだ。打ちにくそうなコーナーから対戦相手がボールをトスすると、マルティンはケークウォーク[58]みたいなステップですばやくあとずさりしてサーブを打ち返す体勢をとった。ラケットを振り下ろすほんの一瞬、負けが頭をかすめ、ふだん相手をしているやつらが意地悪く喜ぶ姿が浮かんだ。あろうことか、切れ味を欠いたボールはぽとりとネットに落ちた。「ついてなかったな」キットソンが快活にそう言うと、マルティンは大口をあけて笑ったが、そうやって口惜しさを紛らわすのが精一杯だった。

XII[59]

家に帰るとマルティンは頭のなかで自分のショットをひとつ残らず打ち直しては敗北を勝利に変えようとしてみたのだが、やがて首を左右に振った——幸せをつかまえるってのはじつに難儀なことだな。生い茂る木の葉の陰に隠れたせせらぎが水の流れる音を響かせ、湿地から道の上に水色の蝶《ちょう》たちが舞い上がり、低木の茂みには鳥たちが飛びまわっている——何もかもが寂しさを感じるほどに陽の光に満たされてのんび

58 アメリカの黒人のあいだで発祥したダンス。二〇世紀初頭にヨーロッパで流行した。
59 ロシア語版ではもともとXI章が抜けている。

りとしていた。その夜、食事がすむといつものように居間でくつろいだのだが、テラスに出る窓は広々と開け放たれていて、電気がいかれていたために燭台に蠟燭《ろうそく》が灯されていた。ときおりその炎が斜めに傾くと、どのソファーの後ろからも黒い影が伸びるのだった。マルティンは鼻をほじりながらモーパッサンの小説を読んでいたのだが、その挿絵がいかにも時代遅れなのだ――ベラミは口髭にスタンドカラー姿で、恥ずかしそうに立っている太腿のふくよかな女を腰元みたいに手際よく裸にしているのだった。ハインリヒおじさんは新聞を置くと、手を腰に当てて身体を伸ばし、ソフィア・ドミトリエヴナがカードテーブルにトランプを並べるのを眺めていた。テラスのほうから暖かくて真っ黒な夜が窓や戸口へと押し寄せてきていた。マルティンはふと顔をあげて耳をそばだてる仕草をしたが、それはあたかもこの夜と蠟燭とのハーモニイのなかで、何かはっきりしない呼び声みたいなものが聞こえたかのようだった。「これが最後にみんな開いたのはまだロシアにいたときだったわ」ソフィア・ドミトリエヴナが口にした。「全部開けられることはめったにないのよ」指を広げてテーブルに広がったカードを集めると、ソフィアはまたそれを切り始めた。ハインリヒおじさんはため息をついた。

本を読むのに飽きたマルティンは、伸びをするとテラスに出た。外は真っ暗で、湿気の匂いと夜に咲く花の香りがした。流れ星が飛び過ぎたけれど、もちろんよくあるように、必ずしも視界のただなかではなくて、もっとずっと隅のほうなので、目でとらえられたのはただ一瞬空が音もなくぱっと瞬くような感覚だけなのだった。山の輪郭ははっきりとらえられず、暗闇の濃い襞《ひだ》のなかに二つ、三つと明かりがちかちか光っているのが見えた。「旅《プチェシェーストヴィエ》」とマルティンは声に出して言い、この言葉を延々と何回もくりかえして、そこに含まれた意味をすっかり絞り出すと、細長くて毛足の長い外皮だけになってしまったこの言葉をいったん放っておくのだが、するとどうだ——一分も経てばこの言葉はまたしても活き活きとしたものになっている。「星。霞。ビロード。ビ、ロー、ド」はっきりと声に出してみるたびにいつも驚かされるのだが、意味ってやつは言葉のなかにしっかりと保持されているわけじゃないのだ。それに、どんなにか遠くまで来てしまったことだろう、じつにいろいろな国を見てきたものだし、真夜中にこんな山のなかで何をしているのだろう——しかもこの世にあるものはみんな、どうしてこんなに奇妙で胸を高鳴らすのか。「胸を高鳴らせる」マルティンは大きな声でくりかえし、その言葉に満足した。また流れ星が空《くう》を切った。マルティンは空をじっと見つめたが、それはかつて馬車に乗って暗い森の道を隣の領地から自宅に戻って行くときのようで、まだほんの幼くて、くたくたで今にも寝入ってしまいそうだったマルティンは、頭を後ろに反らして、密集する木々のあいだから河のようにのぞいている空を眺めながら、その流れに身をまかせるようにしずかに進んでいた。マルティンはこう思った——これからの人生でいつの日かこんなふうに——それはあのときみたいに、今みたいに——真夜中の空を眺めることはあるだろうか——それはどこかの船着き場だとか、駅だとか、どこかの広場で起こるのだろうか。豊かで満ち足りた孤独をよく感じるのは群衆のただなかにいるときで、「この人たちは自分のことに手いっぱいで、ぼくが何者でどこから来たのか、今何を考えているのかなんて、だれひとりとして知りやしないんだ」と自分に言い聞かせるのがなんとも至福の心持ちなのだ——こういう気持ちは満ち足りた幸せを感じるのには不可欠で、マルティンはひとしお胸を高鳴らせ、わくわくしながら、異国の街、たとえばロンドンでもいいのだが、まったくのひとりきりで深夜の見知らぬ街角をぶらつくさまなどを空想してみるのである。目に入るのは、霧のなかをぴちゃぴちゃと水をはねて走っていく黒い辻馬車《キャブ》に、つやつやと黒光りするレインコート姿の警官、テムズ川に映える街の明かり——といった類の、英語の本によく出てくるイメージなのだ。スーツケースを駅に預けて、マルティンは煌々と明かりの灯る無数のドリュースの店先を歩き、胸をときめかせながらイザベル、ニーナ、マーガレットといった名の女を探し回るのだが、探しあてたその女《ひと》の名こそが今日という夜の呼び名となるのである。で、その女《ひと》はといえば——その女《ひと》はマルティンを何者と思うだろうか？　画家か、船員か、紳士の身なりをした押し込み強盗だろうか。その女《ひと》は金を受け取ろうとはしないだろうし、優しく接してくれて、朝になってもマルティンを手放したりしないはずだ。それにしても街は霧が深く立ち込め、おまけに人でごった返していて、探すのはなんと骨の折れることか……。それにいろいろなものが本のなかとはすっかり様変わりしてしまい、辻馬車などとっくに絶滅の憂き目を見ているとはいえ、それでもマルティンにはあれこれと察しのつくものもあって、秋の宵に手ぶらでヴィクトリア駅をあとにしたときにこれだと思ったのは、暗くて油臭い空気や警官の濡れたレインコート、艶々と照り映える光や水のはねる音だった。駅でマルティンは、さっぱりとして気持ちのいいこぢんまりした部屋でシャワーを使って念入りに身体を磨き上げ、赤い頰っぺたのボーイが持ってきた温かくてふわふわのタオルで水気を拭い、清潔な下着と上物のスーツを身につけて、スーツケースは二つともクロークに預けたし、これほどまでに隙のない身支度ができて鼻高々だった。旅の疲れすらほとんど感じはしなかった——感じていたのはただ、湧きあがる活力だとか心が弾むような感覚だった。巨大なバスがアスファルトにできた湖をずっしりと力任せにはね飛ばし、赤黒い建物の正面の屋根にネオンサインが駆けあがっては四方に消えていくのだった。女たちとは正面からすれちがったり、追い越してから振り返って見たりするのだが——美しければ美しいほど、思い切って決めるのが難儀になるのだ。アテネやローザンヌのような明るい雰囲気でついつい入りたくなるようなカフェはここにはないし、パブではビールを一杯飲み干したけれど、そこにいたのは男どもばかりで、浮腫《むく》んだ顔に眼をぎょろつかせ、白目は真っ赤に血走っているのだった。ほんのわずかずつだが、マルティンはぼんやりとした苛立ちにとらえられていった——手紙で交渉して、一週間そこに逗留《とうりゅう》させてもらうはずのロシア人の家族がまさに今マルティンが来るのを待っていて、どうしたのかと気を揉んでいるはずだ。おとなしくタクシーに乗って、この一夜のことはあきらめようかとも思った。けれどもそこでマルティンは、その女《ひと》の存在を自分が信じられないのが恥ずかしくなった——つい今朝の明け方、客車の窓から平原や薔薇色の冷え冷えとした空、たぶん風車であろう黒いシルエットを眺めながら、どんなに強烈にあの女《ひと》を夢見ていたことだろう。「小心と裏切り」小声でマルティンは言った。気がつくと前と同じ通りをまた歩いていたが、真珠のネックレスでいっぱいのショーウィンドウに見覚えがあったのだ。マルティンは立ち止まってちらりと目をやり、真珠が昔から嫌いだったことにあらためて思い至った――真珠貝の痔核が丸まっただけの、いかにも不健康な色艶だ。かたわらで傘を差した女が足を止めた。マルティンは横目でちらりと見た――ほっそりとした身体を黒いスーツに包み、帽子の留めピンが輝きを放っていた。女はこちらを向いてにっこりすると、唇を突き出して、長めの「う」みたいな小さな音を出した。マルティンは、女の瞳に街の明かりが照り映えて七色にうつろい、雨のきらめきが差し込んでいるのに気づくと、かすれた声で素敵な晩を、と挨拶した。

タクシーの薄暗い座席におさまったとたん、マルティンは女を抱きしめ、そのしなやかな細さを感じて頭に血がのぼった。女は両手で顔を覆いゲラゲラ笑った。そのあと、ホテルの部屋でぎこちなく財布を取り出したマルティンに女は言った。「いいえ、いいのよ、よかったら明日、素敵な場所へディナーにでも連れていってちょうだい」女は、あなたはどこの人かしら、フランス人？ と聞き、当ててごらんと言われて考えはじめた――ベルギー人？ デンマーク人？ オランダ人なの？ そしてマルティンがロシア人だと言っても信じようとはしなかった。さらにマルティンは、大きな客船でカード賭博をして稼いでいるように匂わせ、世界中を巡った話を聞かせてやったが、あれこれと脚色を施したり話を盛ったりして、一度も行ったことがないナポリの様子を語りながら、裸のままで子供みたいな女の肩や、ショートに刈った金髪の頭を愛おしそうに眺め、それだけですっかり幸せな気分だった。朝早く、まだマルティンがぐっすり寝ているあいだに、女はすばやく服を着て出て行ったが、財布から十ポンド抜かれていた。「淫欲に溺《おぼ》れた翌朝ってとこか」――床から拾いあげた財布をパタンと閉じると、微笑みをうかべてマルティンは思った。水差しを持ちあげてざぶりと水をかぶり、あいかわらず微笑んだまま、あの魅惑の夜のことを思い出すのだった。女があんなバカな消え方をして、もうけっして会うことができないのがちょっとばかり残念だった。女はベスと名乗っていた。ホテルを出て広々とした朝の通りを歩き出すと、嬉しさのあまり飛び跳ねて歌いたいような気分になって、何か気晴らしをしようと、マルティンは街路灯に立て掛けられた梯子《はしご》によじ登り、そのせいで、通りがかった老人に下からステッキを振りあげられて、おかしな言い訳を延々とくりひろげるはめになった。

XIII

そのつぎに大目玉を喰らったのはオリガ・パーヴロヴナ、つまりジラーノワ夫人からだった。前の日、夫人は夜遅くまで待ちつづけていて、しかもどういうわけかマルティンを、後で実際に会ってみたよりはもっと若くて頼りないと思い込んでいたので、ひどく不安になってしまって、もうどうしたらいいのかもわからなかったのだ。昨日住所のメモがないのに気づいたのだけれど、今日になってやっとふだんは使わないポケットから出てきたので、駅前のホテルに泊まったんですと言い訳をした。オリガ・パーヴロヴナは、それじゃあどうして電話してくれなかったのか、どこのホテルなのかと聞きたがった。マルティンは口から出まかせで、よくできたうまい名――グッド・ナイト・ホテルをひねり出したし、電話帳で番号を探したけれど見つからなかったのだと説明した。「まあ、あなたったら」ジラーノワ夫人は不満気に言うと、不意にびっくりするほどすてきな笑顔でにっこりし、萎《しな》びた陰気な顔つきがまったく様変わりした。まだペテルブルクにいた頃からこの笑顔はマルティンの心に残っていて、そのときはまだ小さかったし、よその子供たちとおしゃべりするとふつう女性は笑顔になるものなので、明るい笑顔のジラーノワ夫人がずっと記憶に残っていたから、すっかり年を取って暗い顔つきになってしまった夫人を見て、初っ端《しょばな》はちょっと面食らってしまったほどだ。

著名な社会活動家である夫はしばらく留守にしていて、マルティンはその書斎に間借りした。書斎と食堂は一階にあって、リビングが二階、寝室が三階にあるのだった。間口の狭い正面《ファサード》はお互いに区別もつかないし、間取りだってどの階もまったく同じようなこうした家々が、この静かな住宅街のあたり一帯に広がっていて、曲がり角に立つ赤い郵便ポストが彩りを添えていた。通りの右側にずらりと並んだ家々の裏には柵で囲った小さな庭もあって、そこでは夏になるとしゃくなげが花を咲かせるし、左側の列の後ろには公園があって、楡《にれ》の大木や草ぼうぼうのテニスコートもあるのだが、落ち葉に被われて黄色に染まっていた。

ジラーノワ夫人の長女ネリーはつい最近結婚したばかりだが、相手のロシア人士官はドイツの捕虜になって、英国にたどり着いたのだった。次女のソーニャはロンドンの中等学校を卒業したのだけれど、そこへはストユーニンのギムナジア[60]の五年生からいきなり転校させられるはめになったのである。さらにジラーノワ夫人の妹エレーナ・パーヴロヴナもいたが、その娘のイリーナはどうにもかわいそうで見ていられなかった——知的な障害があったのだ。

英国の暮らしに馴染もうと努めながらこの家で過ごした一週間は、マルティンにとっては相当に辛いものに思えた。来る日も来る日も他人に囲まれ、一歩たりとも自由にさせてくれないのだ。ソーニャがマルティンを悩ませたのは、その服装をばかにしてきたからで、糊《のり》のきいたカフスつきで胸を硬く仕上げたシャツだとか、お気に入りの明るい紫色の靴下だとか、アテネで買った、つま先がこぶみたいに膨らんだオレンジ色の靴だとかである。「これはアメリカ製なんだ」ことさらに平静を装ってマルティンは言った。「アメリカ人は黒人やロシア人に売るために特別にそんな靴を作っ

60 ギムナジアは帝政時代のロシアの中等学校。ストユーニンのギムナジアは実在する学校で、著名な教育者ストユーニンの妻によってペテルブルクに開校された。

てるんだわ」ソーニャは減らず口をたたいた。さらにまずいことに、マルティンはガウンを持参しなかったので、毎朝浴室に行くのに、これ見よがしにシーツを身体に巻いていたのだが、ソーニャに言わせれば、その姿で思い出すのは、従兄弟やその仲間の貴族学校生《リツェイスト》たちが別荘に遊びに来て、素っ裸になって寝てしまい、朝起きるといつもシーツにくるまって庭に出ては用を足していたことなのだ。その結果マルティンがロンドンで買い込むことになった物品ときたら十ポンドでは足りなくなり、おじさんに手紙を書くはめになったけれど、そうするのがとりわけ気まずかったのは、残りの十ポンドが消えた理由を肝心なところをぼやかしながら説明しなければならなかったせいだった。そう、辛くてツキのない一週間だ。しかも、マルティンがひそかに誇りにしていた英語の発音すらも、気どった態度で小ばかにしたようにダメ出しされる口実になった。こうしてまったく思いがけなくも、マルティンは、落ちこぼれ、ぼんぼん、ママっ子ということにされてしまったのだ。そんなのは不当だし、自分は十六のお嬢さんなんかより千倍もいろいろな感情を味わったし経験も豊富だとマルティンは感じていた。そこで、マルティンはある種の悪意とともにソーニャの取り巻きの少年たちをテニスでこてんぱんに打ちのめしたし、出発の前の晩には蓄音機のむせぶようなハワイアンの調べに合わせて、まだ地中海にいたときに覚えた見事なツーステップのダンスも披露した。

ケンブリッジではなおさら自分が外国人であることを思い知らされた。英国人の学生たちと会っていると、疑いもなく自分のなかにロシア的なものが流れているのに気づいてびっくりさせられるのだ。半分が英国に染まっていた子供時代を経て、いまだに自分のなかに残っているものといえば、根っからの英国人で同じ本を読んでいた同世代の連中のなかではもうすっかり霞んでしまい、とっくにしかるべき図式のなかに収まってしまっているようなものばかりなのだが——でもマルティンの人生は、あるところで鋭いカーブを切って曲がると別の道に入ってしまい、そのせいで子供時代に身の回りにあって馴れ親しんだものがある種おとぎ話のようなオーラに包まれるようになったので、その頃に好きだった何かの本が、マルティンの記憶のなかでは今日《こんにち》にいたるまで、同世代の英国人の記憶のなかの同じ本と比べれば、もっと魅力的で輝かしいものでありつづけていたわけだ。マルティンが覚えてしゃべっていた言葉は、十年前に英国の学校の生徒たちのあいだで使われていたもので、今となってはもう低俗な言葉とされているか、あるいは吹き出したくなるぐらい古臭いものだった。青い炎がゆらめくプラム・プディングは、英国ではクリスマスにしか食べられないものだけれど、ペテルブルクではいつ出てきてもよかったし、みんなが言っていたように、エーデルワイス家の料理人が作ったやつは、買ってきたものよりもおいしかった。サッカーはペテルブルクでは硬い地面の上でプレイするもので、芝の上ではやらなかったし、ペナルティ・キックには英国じゃあだれも知らない「ペンデリ」という言葉を使っていた。かつてドリュースで買ったのと同じ色のストライプのユニフォームはもう着るわけにはいかなかったが、それというのも、その色の組み合わせがちょうどとある学校の正式な運動着のもので、マルティンは一度たりともそこの生徒だったことはなかったからだ。それにそもそもこういう英国的なるものはどれも、実のところそんなにたいした必然性があるわけでもないし、ロシアの現実というフィルターにかけられて、独特なロシア的ニュアンスを帯びるようになっていたのである。

XIV

ケンブリッジで味わった最初の印象の背景にはいつもなぜか、スイスで目にしてきたばかりの雄大な秋の光景が重なっていた。朝にはいつも柔らかな霧がアルプスを包もうとする。たわわに実をつけたナナカマドの枝が道のなかほどに落ちているのだけれど、轍《わだち》にはもう雲母みたいな薄氷が張っているのだ。黄色が見目あざやかな白樺の葉は、風がないのに日ごとにその数を減らし、その隙間からはトルコ石みたいな空が、物思わしげな朗らかさで顔をのぞかせていた。豪勢な羊歯《しだ》の葉は赤茶色に変わり、虹色に光る蜘蛛《くも》の巣が宙を漂っていたが、ハインリヒおじさんはそれを聖母の髪の毛と呼んだものだった。ときにマルティンは、はるか遠くで鶴が鳴くのが聞こえたような気がして顔をあげることがあったけれど、鶴などいやしないのだった。マルティンはよく野山をほっつき歩いて何か探してでもいるみたいだったし、使用人のひとりが持っていたぼろぼろの自転車で、かさかさ音をたてながら森の小径を走りまわったりしたが、ソフィア・ドミトリエヴナはといえば楓の木の下にあるベンチに腰をおろして、褐色の地面に落ちている湿った紅《あか》い葉っぱを、ステッキの先で突き刺しながら物思いに沈んだりしていたものだ。こんなふうに変化に富んだ大自然の美しさは英国にはなくて、自然というやつは温室育ちの作り物でしかないのだ。幾何学模様にしつらえられた庭園で、小糠雨《こぬかあめ》の煙る空模様にとじこめられた自然は、壮麗なる絶景ひとつ生み出すことなく枯れはてていくのだが、でも、それなりにすばらしいところだってあり、薔薇色がかった灰色の壁だとか、矩形の芝生がめずらしく晴れた朝には褪めた銀色の霜に覆われるところ、それに、幅の狭い川にかけられた石造りの太鼓橋が、完璧に水面《みなも》に映えると閉じた円を形づくるところもだ。

空模様が散々だろうが、伝統的に暖房を禁じられている寝室が氷のように冷たかろうが、夢さえ見ていればもう幸せというマルティンの生き方を変えることはできなかった。独りでいるのが楽しいのだった。寮の勉強部屋、熱いほどの暖炉、埃をかぶった自動ピアノ、壁にかかった当たり障りのない石版画、籐編みの安楽椅子や小さな棚に収められた安物のカップや皿——こういうもの一切に、マルティンは心から愛着を感じるようになった。深夜になって、暖炉の聖なる炎が弱まってくると、マルティンはまだ燻《くすぶ》っている小さなかけらを火掻き棒でかき集めて、その上に木端をのせると石炭の山をかぶせ、鼻息荒いふいごを使って火をたてるか、『タイムズ』の大きな紙面で暖炉の口を覆って空気を吸い込ませようとする——すると、ぴんと張った新聞紙は熱っぽい透明感を帯びてきて、その上の活字は裏面から透けてきた文字と混ざってしまって、チンプンカンプンな何かの言語をあらわす野蛮な記号みたいに見えるのだった。そのあと、ごうごうと燃えさかる炎のうなりは強まっていき、新聞紙には赤黒い染みが現れたかと思うと、いきなりはじけるように紙全体がぱっと燃えあがり、あっという間に炉のなかに吸い込まれて、煙突のなかに持っていかれる――そして、深夜の見回りをしていた黒いガウン姿の舎監が、ゴシック様式の薄闇を透かして、炎のような髪をひらめかせた魔女が煙突からしゅっと飛び出し星空の高みへと昇っていくさまを目の当《ま》たりにし、あくる日マルティンは罰金を払うはめになるのだった。

もともとは快活で人づきあいのいい性格だったから、マルティンが孤独だった時期はさほど長くなかった。かなり早くから下の階のダーウィンとは仲が良かったし、サッカーコートやクラブ、共同食堂で知り合った仲間だってちらほらいた。気がついたのは、だれもがみんな、マルティンに言葉をかければかならずロシアのことを話題にして、革命だの干渉戦争だの、レーニンやトロツキイだのにかんして思うところを告白すべきだと思っていたことで、一方ロシアに行ったことがある連中は、ロシア人の手厚いもてなしぶりを誉《ほ》めそやしたり、もしかしてモスクワ在住のイワンを知らないかなどと聞いてきたりするのだった。マルティンはこの手の会話には辟易《へきえき》させられた。そんなときには、机の上のプーシキン詩集を無造作にとりあげて、その詩を声に出して訳しはじめるのだ――「わが愛するは衰えゆく自然の華麗さ、真紅と黄金をまといし森林」[61]。そんなわけで偏屈な奴だと思われることも多く――ただひとり、図体《ずうたい》が大きくて眠そうな顔をした英国人ダーウィンだけが、カナリアみたいな黄色のジャンパーを着て肘掛椅子にぐったり身をまかせ、パイプを吸う音をさせながら天井を見上げ、同調するように頷くのだった。

このダーウィンは、夜になるとよくマルティンの部屋にやって来ては、ここの校訓、すなわち代々受け継がれてきた厳格なきまりを事細かに教えてやった――学生はどんなに寒かろうが帽子や外套を着て外に出てはならないし、握手をするのも「グッド・モーニング」を言うのもご法度だが、知り合いという知り合いには、たとえそれが、原子に宣戦布告したあのトムソンその人だろうと[62]、満面の笑みと打ち解けた間投詞でもって挨拶しなければならない。川遊びにはふつうの手漕《てこ》ぎボートはよろしくない――そのために、ロブ・ロイ[63]やカヌーその他諸々の船艇があるわけだ。昔から大学に伝わるジョークや名言の類を使いまわすのもけっして推奨されないが、新入生たちときたらすぐそれにはまってしまうのである。「でも覚えといてくれ」ダーウィンはちゃっかりとこうつけ加えた。「こういう伝統に従うにも限度ってものをわきまえといたほうがいいし、たまにはスノッブどもをぎゃふんといわせるために、山高帽に傘を小脇にはさんで外に出てみるのも効き目があるよ」マルティンは、ダーウィンがもう何年ものあいだずっと大学にいるのだという印象を受けてかわいそうな気がしたけれど、それはそこいらの人嫌いの引きこもりをかわいそうに思うのと大差ないのだった。ダーウィンに感心させられたのは、いかにも眠そうなたたずまいで動作もゆったりで、その存在そのものがおしなべていかにも居心地よさそうだったからだ。羨《うらや》ましがらせてやろうとして、マルティンは図々しくもこれまでの流浪の旅について語りながら、無意識のうちにベスの話のいいところだけをふくらませてあれこれ付け足していたが、こんな法螺《ほら》話《ばなし》がもっともらしく聞こえたかどうかは自分でもよくわかっちゃいないのだった。とはいえ、この手の大風呂敷はまだ罪のない性質《たち》のものだった——二、三回行ったクリミアのヤイラへのピクニックは、杖をついてリュックを背負った

61　プーシキンの詩「秋（断章）」（一八三三）の一節。
62　イギリスの物理学者サー・ジョゼフ・ジョン・トムソンのこと。電子を発見してそれ以前の原子の概念を批判した。一九〇六年にノーベル物理学賞受賞。
63　一九世紀半ば、ジョン・マグレガーが極地方のボートを改良して作ったカヤック。

大草原へのたえまない放浪へと姿を変えたし、アーラ・チェルノスヴィートワはヨットの旅の謎めいた道連れになり、この女《ひと》との散策は、ギリシャの数ある島々のひとつに長逗留したことにされ、シチリア島の紫がかった輪郭は、庭園つきの別荘地ということになった。ダーウィンは同調するように頷きながら、天井を見上げていた。その淡い水色の瞳は虚ろで何の表情もたたえていないし、なかば横になって高いところに足を投げ出す楽なポーズを好んでいたから靴の底をいつも見せていて、そこにはゴムでできた凹凸の複雑なパターンが刻み込まれていた。この男の何もかもが、このしっかりと釘づけにされた両足から骨ばった鼻筋にいたるまで、上質で大柄で、落ち着き払っているのだった。

XV

月に三回ほどマルティンは教授に呼び出されるのだが、その人は講義への出席状況を確認したり、病気のときには見舞いに来てくれたり、ロンドンに行く許可をくれたり、夜中の十二時過ぎに寮に戻るとか、晩にアカデミックガウンを着るのを忘れるなどして罰金を取られるとお小言をくれたりするのが役目なのだ。それは干からびた感じのがに股の老人で、眼光の鋭いラテン語学者にしてホラティウスの翻訳者なのだが、牡蠣《かき》には目がないのだった。「言葉については進歩しているな」あるとき教授はマルティンに言った。「それはいいことだ。知り合いはたくさんできたかね?」「ええ、そうです」マルティンは答えた。「で、たとえばダーウィンなんかと親しくしているのかな?」「ええ、そうです」マルティンはくりかえした。「うれしいよ。あれはとびっきりの折り紙付きの男だからな。三年も塹壕《ざんごう》で過ごしたんだよ、フランスとメソポタミアでな、ヴィクトリア十字章ももらったが、かすり傷ひとつせず、心も身体も異常なしさ。書いたものが評判になったときだって、舞いあがって当然だったがね、だがそうはならなかったな」

ダーウィンが大学での勉強を中断して十八で戦争に行ったことや、最近短篇集を出してその道の玄人《くろうと》たちを唸らせたこと以外にマルティンが耳にしたのは、あの男が一流のボクサーで、子供の頃はマデイラ島[64]やハワイ諸島にいたこと、それに父親が有名

64 北大西洋にあるポルトガル領の島。リゾート地として知られる。

な提督だということだった。ささやかな自分の体験がくだらない貧相なものに思えて、マルティンは法螺話のようなものを吹聴したことに恥じ入った。夜になってダーウィンが部屋に転がり込んできたのは、おかしくもあり気まずくもあった。戦争のことや本のことについて、ダーウィンはあせらずにじっくりと釣り糸をたぐり寄せはじめた――そして冗談めかして、自分が書いたいちばんいい本は学生向けの参考書で、こんな題名だというのだ――『完全解説　閉門後のトリニティ・カレッジに侵入する六十七の方法　壁および柵の詳細図面付　初版にして最終版　一度として捕まらざりし著者により幾度となく検証済み』。けれどマルティンは例の大事なこと、玄人たちが絶賛したという短篇集のことをしつこく知りたがったので、ついにダーウィンは言った。「いいだろう、君に進呈するよ。ぼくのねぐらに行こう」

そのねぐらは、ダーウィン自身の趣味にあわせた調度品でまとめられていた――そこには何だか不自然なほど座り心地のいい革の肘掛椅子があって、腰をおろすとなすがままにどこまでも身体が沈み込んでとろけてしまいそうだし、暖炉の上には大きな写真が飾ってあり、ぐったりと横向きに寝そべった雌犬と、その六匹の乳呑子《ちのみご》のむっちりしたお尻が写っていた。まあ学生の部屋ってやつならマルティンだって大概いろいろと見てきたほうだ。ここみたいにすてきなのもあったけれど、住人が自分で調度をあつらえたのではなく、他人つまり家主がもとからそうやって置いているのもあったし、運動選手の部屋は暖炉の上に銀のトロフィーが置いてあったり、折れたオールが壁にかかっていたりで、本で埋めつくされたり灰だらけになっている部屋もあり、さらには、これより不愉快なのは探しようがないというぐらいの部屋もあった――ほとんど物がなくて、明るい黄色の壁紙を張った部屋なのだけれど、そこには絵が一枚だけかかっているものの、そのかわりそれはセザンヌで（木炭のデッサンで、女性の身体の形のようななぐり描きだ）、おまけに一四世紀の彩色された司教の木像が立っていて、先のほうがちぎれた腕を伸ばしているのである。どの部屋よりも住む人の魂というものが感じられるのがダーウィンの部屋なのだが、わけてもそれは、細かいところに目を凝らし、手さぐりしてみることでわかってくるものなのだ。たとえば、ダーウィンが塹壕のなかで編集していた新聞のコレクションに比べられるものなんてあるだろうか。その新聞ときたら楽しくて威勢がよくて、面白おかしい詩であふれかえっていて、いったいどこで組版したのかも謎だし、しかもそこには彩りを添えるためだけに、どうでもいい紋切型――印刷所の廃墟で見つけたご婦人用コルセットの広告などが載せられていたのだ。

「ほら」本を差し出してダーウィンは言った。「やるよ」その本はたしかにすばらしかった。短篇集というのではない、むしろ論攷《ろんこう》とでもいうべきものだろう——同じ長さの論攷が二十篇連なっているのだ。最初のは「コルク栓抜き」という題で、コルク栓抜きの歴史や美や徳などにかんする面白い話がぎっしり詰まっている。二番目はオウムについて、三番目はトランプ、四番目は時限爆弾、五番目は水面に映る影についてだ。列車について、というやつもあって、そこにはマルティンが好きなものがひとつ残らずそろっていた——飛び過ぎていく電線をぶった切る電信柱、食堂車、飛んで行く木々を面白そうに車窓から眺めているあのミネラル・ウォーターのボトル、いかれたような目つきをしたあのボーイたち、ミニチュアみたいなあのキッチンで、汗を滲《にじ》ませよろめきながら魚にパン粉をまぶす白い帽子の料理人。かつてマルティンが作家にでもなろうとしていて、物書きにありがちな貪欲さ（死への恐れにも比肩する）だとか、二度とお目にかかれないような些末な事柄をぜひとも定着しなくちゃならないという絶え間ない不安に苛まれていたというのであれば——おそらく、馴れ親しんで自分が大切にしている些細な物事について書かれたページを読んだなら、嫉妬心が湧いてきて、もっと上手に書いてやりたいという思いがかきたてられたことだろう。そうなるかわりに、マルティンはダーウィンにたいして心温まるような親しみを感じて、目頭が熱くなったほどだった。翌朝、講義に向かう途中、曲がり角でダーウィンに追いつくとその顔も見ずに、じつに的確な言い方であの本はなかなかよかったよと言うと、あとは何も言わずに並んで歩きだし、のっそりしているが大股のダーウィンの歩き方に歩調を合わせようとした。

教室は街の方々に散らばっているのだった。講義の後にすぐつぎの講義があって、それが別の教室だと、自転車にでも飛び乗るか、あわてて路地をドタバタ走りまわったり、やたらと足音が響く石畳の中庭を横切っていくはめになる。塔という塔から大時計の澄んだ音色が響きあうと、狭い路地という路地がエンジンの轟音やら車輪のからからいう音やらベルの音でいっぱいになる。講義がおこなわれている時間には、自転車は輝かしい群れをなして馴れ馴れしく門に甘えかかって、持ち主が来るのを待っている。教壇に黒いガウンを着た講師が登壇し、房のついた角帽を教卓にことりと置くのだった。

XVI

大学入学後もマルティンは長いあいだ専攻する学問分野を決められずにいた。それは実に多種多様で、しかもどれも面白そうだったからだ。マルティンはそれらを遠巻きに眺めてぐずぐずしながら、あちこちに同じ奇跡の水の湧き出る魔法の泉があるような気がしていた。これはすごいと思ったのは、アルプスの底なしの峡谷にかけられた何とかいう橋で、鉄が生き物になったかのように見え、その正確無比な設計はまさに神業だった。あの印象的な考古学者のこともよく覚えていて、その人は、まだ人の知らない墳墓や遺跡への通り道をすっかり清めて、入る前には扉を叩き、なかに入ると感激のあまり失神したのだった。明るくて落ち着いた研究室もいい――ベテランの潜水夫が両目を開いたまま水に潜るみたいに眼《まなこ》を見開いて、生理学の研究員は顕微鏡の奥底に目を凝らし、その首や額はゆっくりと紅く染まっていく――と、接眼レンズから目を離してこう言うのだ。「これですっかり解明できたよ」人間の思考ってものは、星に満たされた宇宙という名の空中ブランコに乗って前へ後ろへすばやく飛び過ぎていき、その下には数学という名の網が広げられているわけで、ネットの上でやるアクロバットみたいなものなのだけれど、とはいえ不意に、じつはネットなんてもともとありはしないんだと気づくことがある――マルティンがうらやむのはまさにこういう目も眩《くら》むような地点にまで到達しながら、あらたな計算でその恐怖を克服できるような人物なのだ。要素の存在を予言してみたり、理論を築きあげたり、山脈を発見したり、新種の動物に名をつけたり――どれもいずれ劣らず魅力にあふれている。歴史学のなかでマルティンが心惹かれたのは目に見えるようにありありと想像できるもので、だからお気に入りはカーライル[65]なのだった。年代なんてろくすっぽ頭に入りもしないし、一般化ってやつも気に染まないマルティンが貪欲に探し求めていたのは、活き活きとして人間らしさの漲《みなぎ》るようなものなのだが、それは、今やっている映画が骨董品《こっとうひん》と化して、小雨がちらつくような画面になった頃に後代の人たちがそれを見たら、きっとうんざりするほど堪能させられるはずの、あの思わず息を呑むような細々《こまごま》

65　一九世紀イギリスの歴史家、評論家。歴史は英雄によって作られるととなえた。代表作に『フランス革命史』がある。

したディテールと同じ部類のものなのだ。びりびりするような白昼の陽射し、黒々としたギロチンのぽかんとした素っ気なさ、刑吏たちが肩を剝き出しにした太った男を台の上に引っ立てるさいの見苦しいすったもんだ、さらに群衆のなか、人の好さそうなある市民が、好奇心は人一倍なのに寸足らずの女性市民の肘を支えて持ち上げてやるさまを、マルティンは手に取るように心に思い描くのだった。さらにまた、相当につかみどころのない学問分野もある——法学や政治学、経済学といった五里霧中なやつらだ。こいつらがどうにも畏れ多いのは、どの学問にもつきものだしマルティンも愛してやまないあの閃《ひらめ》きというやつが、あまりにも近寄りがたい彼方に秘匿《ひとく》されているからだ。どれにするべきか、何を選べばいいのか見当もつかなかったせいで、あまりに誘惑が強すぎるような分野からは、マルティンは徐々に身を引くようになっていった。文学という手だってまだ残されてはいた。そこにだってマルティンが有頂天になれるちょっとした兆しはあった。ホラティウスとマエケナスが天気やスポーツのことで他愛もない会話をしたり、[66] 老いたリア王が、いつも吠えてくる娘の飼い犬たちの気どった名前を口にしながら嘆いてみせたりするのを読んで、[67] なんと激しく心を揺さぶられたことだろう！　新約聖書を読んでいるときも、たまたま姿をかいま見せる

「青草」だとか「藍染めの緩衣」だとかに心惹かれていたのと同じように、[68]マルティンが文学に求めていたのは一般化された意味なんかではなくて、森のなかに思いがけなくぱっと開けた陽のあたる草地なのであり、そこでは関節がぽきぽき鳴るまで身体を伸ばし、うっとりと我を忘れることだってできるのだ。読書量は並大抵ではなかったものの、再読することはもっと多かったし、文学について人としゃべっていると、思わぬアクシデントに見舞われることがよくあった——たとえば一度、プルタルコスとペトラルカを取り違えたことがあったし、あるときなど、カルデロンはスコットランドの詩人だなどと口にしてしまったこともある。[69]どんな作家でもマルティンの魂を突き動かせたわけではない。おじさんの勧めでラマルティーヌ[70]を読んだときや、おじ

66 古代ローマの詩人ホラティウスの『風刺詩』第二巻に出てくる対話を指す。
67 シェークスピアの悲劇『リア王』第三幕第六場。
68 「マルコの福音書」第六章には、イエスが群衆を「青草の上」に座らせ、わずかなパンと魚だけで全員の空腹を満たした奇跡が描かれている。「藍染めの緩衣」はイエスが処刑されたさいに着せられたとされる。
69 カルデロンは一七世紀スペインの劇作家。ちなみにスコットランドはそのラテン語の古名を「カレドニア」という。

さんがみずからしわがれ声で「湖」を朗読し、首を振り動かしながらさも大仰に《Comme c'est beau!（なんと美しきことか！）》と見得を切ってみせたときも、マルティンは冷淡なままだった。やたらと言葉ばかり多くて水っぽいだけのこんな作品だの、それがやっぱり言葉が過多で水増しされた他の作品にあたえた影響だのを研究していくなど、先行きあまり気乗りのするものじゃない。なので、何かがずっと耳元で、おまえは自由に選べるわけじゃない、おまえのやるべきことは決まってるんだと囁きつづけていなかったなら、マルティンはきっと何も選べなかったにちがいない。スイスの壮麗な秋景色のなかはじめてマルティンが感じたのは、結局のところ自分は国を追われた身となったのであり、故郷から引き離されたまま暮らすしかないのだということだった。この「国を追われた身《イズグナンニク》」という言葉にはおそろしく甘美な響きがあったのだ――マルティンは樅の森林が黒々と連なっている夜の闇を見つめ、自分の頰がバイロン並みに蒼白いように感じられて、マントを羽織ったおのれの姿が眼前に彷彿としたほどだった。ケンブリッジではまさにそんなガウンが支給されてそれを身にまとっていたわけだが、それは軽やかで陽にかざせば透けてしまうような生地で、たくさんのギャザーが入っており、袖のかわりについている翼みたいなひらひらしたものは、肩越しにはねあげて背中に垂らしておくのだ。知的な孤独につきものの満ち足りた気分や旅がもたらすわくわく感も、これまでにない意義を獲得することになった。マルティンはあたかも、しつこく自分を悩ませてきたありとあらゆる感情、どうにもとらえどころがないものや、野蛮だったり、優しかったりする感情すべての鍵となるものを拾いあげたかのようだった。

ロシア文学とロシア史の教授を務めていたのは、当時それなりに名を知られていたアーチボルド・ムーンだった。教授はかなり長いあいだロシアに暮らしていて、いたるところを訪れてありとあらゆる人たちに会い、何でもかんでも見て回ったものだった。それが今では黒い髪に血色の悪い顔で、細い鼻筋に鼻眼鏡をかけ、ハンドルの高い自転車に直立不動の姿勢でまたがり音もなく通り過ぎていったり、昼食時には、樫材のテーブルや巨大なステンドグラスのある名高い食堂で、小鳥のように頭をくるくるさせながら、細長い指ですばやくパンを細かくちぎるのだ。噂では、この世でたったひとつ教授が愛しているもの、それがロシアなのだという。大概の人たちが

70　一九世紀フランスのロマン派詩人。「湖」はその代表作のひとつ。

よくわからなかったのは、教授はどうしてロシアに留まらなかったのかということだ。こういう類の質問をされると、ムーンはいつも変わりなくこう答える。「ロバートソンにお尋ねあれ（この人物は東洋学者なのだ）。君何故《なにゆえ》にバビロンに留まらざりしや、とね」反論するほうはしごく真っ当に、バビロンなんてもうないじゃないかと言う。ムーンは頷いて、声も立てずににんまりと笑みを浮かべた。十月のクーデター[71]が、ある意味まぎれもない終わりだったことを見てとっていたのだ。時がたてばソヴィエト連邦にも原初的な段階を経て一定の文化が形成されるだろうと喜んで認める一方で、同時にムーンは、ロシアが終焉《しゅうえん》を迎えてしまいもう二度と蘇《よみがえ》らないことも確信していた――じつに見事な古代ギリシャの壺《アンフォラ》と同じように手に取ってみたり、ガラスケースに陳列できるようなものになったのだと言うわけだ。まさに今、かの地で四方八方から炎に炙《あぶ》られている煮炊き用の土鍋なんかとは、何ひとつ共通するところなどない。国内戦などムーンにはばかばかしいこととしか思えなかった。一方の側は過去という幻影を守るために闘い、もう一方は未来という幻影を求めて闘っているのだが――そんなことをしているうちに、ロシアはアーチボルド・ムーンによってこっそりと盗み出されて研究室にしまい込まれていた。それがもうこれ以上変わりようのない姿で完成したことも、ムーンにとっては満更でもないことだったのだ。ロシアは青々とした水の色や、プーシキンの詩のような透きとおった紫色に彩られていた。ムーンが一冊の分厚い書物のなかにロシアのすべてを納めようと英語でその歴史をしたためてから、はや二年が経とうとしていた。キーツの詩から取ったエピグラフ（「美しきものは永遠の喜び」[72]）、極薄の紙、やわらかいモロッコ革の装丁。課題は困難なものだった——博覧強記と、絵画的で濃密な散文とを調和させて、ひとつの環《わ》のように閉じられた千年の歴史の完璧な像をつくりあげるのは。

XVII

アーチボルド・ムーンから強い印象をうけて、マルティンはその虜《とりこ》になった。ムーンの話すゆったりしたロシア語は、英語特有の口蓋音を最後の残響にいたるまで何年

71　一九一七年ロシア暦十月のボリシェヴィキによるソヴィエト政権樹立を指す。
72　イギリスのロマン派詩人ジョン・キーツの長詩「エンディミオン」の冒頭部分。

もかかって辛抱強く取り除いたもので、淀みなく簡潔で表現力に富んでいた。その知識の生きのよさや正確さ、奥深さときたら格別なのだった。ロシアの詩人の作品をいろいろと朗読して聞かせてくれたが、いずれもマルティンが名前すら知らないような詩人ばかりだった。かすかに震える細長い指で本のページを押さえながら、アーチボルド・ムーンは四脚弱強格《ヤンブ》[73]を滔々《とうとう》と吟じた。部屋は薄暗く、電灯の光が照らしだしていたのは本のページとムーンの顔だけで、頰骨は蒼白い艶をおび、額には三本の皺が畦《あぜ》みたいに深く刻まれ、耳は透きとおるような薔薇色だった。朗読を終えるとムーンは薄い唇をぎゅっとむすんで、トンボでも捕まえるかのような慎重さで鼻眼鏡をはずし、スエードでレンズを拭った。マルティンは肘掛椅子にごく浅く腰かけて、四角い帽子を膝にのせていた。「どうかガウンなんか脱いで、そんな帽子はどこかに打っちゃっておきたまえ」露骨に顔をしかめてムーンは言うのだった。「そんな房飾りなんぞ玩《もてあそ》んで何が楽しいのかね？　そのへんにでも放っておきなさいって……」ムーンはカレッジの紋章が入った銀の蓋つきのガラス製シガレットケースをマルティンの目の前にぬっとつき出したり、壁に作り付けた棚からウィスキーのボトルや炭酸水瓶《ソーダサイフォン》、コップを二つ取り出したりする。「で、向こうでは葡萄《ぶどう》を積んで運ぶ荷車のことを何と言うかわかるかね？」ふっと顔をあげてムーンは尋ね、マルティンが知らないことが判明すると、「モジャーラ、モジャーラですよ、サー」とさも満足げに言うのだが――わからないのは、いったい何にそんなに気をよくしたのかってことで、マルティンよりも自分のほうがクリミアをよく知っているからかもしれないし、[74]ロシア語をしゃべるときに間合いをよく「あー」と引き延ばす癖があるところに、うまいこと「サー」という気の利いた言葉を放り込むことができたせいかもしれない。ムーンが嬉々《きき》として教えてくれたところでは、「フーリガン」という言葉はアイルランドのならず者集団の名からきているし、「ゴロダイ島」[75]は「飢饉《ゴーロド》」ではなく、そこに工場を建てた英国人ホリデーの名に由来するのだった。一度マルティンがどこかの無知蒙昧《むちもうまい》

73　四脚弱強格は一行八音節で偶数番目の音節にアクセントがおかれる詩の韻律形式。一九世紀以降のロシアの抒情詩で最もポピュラーな形。

74　「モジャーラ」はクリミアのタタール人などが使う荷車を指す特殊な言葉。一九世紀前半に民俗学者ダーリが編纂《へんさん》した著名な民衆語辞典に、「クリミアで採れた葡萄はモジャーラで運ばれる」という例文が掲載されている。

75　ペテルブルクのワシーリエフスキイ島の北側に位置する島。

な記者のことを話題にして（ムーンが『タイムズ』に怒りの手紙を送ってその男に嚙《か》みついたのだ）、「その記者はさぞかし縮みあがっちまった《ズドレイフィル》でしょうね」と言うと、ムーンは眉をつりあげて辞書を繰り、ヴォルガ流域に住んだことがあるのかとマルティンに尋ねたし[76]、また別の機会にマルティンが「ぶっ殺す《ウグロービチ》」という言葉を使ったところ、ムーンはたいそう腹を立てて、ロシア語にはそんな言葉はないし、あるはずもないと声を荒げた。「ぼくも聞いたことがありますし、みんなも知ってますよ」マルティンはおずおずとそう口にし、ソーニャもそれを援護したのだけれど、ソーニャはオリガ・パーヴロヴナの横の肘掛椅子に座って、マルティンがお客をもてなすさまをまんざら興味がないでもなさそうに眺めていた。「ロシア語の単語の形成、新しい言葉の誕生はだね」笑みを浮かべるダーウィンのほうに急に顔を向けて、ムーンは言った。「ロシアとともにその幕を閉じてしまったのだ。つまり二年前にね。そのあとの諸々はみんな盗人《ぬすっと》どもの隠語にすぎんのだ」「ぼくはロシア語がわからないので通訳してくれませんか」ダーウィンは答えた。「そうね、いつだってそうなっちゃうのよ」ジラーノワ夫人は言った。「いけないわね。どうかみなさん英語でお願いしますわ」そのあいだにもマルティンは、熱々《あつあつ》のマフィンとクランペット[77]（給仕がカレッジの大食堂《キャンティーン》から運んできたものだ）にかぶさった金属製のドームを持ちあげて、届いたものにまちがいがないか確かめると、その皿を燃え盛る暖炉のそばへと押しやった。ダーウィンとムーンのほかにもロシア人の学生をひとり招待してあったのだけれど、みんなにはたんにファーストネームでワジムと呼ばれていたその男が来るまで待ったほうがいいのか、それともお茶会を始めたほうがいいのかが今度はわからなくなった。ジラーノワ夫人が娘をつれて訪ねて来たのはそのときが初めてで、マルティンはまたソーニャに小馬鹿にされるんじゃないかと始終びくびくしていたのだ。ソーニャは紺のスーツに頑丈そうな茶の紐靴《ひもぐつ》を履いていたが、それは靴紐の下をくぐり抜けて内側から飛び出してきた長い舌革が前方に身を反らせて靴紐を上から覆い隠し、革の房飾りになって終わっているやつだった。一見強《こわ》そうな黒髪は短めにカットされ、前髪を切りそろえられて額にかかっていた。ぼんやりと黒みがさした、かすかに斜視気味な瞳のほうにむかって、蒼白い両頰に小さなえくぼが奇妙な具合に走っていた。朝、

76 前出のダーリの辞書には、「ズドレイフィル」のもとになっている動詞「ドレイフィチ」がヴォルガ流域で使われているとの記述がある。
77 小麦粉と酵母で作るイギリス風パンケーキ。

ソーニャとオリガ・パーヴロヴナを駅に出迎え、それから由緒ある方庭の数々や噴水、裸になった大木がならぶ並木道に二人を案内し、木々の上からはかあかあ鳴き声をあげながら、カラスどもがぶざまな恰好で重たげに飛び出してくるのだが、そのあいだソーニャはろくに口も利かず、どこか不機嫌な様子で寒いと訴えるのだった。石造りの欄干越しに、さざ波の立つ川面や艶のない緑色をした岸辺、それに灰色に立ち並ぶ塔を眺めながら、ソーニャは目を細めて、ユデーニチ軍に合流するつもりなのかと問い質《ただ》してきた。[78]マルティンはびっくりしてそんなことはないと答えた。「向こうにある薔薇色がかったのは何なのかしら?」「あれは図書館の建物だよ」とマルティンは説明したが、数分ののち、柱廊のアーチの下をソーニャやその母といっしょに歩きながら謎めいた言葉を口にした——「一方の側は過去という幻影を守るために闘い、もう一方は未来という幻影を求めて闘ってるんですよ」。「まさにそのとおりね」オリガ・パーヴロヴナはわが意を得たりと話に乗ってきた。「ケンブリッジってものが私にはいまひとつすっきりと腑《ふ》に落ちないのはね、こういうすばらしい由緒ある建物のあるところに、自動車やら自転車やらがごちゃごちゃ置いてあったり、スポーツ用品の店が並んでたり、やたらとサッカーばかりもてはやしたりするからなのよ」「サッカーはね」とソーニャが言った。「シェークスピアの時代からやっていたのよ。そういうくだらないおしゃべりには私ほんとにうんざりだわ」「ソーニャ、お願いだから口を慎んでちょうだい」オリガ・パーヴロヴナが言った。「あら、ママのことじゃないわ」ソーニャはそう言ってため息をついた。それ以後はだれも何も言わずに歩いた。「どうやら小糠みたいな連中が降ってきた《ザブーシロ》ようですね」手のひらを突き出してみてからマルティンがそんな言葉を口にした。[79]「いっそのこと、雨男さん《パン・ドジヂンスキ》だとかどしゃ降り《リーヴェニ》公爵とでも言ってみたらどうかしらね」ソーニャはちくりと言い放つと歩調を変えて、母が歩く速さに合わせた。そのあと、街でも評判のいいレストランで朝食をとった際にはソーニャは楽しそうだった。マルティンの友人の「猿」がらみの苗字や、そのダーウィンが、このうえなく居心地よくもてなしてくれる年寄りのウェイターと交わ

78　帝政ロシアの将軍ユデーニチは一九一九年秋から冬にかけて、革命政府討伐のため北西軍を指揮しペトログラード侵攻作戦をおこなっていた。

79　「小糠雨が降る」という意味のロシア語の動詞「ザブーシチ」はシベリア少数民族由来とされる特殊な方言的民衆語。一般には使われず代表的なロシア語辞典にも掲載されていないが、先述のダーリの辞書には記述がある。

す会話が、とにかくおかしくって仕方なかったのだ。「何をなさっているの？」オリガ・パーヴロヴナが愛想よく尋ねた。「ぼくですか？　とくに何も」ダーウィンは答えた。「ただぼくにはこの魚は普通より骨が一本多いんじゃないかと思えたもので」「いえいえ、私が聞いたのは学業のことですよ。どんな講義を取っていらっしゃるのかしら」「すみません、誤解でしたね」ダーウィンは言った。「でもやっぱりあなたのご質問はぼくには青天の霹靂《へきれき》であることに変わりありません。ぼくの記憶力はどういうわけか、ひとつの講義からつぎの講義までのあいだ持ったためしがないんです。いまだにぼくは朝起きると自問するんですよ、自分は何を勉強してるんだろうって。記憶術なんだろうか？　まさかね」食事のあともまた散歩したのだけれど、今回のほうがよっぽど気持ちのいいものになって、それというのもまず太陽が顔を出したし、さらにはダーウィンがみんなをある回廊に連れて行ったが、そこは本人の言によると古くからすばらしく機敏にこだまが響く場所で、パンと足を踏み鳴らすと、その音がまるでボールみたいに遠くの壁を打つのだという。そこでダーウィンは足を踏み鳴らしてみたもののこだまらしきものは何も聞こえず、どうせこだまはどこかのアメリカ人が買い取ってマサチューセッツの自宅に持って帰ったに決まってるさ、と言ったのだった。それからみんなでマルティンの部屋に行き、しばらくするとアーチボルド・ムーンも姿を見せ、ソーニャは小声でダーウィンに、どうして教授は鼻に化粧をしているのか聞いた。ムーンは淀みなくしゃべりだし、当意即妙で表情豊かな慣用句をひけらかすのだった。マルティンは、ソーニャの態度がおかしいのに気づいていた。石のような顔をして座っているかと思えば、足を組んでパイプに煙草を押し込んでいるダーウィンと目が合うと、いきなりとんちんかんに笑い出すのだ。「ワジムが来ないけどどうしたんだろうか」気を揉んでそう言うと、マルティンはティーポットの丸々と肥えたわき腹に手を触れた。「ねえ、もう淹《い》れましょうよ」とソーニャが言ったので、マルティンはティーカップ相手に支度を始めた。一同は黙ったままそれを見守った。ムーンは暗い黄色の紙巻煙草を吸っていたが、それは英国ではロシア煙草と呼ばれている種類のものだ。「お母さまはよくお手紙をくださるのかしら？」ジラーノワ夫人が尋ねた。「毎週届きますよ」とマルティンは返事した。「きっと寂しがっていらっしゃるのよ」オリガ・パーヴロヴナは言ってお茶をふうっと吹いた。「レモンは見たところ用意していないのだね」やんわりとムーンが指摘したが、それもやっぱりロシア語だった。ダーウィンは小声でソーニャに通訳を頼んだ。ムーンはそれを横目でちらりと見ると話を英語に切り替えた――よく耳にするケンブリッジ風の口調を悪意をこめてわざとらしく戯画化しながら、雨が降ったけれど今は晴れ間も出て、たぶんもう雨は降らないだろうと言い、レガッタを話題にのぼらせ、だれもがよく知っている学生とクローゼットと従妹《いとこ》にかんする小話を事細かに語って聞かせ、ダーウィンは煙草をくゆらせながら頷いてはこんなふうに言うのだった――「こいつはいいや、サー、こいつは傑作だ。これこそが本物の素面《しらふ》のブリテン人の暇の過ごし方ってやつですよ」

XVIII

階段を歩く足音が響いたかと思うと、ドアが勢いよく開いてワジムが入ってきた。ちょうどそのとき、下がったほうのペダルを歩道の敷石のへりにもたせかけて横丁に乗り捨ててきたこの男の自転車ががしゃんと音を立てて倒れ、その音はみんなにも聞こえたのだが、それというのも二階がほんの申し訳程度の高さしかなかったからだった。ワジムの手は小さくてどの爪も噛み跡だらけなのだけれど、ハンドルの持ち手のところが冷たかったせいで指先は赤くなっていた。顔一面にじつに繊細な赤みがほんのりさしていて、あっけにとられたような戸惑いの表情を浮かべていたが、ワジムはそれを隠そうと息切れでもしたかのようにせわしなく喘いでみせたり、いつも鼻水をぐずぐずいわせている鼻をことさらにすすってみせたりした。よれよれになった淡いグレーのフランネルのズボンに立派な仕立ての茶のジャケットを羽織って、どんな天気だろうがどんな場合だろうが、いつだって使い込んだ舞踏会用のシューズを履いていた。まだ荒い息づかいのまま困ったような笑みをうかべながら、ワジムはみんなと挨拶を交わすとダーウィンのそばに腰をおろしたが、とにかくダーウィンがお気に入りで、なぜか「乳母《マムカ》さん」と呼んでいるのだった。ワジムにはいつも口にする語呂のいいフレーズがあるのだが、それをダーウィンに訳してやるのは骨が折れた――「うるわしや、おおきな熊さんちっちゃな雌犬とお手々つないで歩いてく《ブリヤートナ・ズレーチ・カグダー・バリショイ・メドヴェーチ・ヴェヂョートパドルーチクー・マーリンクユ・スーチクー》……」――そしてそれにつづく締めくくりの数語は声がすっかりか細くなってしまうのだ。[80] そもそもこの男は早口で訥弁《とつべん》なうえ、それに加えてありとあらゆる雑音をシューシュー、

80 このあとに性的な表現がつづくことを仄めかしている。

プープー、ピチャピチャと出しまくり、まるで、思考力も言葉も足りないのに黙っているのも我慢できない子供みたいなのだ。困惑したりするとさらに口がまわらなくなってとんちんかんなことを言いだし、引っ込み思案の恥ずかしがり屋とやんちゃざかりの幼い子供が同居しているような印象を与えた。それでもワジムはみんなに好かれる人懐っこくて魅力のある奴で、面白おかしいものには目がないし、みずみずしく物事を感じとる能力にだって長《た》けていたのだ（だいぶ後になってから、ある春の夕べにマルティンと川でボートを漕いでいて、たまたま――どこからとも知れず――銀盃花《ミルテ》のかすかな芳香が漂ってきたのに気づいて、ワジムは「クリミアの香りがする」と言ったのだが、それはまさにそのとおりだった）。英国人たちはワジムのことがそれはもうお気に召していて、カレッジの指導教員《チューター》で軟体動物の専門家である太った喘息《ぜんそく》持ちの老人など、その名を呼ぶときも喉をごろごろ鳴らすような猫なで声だし、怠け癖だって大目に見ていたのだ。いつだったか宵闇をついて、マルティンとダーウィンがワジムの手助けをして、煙草屋の軒先の看板をはずしたことがあったが、その看板はそれ以来、ワジムの部屋を飾っているのだった。警察官の帽子を手に入れたこともあったけれど、それもじつにあっけないが頓智《とんち》の効いたやり方を使った――餌の半クラウン銀貨を月明かりにきらめかせて、人のいい警官をつかまえて壁をよじ登るのを手伝わせ、てっぺんまで来ると身をかがめてその警官の帽子を引っこ抜いたのだ。馬車を火だるまにした例の一件だってまさにワジムが言い出しっぺだったわけで、火薬陰謀事件の記念日[81]のお祭り騒ぎで街中が花火にあふれて、広場には焚《た》きつけられた火焔《かえん》がごうごうと燃えさかっていたときに、ワジムとその輩《ともがら》は二ポンドで買い入れた使い古しの馬車《ランドー》を自分たちに繋いで、そのなかに藁を敷きつめて火をつけ、この馬車を曳《ひ》いて火の粉を雨あられと振り撒《ま》きながら通りという通りを駆けまわり、すんでのところで市庁舎を灰にしてしまうところだった。だが何と言っても下卑《げび》た物言いをさせたらこの男の右に出る奴はいやしない——しかも何かというと韻を踏みたがって、そいつを延々と言い募ってみたり、いかにもくつろいだ感じのちょっとした猥語《わいご》の類だとか、生理現象を妙に甘ったるくて馴れ馴れしく言い表したやつだとか、作者不詳だけれどレールモントフ[82]の手になるとされている戯れ歌みたいなもののある種の

81　一六〇五年十一月五日に発覚した国王ジェームズ一世を狙った火薬による暗殺未遂事件のこと。のちにその首謀者の名を取った「ガイ・フォークス・ナイト」と呼ばれる火祭りが毎年十一月五日におこなわれるようになった。

個所《かしょ》に愛着をおぼえるようなタイプなのである。学業の方はぱっとしなかったし、しゃべる英語もじつに滑稽で親しみは湧くものの、聞き取るのは並大抵じゃないのだが、そんなワジムが惚れ込んでいることがひとつあって――その対象というのは海軍の艦隊で、駆逐艦だとか、いかにも軍艦らしい細長くすらりとした船体だとかに夢中だし、おもちゃの兵隊さえあれば何時間でも遊んでいられて、銀の大砲でえんどう豆を撃ち出したりするのだ。駄洒落《だじゃれ》の数々や舞踏会用のシューズ、人見知りなのに破天荒なところ、光が射し込むと金色の産毛におおわれているのが見える優しそうな横顔――こうしたこと一切が、その高貴な称号と相俟《あいま》って、アーチボルド・ムーンを抗いがたいほど効果てきめんに酔わせ、それはまるで塩味のアーモンドを添えたシャンパンにも似ていたが、かつてそんな酒を心ゆくまで堪能したのは、蒼白い顔で曇った鼻眼鏡をかけた英国人として、ひとり寂しくモスクワのジプシーたちの歌声に耳を傾けていたときだった。ところが今、ティーカップを手に暖炉のそばに腰かけて、ムーンはバターの染みこんだマフィンにかじりつき、オリガ・パーヴロヴナは夫がパリで出そうとしている新聞のことをムーンに聞かせていた。マルティンのほうは、ワジムを呼んだのはまずかったなと思うと気が重くなったが、なにせワジムときたらソーニャに人見知りして黙りこくってしまい、パウンドケーキから干しぶどうをほじり出しては飽きもせずダーウィンの方にこっそり投げつけていたのだ。ソーニャも口をつぐんだままもの思わしげに自動ピアノを見つめていた。ダーウィンはのっそりと暖炉に近寄るとパイプの灰を叩き出し、温《ぬく》もろうとして炎に背をむけた。「乳母《マムカ》さん」と小さな声で言うと、ワジムは笑い出した。オリガ・パーヴロヴナは事業について熱く語っていたけれど、ムーンはいささかも心を動かされてはいなかった。窓の外は薄暗くなり、どこか遠くで新聞売りの少年たちが「新聞《パイパー》、新聞《パイパー》！」と叫んでいた。

XIX

そのあと、ジラーノワ夫人と娘を駅まで送ることになった。アーチボルド・ムーンは最初の角で別れの挨拶をして、ワジムに優しく微笑みかけると（ワジムのほうはふだんから陰でムーンのことを場末の落書き並みの言葉遣いで呼びならわしていたうえ、

82　一九世紀初期のロシアの詩人。

「チャリンコ野郎め」なんてダメ押しまでつけ加えていたのだが）、ぴんと背筋を伸ばしたまま遠ざかっていった。しばらくワジムは横を歩くダーウィンの肩に手をかけて、例の歩道の敷石の上を自転車で進んでいたが、やがてあわただしくさよならを言うと、唇を使って壊れた警笛みたいな音を出しながらさっさと走って行ってしまった。駅に着くとダーウィンは自分とマルティンの分の入場券を買った。ソーニャは疲れた様子で苛々していて、ずっと目を細めているのだった。「それじゃあ」とオリガ・パーヴロヴナが言った。「今日はすっかりお世話になりました。どうもごちそうさま。お手紙でお母さまによろしくお伝えくださいね」

けれどマルティンはよろしく伝えることはなかった――こういうことはめったに伝えられはしないものなのだ。そもそも手紙を書くのさえ難儀なことだったのだから。たとえば今日みたいに何かとボタンの掛け違いばっかりで、どこか冴《さ》えなくて気分がくさくさする日のことを、どんなふうに書き送ったらいいというのだろう？　十行ほど便箋を汚して、学生とクローゼットと従妹についての小話を再現し、母を安心させようとして、身体は健康そのものだし、ちゃんと食事もして綿入れ上着だって羽織っている（それは嘘だったけれど）と書いた。郵便配達が雪の上を歩いていく姿がふと思い浮かんできて、雪がきゅっきゅっきゅと音を立て、真っ青な足跡がそのあとに残されていくのだが——それをマルティンはこんなふうに書いた。「この手紙は郵便配達が届けてくれるでしょう。こちらは雨です」ちょっと思案してから郵便配達のくだりを消して、雨のところだけを残した。宛先は大きな文字で書き、そんな機会があるたび、もう十度目にもなるだろうが、マルティンは知り合いの学生が言ったことを思い出すのだ——「姓から推して、あなたのことをアメリカ人だと思ってましたよ」。マルティンはいつだって封をしてしまってから、それを手紙に書き添えておくのを忘れたと悔やむのだった——また開封するのも面倒なことだ。封筒の隅についうっかりインクの染みを作ってしまい、睫毛《まつげ》を透かしてそれを長いことじっと見つめ、結局はそれを、黒猫が背を向けている絵に変えてしまった。ソフィア・ドミトリエヴナはこの封筒を手紙といっしょにとっておいた。二か月ごとに束ねてリボンを十字にかけるのだ。何年か経ってからそれを読み返す機会もあった。最初の二か月は比較的手紙が多かった。こちらのはマルティンがケンブリッジに着いたのを知らせる手紙だし、これはダーウィンやアーチボルド・ムーンのことがはじめて出てくるもので、こっちは十一月九日付、マルティンの名の日[83]の手紙だ——「この日になると」とマルティンは書いている。「ガチョウは氷の上に出てくるようになるし、キツネは巣穴を換えます」こっちの手紙には、線で消してあるけれどはっきり読める一行がある。「この手紙は郵便配達が届けてくれるでしょう」――そのときソフィア・ドミトリエヴナの脳裏に閃光《せんこう》のようにくっきりとよみがえってきたのだが、よくハインリヒと二人で、パイみたいな形に積もった雪で枝が撓《たわ》んだ樅の木立を縫って、火花みたいにきらきらきらめく道を歩いていると――だしぬけにたわわな鈴がしゃんしゃんと鳴り響き、郵便橇が姿を現して、手紙が渡される――そんなときは、あわてて手袋を脱いで封を切ろうとしたものだ。思い出したのは、その頃や、そのあとのほとんど一年ほどのあいだは、マルティンが自分に何も告げずに戦地に発《た》ってしまうんじゃないかと心配で本当におかしくなりそうだったことだ。多少の慰めになったのは、あちらのケンブリッジには何やら天使のごとき人物がいて、マルティンの気持ちを落ち着けてくれているのだということであり――それが非の打ちどころのない良識人アーチボルド・ムーンなのだった。それでもマルティンが出奔してしまうことだってないとは言えない。心の底から安心していられたのは、休暇中息子がスイスの自分のそばで過ごしていたときだけだったのだ。何年か後には辛い気持ちで読み返すことになったこれらの手紙は、形ある物として存在してはいるけれど、そんな手紙がしばし途切れる空白の期間に比べれば、よりいっそう夢幻《ゆめまぼろし》のごとき性質を帯びていた。そういう時期はいずれも、マルティンの生きた姿がつねに身近にあったという記憶にすっかり満たされていたのだから――クリスマスもそうなら、復活祭もそうだし、夏休みだってそうだ――そして、マルティンが大学を卒業するまでの三年間というものずっと、ソフィアの生活はいくつもの窓がつぎつぎと流れていくように過ぎていった――そう、まさにそのとおりだったわね――窓がつぎつぎと流れていくのよ。たとえば――あの最初の冬休みのスキー、私の勧めでハインリヒが買ったものだけど、マルティンったらそのスキーを履いて……。「勇気を出さなくちゃ」ソフィア・ドミトリエヴナは小さな声で自分にそう言い聞かせた。「勇気を出さないと。だって奇跡が起こることだってあるんだから。ただそれを信じて待つことだわ。ハインリヒがまたぞろあんな黒の喪章を腕に巻いて現れたら、もうこんな家から出て行くだけのことよ」そして手をぶるぶる震わせ、笑みを浮かべて涙に濡れながら、あいかわらず手紙を取り出しては広げてみるのだった。

83 ロシアでは、自分と同名のキリスト教の聖人の日を「名の日」として祝う風習があった。

　最初のクリスマス休暇で帰省したあのときのことは、こんなにもありありと母の記憶にとどまっていたわけだが、マルティンだってそのときはやっぱりお祭り気分を味わった。ロシアにでも帰ってきたような気がしたものだ——何もかもが一面の銀世界だったからだ——けれど、そんな自分の感じやすさが気恥ずかしくて、その場では母にそのことを告げずにいたために、ソフィアは結局、さらにもうひとつ輝かしい思い出を手に入れるチャンスを奪われてしまったのだった。スキー板は気に入った——ほんの一瞬、雪におおわれたクレストフスキイ島[84]の光景が頭をよぎったけれど、もっともあのときは、フェルトの長靴のつま先を革の輪っかでできた簡素な留め具に突っ込むだけだったし、それに軽々とした子供用のスキーは、そりかえった先っぽに縄が括《くく》りつけられていて、それを手で握るようになっていたものだ。ところが買ってもらった板ときたら本格的でそれは立派なやつで、しなやかなトネリコ材を使ったものだったし、ブーツだって本物のスキー用のものなのだ。マルティンは片膝を折り曲げて、横に出ている締め具の硬いレバーを持ち上げると、後ろの留めバンドに踵をぐっと押し込む。凍てついた金属が指をひりひりさせた。二枚目の板も首尾よくはめ込むと、雪の上から手袋を取りあげて立ち上がり、足踏みをして緩みがないか確かめ、颯爽《さっそう》と前をめがけて滑り出したのだ。

そう、マルティンはふたたびロシアに舞い戻っていたわけだ。あたり一面に敷きつめられたこの何とも豪勢な敷物――それはまさにプーシキンの詩に詠われているとおりで、[85]アーチボルド・ムーンはその四音節格《ペオン》のリズム[86]をじつに朗々とうたいあげるのだ。ずっしりと重荷を背負った樅の木立の上に広がる空は澄みわたり、見目あざやかな瑠璃色《るりいろ》だった。ときおりカケスが飛び移ると雪の塊が枝から滑り落ちながらぱっと四方に飛び散った。針葉樹の林を抜けるとマルティンは開けた場所に出たが、夏にはそこからホテルまで降りて行ったものだった。あれがそうさ――遠く眼下に見える、薔薇色の煙が屋根の上にまっすぐに立ち昇っているやつだ。あれのどこにそんなに惹きつけられるんだろうか、あんなホテルにさ、どういうわけで、またぞろあんなところに馳《は》せ参じなくちゃならないっていうんだろう、夏にあそこで目にしたものといえば、

84 ペテルブルクのネヴァ河にある島で公園地区となっている。
85 プーシキンの詩「冬の朝」の一節「青々とした天空のもと／豪勢な敷物のごとく／積もった雪が陽を受けてきらめく」をふまえている。
86 四音節のうちの一音節にアクセントがくる韻律の形式。

ぺちゃくちゃうるさくて骨ばった英国の小娘たちだけだったのにさ？　でもあのホテルが誘いをかけてきてるのは間違いない、ひっそりとサインを送ってきてるからな、窓一面に陽の光をまばゆく照り返してるじゃないか。正体を隠したままやたらとうるさくつきまとってくるこの手の意味不明だが押しつけがましいサインに、マルティンは背筋が凍るような感じすら覚えたものだが、そういうものが、風景のなかのどこかしら目立たない些細な場所に姿を見せることはこれまでもよくあった。降りて行かないわけにもいくまい——こういう甘い餌を見過ごすなんて無理な相談だ。凍った雪の表層が、スキー板の下できしきしと甘ったるい音を立てて軋み、マルティンはどんどん加速しながら斜面をまっしぐらにすべり降りて行った——その後いったい幾度、ケンブリッジの寮の部屋でまさにこんな具合に滑降する夢を見て、耳をつんざくように雪を吹っ飛ばしながら転倒して目が覚めたことだろう。何もかもふだんのままだった。隣の部屋で時計がチクタクいうのがわかった。鼠《ねずみ》が砂糖のかけらを運んでいた。歩道をだれかの足音が通り過ぎ、聞こえなくなった。マルティンは寝返りを打ってもう一方の横腹を下にするなり、またすっと寝入ってしまうのだった——やがて朝になると、まだ夢うつつながら、もう別の物音が耳に入って来るのだ。隣の部屋ではミセス・

ニューマンがせわしなく動き回っては何かを移動したり、石炭をくべたり、マッチを擦ったり、紙をくしゃくしゃいわせたりしたあげくに出て行き、するともう物音ひとつしなくなって、ただ焚きつけられた暖炉がいかにも朝らしくごうごう唸る音だけが、ゆったりと甘ったるくあたりを満たしていくのだった。『あそこにはとくに変わったものは何もなかったな』マルティンはふとそう考えると、煙草を取ろうとナイトテーブルに手を伸ばした。『いたのはセーターを着た爺さん連中ばっかりだったな、あんなのはよくある錯覚さ。ところで今日は土曜だ、ロンドンにでもくりだすか。なんだってまたダーウィンのところに、あいかわらずソーニャから手紙が来たりするんだろう？　一度白状させてやらなくちゃ。今日はグルジェジンスキイの講義はサボったほうがいいな。おっと、クソババアが起こしにくるぞ』

ミセス・ニューマンが茶を運んできた。年寄りで赤毛の、キツネのような目をした女だ。「昨夜《ゆうべ》あなたはガウンを着ないで外出したでしょう」冷淡な言い方だった。「指導教員《チューター》に報告しなきゃならないわね」カーテンを開けて、天気にかんしてちょっとした、けれど的を射たコメントを残してすっと立ち去った。

部屋着を羽織るとマルティンはギシギシいう階段を降りて、ダーウィンの部屋をノックした。ダーウィンはもう髭も剃り顔も洗い終わって、ベーコンエッグを食べているところだった。分厚いマーシャルの政治経済の教科書が皿の横に開いてあった。「今日も手紙が来たんだな？」マルティンはきつい口調で問い質した。「馴染みの仕立屋からね」うまそうに口をもぐもぐさせながらダーウィンは答えた。「ソーニャは字が下手くそだろう」マルティンが指摘した。「ひどいもんだよ」コーヒーをひと口飲んで、ダーウィンもそう同意した。マルティンは背後からダーウィンに近づくと、その首を両手でつかんで絞め上げようとした。首は太くて頑丈だった。「でもベーコンは呑み込めたぜ」さも満足そうにダーウィンがしぼり出すような声を出した。

XX

その夜二人はロンドンにくりだした。ダーウィンが宿をとったのは、会員制のクラブが提供してくれる独身者向けの二間続きの部屋だった——ダーウィンが会員だったのはロンドンでも超一流の最高に格式の高いクラブのひとつで、ソファーときたらむっちりふくよかな革張りだし、テーブルには色艶のいい雑誌が並べられていて、絨《じゅう》毯《たん》などふかふかすぎてどんな物音だろうがすっかり消しちまうほどだ。一方マルティンにあてがわれたのは、今回はジラーノフ家の三階にある寝室の一部屋だったのだけれど、それというのもネリーはレーヴェリ[87]に出向いていたし、その夫もペテルブルクに侵攻の途上だったからだ。マルティンが到着してみると家にはだれもいなくて、たったひとりジラーノフ氏ご本人、ミハイル・プラトーノヴィチが書斎にこもって書き物に精を出していた。筋骨隆々のがっしりした体格でタタール風の顔立ちだが、褪めたような暗い色の瞳はソーニャと同じだった。いつも取り外し式のまん丸いカフスや胸当てをしているが、胸当てがやたら大きすぎるせいで胸が鳩《はと》みたいに見えるのだった。ジラーノフ氏もその数に入っているようなあの種のロシア人たちが目が覚めるといの一番にやるのは、サスペンダーをぶらぶらさせながらズボンを引っぱりあげること、朝洗うのは顔に首に両手だけで——そのかわり念には念を入れてやるのだが——週一回の入浴にいたっては、ある種のリスクをともなう出来事とさえ見なしているのである。往時には方々を飛び回って政治活動に精を出し、あちこちの街でひっ

87 現在のエストニアの首都タリン。

きりなしに開かれる集会につぐ集会をこなすのがわが人生だと思うのだったが、ソヴィエト流の死にざまは奇跡的に免れて、いつだってぱんぱんに膨れた書類鞄を抱えているのだ。だれかが憂い顔で、「どうしよう、こんなに本を抱えてるときに――雨だなんて」などと言ったとしよう――するとジラーノフ氏は何も言わずに電光石火の早業で、じつに器用に新聞紙を使って本をくるむと鞄のなかを手探りして紐まで引っぱり出し、あっという間にその紐をこざっぱり仕上がった小包に十字にかけたりするのだが、当の不運なお知り合いときたらもじもじしながらその様子を眺めて、迷信にも似た畏敬の念をおぼえるのだった。「さあどうぞ」ジラーノフ氏は言うと、そそくさと別れを告げて立ち去るのだ――オリョール[88]に、コストロマ[89]に、パリに――いつだって身軽ないでたちで、鞄には清潔なハンカチを三枚しのばせ、汽車に乗っても、無邪気な特急列車が乗客を喜ばせようと張り切って駆け抜けていく風光明媚《ふうこうめいび》な景色もどこ吹く風、ひたすらパンフレットを読むのに没頭し、たまに余白に書き込みを入れたりする。景色だの便利さだの清潔さだのを一顧だにしない点には辟易させられるけれど、それでもマルティンがジラーノフ氏に敬意を抱いていたのは、有無を言わせず突っ走るようなどこかドライな勇猛果敢さがあったからで、氏の姿を目にするといつもなぜか思い出すのは、見かけはあまりスポーツをやるようなタイプでもなくて、勝負事といえばきっとビリヤードだとか、それにたぶんゴロトキ遊び[90]くらいしかしないはずのこの人物が、下水管に身をひそめてボリシェヴィキどもをやり過ごしたり、またあるときには十月党員《オクチャブリスト》[91]のトゥチコフと一対一の決闘をしたことだった。

「ああ、よく来てくれたね」ジラーノフ氏は言って、浅黒い手を差し出した。「まあ座りたまえ」マルティンは腰をおろした。ミハイル・プラトーノヴィチはまたもや書きかけの原稿にじっと目を凝らし、ペンを取りあげて——原稿用紙の真上でほんのすこし小刻みにぴくぴく動かしたかと思うと、その震えを字を書くときのすばやい動きに変え——ペンを自在に走らせながら同時にこう言った。「みんなもう帰って来るはずだ」マルティンは隣の椅子に置いてある新聞を引き寄せた——それはロシア語新聞で、パリで出ているやつだった。「大学はどうだね?」ジラーノフ氏が尋ねたが、

88 ロシア南部の都市。
89 ロシア西部、ヴォルガ河中流に位置する都市。
90 並べた円筒形の木片を棒で倒す遊び。
91 帝政末期の立憲君主主義政党。

なめらかに走っていくペンから目を離さなかった。「まあなんとか、うまくいってます」マルティンはそう言って新聞を置いた。「みなさんが出かけたのはもうずっと前なんでしょうか?」ミハイル・プラトーノヴィチは何も答えなかった——ペンはもうフル稼働し始めていたのだ。そのかわり二分も経つとまた話し出しはしたのだが、一向にマルティンのほうに顔を向けようとはしないのだった。「暇を持て余してるんだろう。大学ってとこは何かっていうとスポーツばかりやってるからな」マルティンはふっとうす笑いを浮かべた。ミハイル・プラトーノヴィチは書いた文字に沿ってすばやく吸い取り紙をぽんぽんはたくとこう言った。「ソフィア・ドミトリエヴナがあいかわらずもっといろいろ教えてほしいと言ってくるんだが、もうこれ以上何も知らないのでね。私が知ってたことは全部あのときクリミアに書いて送ったからね」マルティンは咳払いした。「どうかしちまったのかね」ジラーノフ氏が聞いたが、モスクワでこんな汚い言い方を覚えたのだ。「何でもないんです」マルティンは答えた。「君のお父さんが死んだときの話なんだがね、むろんだが」ジラーノフ氏は言って、褪めた色の瞳でマルティンを見つめた。「私があのとき君たちに知らせたんだからな」「ええ、知ってます」マルティンはあわてて頷いたが、よその人から父の話を聞かされるといつも――どんなにそれが善意にあふれたものであっても――なんとも気まずい思いを味わわされるのだった。「最後に会ったときのことは、つい今しがたのことのようによく覚えているよ」ジラーノフ氏は話をつづけた。「道でばったりお見かけしてね。私はもう身を隠していたときだったんだが。最初は声をかけるのをためらったよ。ところがセルゲイ・ロベルトヴィチの様子ときたらそりゃひどいもんだった。たしか、クリミアで君らがどんな暮らしをしてるかって、しきりに心配していたな。それが三日ほどして訪ねてみると、あろうことか――もう棺桶を担ぎ出してるじゃないか」マルティンは頷きながらも、話題を変える方法はないものかと必死に知恵を絞っていた。この顚末をミハイル・プラトーノヴィチから聞かされるのはこれでもう三回目だったうえに、そもそも話術自体がどうにもぱっとしないのだ。ジラーノフ氏は話し終わると原稿に向き直り、ペンがぶるっと震えて動き出した。マルティンは手持無沙汰になってまた新聞に手を伸ばしたが、まさにそのとき玄関の扉ががちゃりと鳴って、ホールに響き渡ったのは、人の声や足を引きずる音、ぞっとするほどにけたたましいイリーナの笑い声だった。

XXI

マルティンは帰宅した一行を出迎えたが、ソーニャに会うときはきまってそうで、自分をとりかこむ空気が瞬時に闇に包まれたような気がした。この前ケンブリッジにやって来たときだってそうだったし（いっしょに訪ねてきたミハイル・プラトーノヴィチときたら、どれどれのカレッジは創立何周年なんだねだとか、図書館の蔵書は何冊あるんだなどとやたらに質問を浴びせてマルティンを困らせるのだが、そのあいだソーニャとダーウィンは、何がおかしいのか声も立てずにニヤニヤしているのだった）、今だって同じで——自分が妙に野暮ったく見えてしまう。水色のネクタイだって、ソフトな折り襟の先っぽのとんがりだって、ダブルのスーツだって——どれもきっちりしているはずなのに、何を考えているのかうかがい知れないソーニャのまなざしにさらされていると、服のセンスはからっきし、頭のてっぺんには毛がつっ立って、肩なんぞまるで荷馬車の御者《ぎょしゃ》並みだし、顔はといえば、丸顔なところがいかにも間抜け面だなと思えてしまうのだ。指の骨の節くれ立ってるのも嫌なところなのだが、そいつが最近赤く腫れあがってきたのは——ゴールキーパーをやったりボクシングの練習をしたせいだった。ゆるぎないほどの幸福感てやつは、どういうものか、双肩に力が漲ったときや、頰っぺたがすがすがしいほどつるつるだったり、歯に詰め物をしてもらいたてのときなどにも味わえるものなのだけれど、それがソーニャがいるというだけで瞬く間に消し飛んでしまう。それに、なかでも不様に思えたのは、本当のところ眉毛が道半ばで途切れてしまっていて、濃いのは眉間の間近だけ、その先はこめかみに行くにしたがい、びっくりでもしたかのようにまばらになってしまうことだった。

夕食になった。エレーナ・パーヴロヴナはぶくぶくに水太りしているところは姉ゆずりなのに、笑顔を見せるのは姉よりさらに珍しく、ただイリーナがお行儀よく食事して、テーブルに寄りかかりすぎたり、ナイフを舐めたりしないようにと、いつものようにそれとなく見守っているのだった。ミハイル・プラトーノヴィチはちょっと遅れて姿を見せ、ナプキンの角を襟元に押し込むと、かすかに腰を浮かせてテーブルの反対側にある白パンをひっつかみ、瞬時にそれを八つ裂きにしてバターを塗った。夫人はレーヴェリから届いた手紙に読みふけり、そこから目をそらそうともせずにマルティンに「どうぞ召し上がれ」と言うのだった。左側ではイリーナが大きな口を開けて身をよじらせ、脇の下を掻きながら、冷製の羊肉への愛着の念をむにゃむにゃと述べたてていた。右に座っていたのはソーニャだった。ナイフの先で塩をすくうその仕草や硬質な艶のある黒い髪、それに色白の頬に浮かんだえくぼが、どうしたわけか言いようもなくマルティンを苛々させた。夕食のあとダーウィンが電話してきて踊りに行こうと誘い、ソーニャは最初こそ渋ったものの結局は折れた。マルティンが着がえに立って、もう絹の靴下を穿くのにとりかかっていたところへ、ソーニャがドア越しに、疲れたからどこにも行かないと言った。半時間後にやって来たダーウィンは上機嫌で大きな身体をシックな衣装で包み、シルクハットをあみだに被って、ポケットには値の張る舞踏会のチケットを忍ばせていたのだが、ソーニャは意気消沈してもう寝てしまったとマルティンが告げると――冷え切ったお茶を一杯飲み干し、いかにも自然なふうにあくびをしてみせ、この世はおしなべてよくなっていくものさ、と言った。ダーウィンがロンドンに出て来た唯一の目的はソーニャに会うためだとわかっていたので、彼が口笛を吹きながら、無用の長物になったシルクハットとマント姿で人気《ひとけ》の絶えた暗い夜道を遠ざかっていくのを見てマルティンはとても気の毒に感じ、玄関のドアをそっと閉じると寝室に上がって行った。廊下でこちらに向かって飛び出してきたソーニャはキモノを羽織ってすっかり背が低くなっていたけれど、それは寝室用のスリッパを履いていたからだった。「帰ったの?」とソーニャは聞いた。「まったく最低のやり方だよ」マルティンははっきりと口にしたが、立ち止まろうともしなかった。「引き留めてくれればよかったのよ」ソーニャはあわててそう言うと、早口言葉でも言うようにつづけた。「じゃあ私が連れ戻しに行くわ、電話して踊りに行ってくるわよ、そうするわ」マルティンは何も答えずにバタンとドアを閉め、怒りにまかせて歯を磨くと、まるでだれかを引きずり出そうとでもするみたいにベッドの掛布団をはね上げて、指をひとひねりさせてスタンドの明かりを消し、頭から布団にもぐり込んだ。けれどもしばらくすると、布団越しにソーニャがあわてて廊下を走る音が聞こえ、ドアがバタンと閉まった――まさかあの娘が本当に電話をかけに下に降りて行くなんてありえない――ところが聞き耳を立てていると、またしてもあたりはしんと静まり返り、と思うとまたいきなりソーニャの足音が聞こえたのだが、それはもう前のとはちがって軽やかで、浮き立つようにさえ感じられた。我慢できずに廊下を覗いてみると、ソーニャが浮き浮きした足取りで階段を降りて行くのが目に入ったが、フラミンゴ色の舞踏会用のドレス姿でふさふさした扇を手にし、黒髪には何かきらきらしたものが巻かれていた。ソーニャの部屋のドアは開けっぱなしで明かりも消しておらず、白粉《おしろい》をはたいたあとが銃撃の直後みたいに煙っていて、一発で仕留められたストッキングが横たわっており、絨毯の上には洋服簞笥《だんす》の臓物が色とりどりに散らばっていた。

友人のことを喜んでやるかわりに、マルティンが味わったのは身を抉《えぐ》られるような忌々《いまいま》しさだった。あたりはすっかり静まり返っていた。ただジラーノフ夫妻の寝室から、苦しそうな鼾が聞こえてくるだけだった。「あんな女くそくらえだ」マルティンは呟《つぶや》き、しばしのあいだ、自分も舞踏会に出かけたものかどうか考えあぐねていた——だってチケットは三枚あったのだから。ふわふわの階段を舞うように駆けあがっていく自分を思い浮かべてみたが、スモーキングを着こみ、絹のシャツはその年のダンディーたちのあいだで流行った胸にフリルがついたやつで、軽やかで光沢のある靴は平らなリボンつきだ。するともう——開け放たれたドアからは音楽の熱気がむんむんと伝わってくる。女の柔らかな足がしなやかに優しく触れてきて、ますますこちらに身をあずけながら、ぴったりと身体を押し付けてくるし、香水の匂いのする髪は口元までほんの少しのところにあり、その頰はシルクの襟の折り返しに化粧の跡を残す――いかにもありふれたこういう甘ったるいシチュエーションの数々にマルティンはすっかり心を奪われてしまうのだった。見ず知らずのご婦人と踊るのも好きだったし、中味は空っぽだが純真で罪のない会話を交わすのも好きで、それというのもそんな会話の端々に耳を澄ましていると、奇跡のような、でもつかみどころのない何かが自分や相手の心のなかに生まれつつあるのが感じ取れるからだが、でもそれが続くのはもう二つ三つステップを踏むあいだだけのことで、やがて何ひとつ解決されることもなく永久に姿を消してしまい、すっかり忘れ去られてしまうのだ。けれど、ひとつになった身体がまだ引き離されないうちは、これから起こるかもしれない情事の青写真はその輪郭を浮かびあがらせていて、そこにはもう萌芽の姿で何もかもが存在している――薄暗い部屋で不意に会話が途切れ、男は震える手で、たった今火をつけたばかりだが邪魔になってしまった煙草を灰皿に置く。映画にあるようにゆっくりと、女の瞼《まぶた》が閉じられていく。そして至福の暗闇がそれに続く。やがてその闇のなかに一点の光が見え、磨き上げられたリムジンが雨模様の夜更けをすばやく走り抜けていく。すると場面はいきなり白いテラスに切り替わり、海のさざ波が陽光をきらめかせている――そこでマルティンは、連れて来た女に静かに語りかけるのだ。「名前は？　君の名前は何だい？」女の明るい色のドレスを樹の葉の翳がうつろい、女は立ちあがり、去っていく。胴元はがっついた顔つきでマルティンの最後のチップを熊手《レーキ》でかき集め、できることと言えばただ、空っぽになったスモーキングのポケットに手を突っ込んでゆっくりと庭に降りて行き、朝まだきの港湾で荷運び人夫に雇ってもらうぐらいしかないのだが——するとどうだ——またあの女が……他の男のヨットの上で……輝くような笑顔を見せて、コインを海に投げ入れているのだ……。

「おかしな代物だな」かつてマルティンといっしょにケンブリッジの小さな映画館を出しなにダーウィンはそう言った。「おかしな代物だよ。だって何から何までお粗末で俗っぽくて、どうもありそうにないことばかりなのに、それでもどういうわけか、風が吹きすさぶあの景色だとか、ヨットに乗った魔性の女だとか、身ぐるみ剝《は》がされたダメ男が涙を呑む光景に心が揺さぶられるんだよな……」

「旅ってのはいいな」マルティンはそう口にした。「あちこち旅してみたいもんだよ」

ある四月の宵に交わされてからというもの、たまたま記憶の底に残っていたこの会話の断片をマルティンが思い出したのは夏休みが始まってまもなく、もう帰省していたスイスにダーウィンがテネリフェ島[92]から手紙を送ってよこしたときだった。テネリフェ島とは——こりゃすごい！——じつに碧々《あおあお》とした響きの言葉じゃないか！　それはある朝のことだった。ひどく器量も落ちたうえに何やら贅肉《ぜいにく》もたっぷりついてしまったマリーは部屋のすみで立て膝をしながら、床を拭く雑巾をバケツの上で絞っていて、山々の頂きに連なるように大きな白い雲が漂い、ちょっとした靄がときおり綿毛の繊維みたいになって、はるか彼方の山肌を降りていくのだが、遠く広がるそんな山肌は、その色合いを刻一刻と変化させていく——太陽が顔を出しては雲間に隠れるそのたびに。マルティンが庭に出てみると、ばかでかい麦藁帽子を被ったハインリヒおじさんが村の司祭相手におしゃべりしているところだった。司祭は小柄で、眼鏡をしょっちゅう左手の親指と小指で直す癖のある人で、深々とお辞儀をすると黒い僧衣をさらさらいわせながら目がくらむように真っ白な壁沿いを進んで、むっちり太って薔薇色がかった胴体一面に辛子色《からしいろ》の斑点のある馬に繋がれた軽二輪馬車に乗り込んだのだが、そのときマルティンはこんなことを言った——「ここはすてきだね、ぼくは

92　大西洋のスペイン領カナリア諸島にあるリゾート地。

この場所が本当に大好きだけど、でもさ――ほんのひと月だけでも、どこかに旅立つってのも悪くないんじゃないかな――たとえばカナリア諸島なんかにさ?」。

「なんとまあたわけたことだ」ハインリヒおじさんは肝をつぶしたように答え、その口髭がかすかに逆立った。「おまえの母さんはな、おまえが来るのをそれは心待ちにしていて、おまえが十月までここにいるってだけで、あんなにも幸せそうなのに――それをやぶからぼうに――行っちまうだなんて……」

「みんなで一緒に行ったっていいんだよ」マルティンは言った。

「たわけたことを」ハインリヒおじさんはくりかえした。「卒業してからであれば反対はしないさ。常日頃から、若者は世界を見ておくべきだと思っているからね。忘れちゃいかんな、おまえの母さんはこのところようやっと、あの途方もないショックから立ち直りつつあるんだからな。だめなものはだめだ」

マルティンは肩をすくめ、半ズボンのポケットに手を突っ込むと、滝に通じる小径をぶらぶらと歩いていった。樅の木立のなかに半ば隠れるように開いた洞窟のそばで母が待っているとわかっていたからだ――そういう決まりだった――母は朝早くから散歩に出るのだが、マルティンを起こしたくないのでメモを残しておく。「洞窟で十時に」とか「サン・クレールに行く途中の泉のそばで」といった具合だ。でも母が待っているのがわかっていながらマルティンはふと向きを変え、小径から逸れてヒースの茂みを登って行った。

XXII

斜面はどんどん険しくなり、太陽はじりじりと照りつけ、蝿どもは唇や目にとまろうとしつこく飛んできた。円形の土地に白樺が生えたちょっとした木立にたどり着くとひと休みし、煙草に火をつけて、膝下で裾を折り返したソックスをもっときつく引っぱりあげると、白樺の葉を噛みながらさらに上に登って行った。ヒースの茂みはぱりぱり音がして滑りやすく、ときおり棘《とげ》だらけのハリエニシダの低木がチクチクと足にまとわりついてくる。行く手を見上げれば折り重なった巨大な岩々がまばゆい輝きを放っているのだが、そんな岩場のなかを水のはけた跡が窪みになってひと筋走り、扇形に広がっていて、その窪みいっぱいに詰まった小石は、マルティンが一歩足を踏み入れたとたんに崩れて転がるのだった。このルートから頂上にたどり着くことなどできそうになかったので、マルティンはじかに岩場をよじ登りだした。何かの根っこや苔《こけ》の切れ端にしがみつこうとすると、それが岩から剝がれてしまうようなこともままあって、するとマルティンは熱に浮かされでもしたように懸命に足場を探ったし、またその逆に足元の何かが崩れてしまって両手だけでぶらさがるはめになって、必死の思いで身体を持ち上げなければならないこともあった。もうてっぺんまでたどり着こうというときにだしぬけに足を滑らせてずり落ちはじめ、ごわごわした花をつけた低木を手でつかもうとしたものの持ちこたえられず、焼けるような痛みが走ったのは膝が岩で擦《こす》られたためで、上の方に滑って行こうとするごつごつした岩肌にしがみつこうとしたとき、ふと何かが助けるように足の裏を押した。それは庇状《ひさしじょう》にせり出した岩棚の上だったのだけれど、そこは右に行くにしたがって狭くなって岩の斜面とひとつになっていたし、左側は五サージェン［約一〇・七メートル］ほど行ったところで曲がり角になって向こう側に回り込んでいて、その先がどうなっているのかはわからなかった。この岩棚ときたら、いかにも悪夢の舞台装置にでもありそうな代物なのだ。マルティンは急峻《きゅうしゅん》な岩肌にぴったりと身を寄せて立っていたが、それはうつぶせに滑ってきた姿勢そのままで、そこから身を離すことなど思いもよらないのだった。

ありったけの力を振り絞って肩越しに下を眺めてみると、そこは身の毛もよだつような絶壁で、陽の光にあふれた輝かしい奈落が広がり、その奥底にはひと足遅れてパニックになった樅の木々が、先に降りて行ってしまった松林を駆け足で追いかけているのが見え、さらにその下には起伏にとんだ草原や、豆粒みたいだけれどひときわ真っ白なホテルの姿があった。「なるほど、これがあいつの役目だったってわけか」マルティンはいやに迷信深くそう考えた。「きっとぼくは転落して命を落とすんだな、まさにそれをあいつは見守ってるわけだ。これは……これは……」奈落の底を覗くのも、頭上にそびえる切り立った岩壁を見上げるのも、その恐ろしさにはさして変わりがなかった。本棚ほどの幅しかない足元の岩棚と、指をかけている岩の凹凸だけが、マルティンが馴れ親しんできた確かな世界のなかで、まだ自分の手元に残っていた唯一のものだったのだ。

マルティンは全身の力が抜けて頭がぼうっとし、吐き気がするほどの恐怖を覚えた——だがそれと同時に、まるで傍《そば》から眺めてでもいるかのように、フランネルの開襟シャツに半ズボン姿で不恰好に岩壁にへばりついている自分の姿が妙にはっきりと目に入ってきて、アザミの実が靴下にはりついているのや、すっかり黒ずくめの蝶々が羨ましくなるほどふらりふらりと物言わぬ小悪魔のごとくに飛び過ぎると、岩壁に沿って昇っていくのに気づいた――それに、あたりには気どって見せなきゃならないような人目があるはずもなかったのに、マルティンは口笛なんぞ吹きだし、奈落の誘惑なんかには絶対に応じるものかと自分に誓うと、足をゆっくり動かして左に移動しはじめた。ああ、岩棚のあちら側がどうなっているか見えさえすればなあ！　まるで岩壁がマルティンのほうにぐっと迫ってきて、息づかいも荒く背後で待ちうけている奈落の底へと押し出そうとしているみたいに思えた。爪は岩に食い込み、岩はあつく熱を帯び、花の房は青々として見え、トカゲは8の字を途中まで描いたところで走りを止めたまま凍りつき、蝿どもは目のなかに入り込もうとする。止まらざるをえないこともしばしばで、マルティンには自分で自分に弱音を吐く声が聞こえるのだった。「もうだめだ、無理だ」と――そんなときには、そういう自分をしっかり押さえつけたうえで、ちょっとしたメロディーのさわりを唇で呻《うな》りだす――フォックストロットでも、マルセイエーズでもかまわないのだ――それが終わると唇を舐めまわし、またしても弱音を吐きながら横歩きをつづけるのだった。曲がるところまであと半サージェン［約一メートル］のところで足元から何かがぱらぱらと崩れ落ち、岩壁にしっかりしがみつくとマルティンは思わず後ろを振り返ったが、すると陽光が降りそそぐだだっ広い空間のなかで、白い点になったホテルがゆっくりと回り出すのが見えた。曲がり角でマルティンは早口に言った。「どうかお願いだ、頼むぞ」——そしてその願いはすぐさま聞き入れられたのだった。曲がり角の向こう側で岩棚は幅を広げながら開けた平らな場所へと続いていて、そこには見たことのある水の通り道やヒースが茂った斜面があった。

そこでマルティンはほっとひと息ついたが、身体中がずきずきと痛んで震えていた。爪は赤黒くなって、まるで苺でも摘んでいたかのようだったし、ぼろぼろに擦り剝けた膝はひどくひりひりした。今しがた味わったばかりの危ない出来事は、クリミアで出くわすはめになった危険なんかよりはるかにずっと現実味があるように思えた。今やマルティンにとってそれは誇らしくさえあったけれど、たまたまやり遂げたことをもう一度、今度は自分から進んでやってのけられるだろうかと自分に問うてみると、そんな誇りなどいっぺんに味もそっけもないものになってしまうのだった。何日かするとマルティンは我慢できなくなり、またしてもヒースの茂る断崖を登ったのだけれど、あの岩棚に続いている開けたところまで行ってはみたものの、岩棚へと足を踏み出す決心はどうにもつかなかった。マルティンは腹を立ててさかんに自分をけしかけてみたり、臆病な自分を馬鹿にしてみたり、自分をあざ笑っているダーウィンを想像したりしながら……ただじっとその場に立ちつくしていたかと思うと片手をさっとひと振りしてもと来た道を後戻りしだし、おのれの心のなかを暴れまわっている狼藉者《ろうぜきもの》には目もくれないように努めていた。夏休みが終わるまさにその日にいたるまで幾度となく、この狼藉者が躍り出てきては暴虐の限りをつくし、そこでマルティンはついに、あの場所にはもう登らないと心に決めたのだが、そうすれば、もう乗ってみる度胸もないあの岩棚を前にして苦悶することもないというわけだった。こうして自分への不甲斐なさで傷心のマルティンは、十月に英国に帰ってくると、駅からまっすぐジラーノフ家を訪ねた。戸を開けてくれた小間使いは新しい人に変わっていて、それも気分を腐らせたが、まるで知らない家にでも来てしまった感じなのだった。客間には全身黒ずくめのソーニャが立ってこめかみをさすっていたが、やがていつもの癖で突きつけるようにまっすぐに手を差し出した。マルティンは考えてみてびっくりしたのだけれど、夏のあいだソーニャのことなど一度たりとも思い出したことはなかったし、手紙だって一回も出さなかったのだが、それでもソーニャが蒼白い顔を曇らせているのを眺めながら気まずい思いを味わうためだけでも、けっして短くはない道のりをこうして戻ってきた甲斐があったと思うのだった。「家に不幸があったのをきっとまだご存じないのね」ソーニャがそう言って、どこか腹立たしげな口調で話したところでは、先週まったく同じ日に、お産がもとでネリーがブリンディジ[93]で亡くなった、夫もクリミアで戦死したという報せがあったのだ。「そうか、あの人はユデーニチのところからヴランゲリ[94]のもとに向かったんだね」そんなことを口にするのが精一杯だったけれど、ネリーの夫やネリーその人の顔がじつにくっきりと思い浮かべられたのがマルティンには思いがけなくて、夫のほうはたった一度しか会ったことがないのだし、ネリーだって当時は退屈で面白くない人だと思っていたのに、どういうわけか命を落とすことになったのがあのブリンディジだっていうんだから。[95]「ママったらもう目も当てられない状態なのよ」ソーニャは言いながら、ソファーにころがっていた本の

93 アドリア海に面した南イタリアの港湾都市。
94 帝政ロシアの元軍人。国内戦時、南ロシアで反革命軍である白軍の総司令官として戦うが赤軍に圧倒され、一九二〇年十一月にクリミアから国外に離脱した。
95 ブリンディジは、古代ローマの詩人ウェルギリウスが死去した土地として知られている。

ページをぱらぱらめくっていた。「パパはどこに行ってたのかもわからない、キエフあたりまで行っててもおかしくないわ」ちょっと間をおいてからそう言い足すと、ソーニャは親指でページを束にしてめくりあげ、それをすばやく落としていくのだった。マルティンは肘掛椅子に腰をおろして手を拭った。ソーニャはバタンと本を閉じると顔を上げて言った。「ダーウィンは本当にいい人よ。ものすごく助けになってくれたわ。もう感動的なぐらいよ、それも余計なことはひと言も言わずにね。あなたは家に泊まっていくのかしら?」「実を言うと」とマルティンは答えた。「今日はケンブリッジに帰ってもいいんだ。きっとご迷惑だろうし、いろいろあるだろうから」「そんなことないわ、気をまわしすぎよ」ソーニャはため息交じりに言った。下で夕食を告げる銅鑼《どら》の虚ろな音が響いたが、それは喪に服しているこの家にそぐわなかった。マルティンは手を洗いに行って、洗面所のドアを開けたところミハイル・プラトーノヴィチと鉢合わせしたが、この人はふだん鍵をかける習慣がなかったのだ。氏は虚ろな目つきでマルティンを眺めると、慌てることもなくボタンを掛けた。「心からお悔やみを申し上げます」マルティンはつぶやくように言って、どうしたわけか左右の踵を打ち合わせた。ジラーノフ氏は感謝のしるしに目をつぶり、マルティンの手を握ったが、そんな一切が洗面所のドア越しにおこなわれたおかげで、こういう握手や出来合いの言葉のばかばかしさがいっそう際立った。ジラーノフ氏は何かを揺すってちょうどいいところに納めようとするかのように、両足をぴくぴく震わせながらゆっくりと遠ざかって行った。マルティンは鏡に映った自分の鼻がひどく皺くちゃになっているのに気づいた。「でも何か言うしかなかったんだ」それは歯のあいだから押し出すような声だった。

食卓では一同はずっと黙ったままで、ただミハイル・プラトーノヴィチがスープをすする耳ざわりな音だけが聞こえた。イリーナは母親といっしょに郊外のサナトリウムに行っていて、オリガ・パーヴロヴナは食事に姿を見せなかったから、テーブルについていたのは三人だけだった。電話が鳴りだし、ジラーノフ氏は口をもぐもぐさせながら、すばやく書斎に引っ込んだ。「わかってるわよ、羊の肉は好きじゃないんでしょ」ソーニャが声をひそめて言い、マルティンは黙ったまま少々控えめに笑みを浮かべた。「ヨゴレヴィチが来るよ」ミハイル・プラトーノヴィチがそう言いながら食卓に戻ってきた。「今ペテルブルク《ピーテル》から着いたばかりだそうだ。マスタードを取ってくれ。死装束に包まれて国境を越えたんだと言ってたよ」「雪のなかじゃ余計目立たないでしょうね」ちょっと間をおいてからマルティンは言ってみたが、それは会話が途切れないようにするためだった——けれど会話が続くことはなかった。

XXIII

ヨゴレヴィチは顎鬚《あごひげ》を生やした恰幅のいい男で、灰色の毛糸のチョッキの上に着古した黒のスーツを着て、肩にはふけが落ちていた。黒いブーツの両わきに縫いつけられた伸び縮みするゴム布は耳みたいに飛び出ているし、ずり落ちた靴下のあいだからはズボン下の端っこがちょろっと顔を出している。物にまったく頓着しない性質《たち》で、肘掛椅子の肘掛はぽんぽん叩くし、分厚い本の上に腰をおろしてしまうと、にこりともせずにそれを尻の下から取り出して、目もくれないでそこいらに打《う》っ棄《ちゃ》っておく——こんなあれやこれやから察するに、この人物もどうやらジラーノフ氏ご本人とは密かな似た者同士なのだ。ジラーノフ家の人々が悲嘆にくれているのを知ると、縮れ気味の大きな頭で頷きながらひたすら短く舌打ちし、急ごしらえに作った顔を手のひらで上から下へ拭うと、いきなり取ってつけたように自分の話をしはじめるのだった。はっきりしていたが、この男の心をすっかり占拠してしまい、唯一悩みの種になって頭から離れようとしないものといえば、それはロシアの被《こうむ》った災厄だけだったから、切羽詰まった口吻で荒々しく熱弁をふるっているのをことさらにさえぎって、学生とその従妹にまつわる小話なんぞ披露した日には何が起こるだろうと考えると、マルティンは背筋がぞくっとするのだった。ソーニャはちょっと離れた場所に座っていたが、膝の上に肘をつき、顔は手のひらにもたせかけていた。ジラーノフ氏は鼻のわきに指をそえて話を聞き、ときおり口を開くときだけその指をはずす。「申し訳ないがね、アレクサンドル・ナウーモヴィチ――でもまさに仰せのごとく……」ヨゴレヴィチはしばし話を止めて目をぱちぱちさせるとまたしゃべりつづけるのだが、彫りの深いその顔立ちはすばらしくよく動いてひっきりなしに表情を変える――ふさふさした眉毛や洋梨みたいな形の鼻の孔、毛だらけの頬に寄った皺が気ままに形を変えるかと思えば、甲に黒い毛が密集している両手だって一瞬たりともじっとすることはなく、何かを持ち上げては放り投げ、またひっつかんでみたり方々にばら撒いてみたりするのだが、そうやって熱を帯びてどんどんと早口になりながら、処刑のことや飢饉《ききん》のこと、ペテルブルクが荒廃して人品も卑しくなり、蒙昧かつ低俗になったことなどを話すのだった。暇乞《いとまご》いをしたのは真夜中過ぎだったが、そのときも玄関を出たところでいきなり振り返って、ロンドンじゃオーバーシューズはどのぐらいするのかねと尋ねた。男が去って扉が閉まると、ジラーノフ氏はしばしのあいだ考え事でもするようにじっと佇んで、ちょっとしてから妻のいる二階に上がった。三分後に呼び鈴が鳴った——ヨゴレヴィチが戻ってきたのだ。地下鉄の駅に行く道がわからなかったのだ。マルティンが送って行くことになり、二人並んで歩きながら、話すことがなかなか見つからないのに閉口した。「お父上に言っておいてくれないかね——お伝えするのをすっかり失念していたものだから——お父上が書いた義勇軍の印象記を早く欲しいってマクシーモフが言うもんでね」やぶからぼうにヨゴレヴィチが言った。「言えばわかるはずだから——伝えるだけでかまわないよ、マクシーモフがもうお父上に手紙を差し上げているからね」「かならずお伝えします」マルティンはそう答え、さらに何か付け足そうと思ったけれどまったく言葉が出てこなかった。

マルティンは急ぐでもなく家に戻ってきた——ヨゴレヴィチが白い死装束をまとって国境を越えるところだとか、書類鞄を抱えたジラーノフ氏がウクライナの星空のもと、破壊されたどこかの駅に降り立ったところを心のなかに思い描きながら。階段を上がっていくあいだも、家のなかはすっかり静まり返っていた。服を脱いでいるとあくびばかり出て、奇妙なうら寂しさにとらえられた。ベッドサイドテーブルの明かりが眩しく輝いて広々としたベッドをふっくらと白く浮きあがらせ、小間使いが旅行用の衣装バッグから出しておいてくれたナイトガウンも、肘掛椅子にゆったりと広げられたその青い絹地をつやつやと照り映えさせていた。しまったと急に思い当たったのは、本を持って上がるのを忘れたからで、客間でその本に目をつけたそのときからもう、持って行ってベッドで読もうと心に決めていたのである。マルティンはガウンを放り出すと二階に降りて行った。それはぼろぼろになったチェーホフの作品集だった。本が見つかると——なぜか床に落ちていたのだが——寝室に戻った。それで寂しさが紛れることはなかったけれど、マルティンは、寝るまえにいい本を読むのが何より貴重な至福の時だと感じるような種類の人間だった。こういう類の人は、昼間ふだんどおりに雑事をこなしながらふと、ベッドサイドテーブルには普段通り変わることなく本が自分を待ってくれているんだってことを思い出しただけで、いわく言い難い幸福感が押し寄せてくるのを感じるのだ。マルティンはある短篇を選んで読みはじめたのだが、それは前にも読んだことがあって、これだけをつづけて百遍読み返してもいいぐらい気に入っているやつだった――「犬を連れた奥さん」だ。奥さんがヤルタの突堤で混雑に巻き込まれて柄付き眼鏡を失《な》くしてしまうあの絶妙さときたらもう！　そのときにわかに、これといった理由らしきものもないのに、マルティンはいったい何がこんなに自分を不安にしているのかを悟った。この明るい部屋に一年前にはネリーが寝ていたのだが、今はもうあの人はいないのだ。

「たいしたことないさ」そうマルティンは言って読書をつづけようとした――でもそれは無理なことだったのだ。かつてひと頃は夜更けになるたびに、死んだ父が部屋の隅を引っ掻くんじゃないかと心待ちにしていたのが思い出された。心臓が急にどきどきして、ベッドのなかが暑苦しく居心地悪くなった。マルティンは自分が死んでいくときのことを想像してみた――すると、まるで天井がゆっくりと避けようもなくこちらを圧してくるみたいな感覚がする。部屋の片隅の陰になった場所で何かがコッコツとかすかな音をさせ――マルティンの胸はどきんと鳴った。でもそれは洗面器のまわりの台にこぼれた水が、リノリウムにしたたり落ちただけのことだった。それにしても奇妙じゃないか――死者の魂がさまよっているんだとしても、ちっとも悪いことなどないはずで、つまりは死後も魂は動けるってわけなんだから――それがどうしてこんなにぞっとするんだろう？ 『ぼく自身はどんな死に方をするのかな』マルティンはそう考え、ありとあらゆる種類の死に方を頭のなかに思い描こうとしてみた。浮かんできたのは、壁際に立ち、いつもより余計に空気を胸に吸い込んで一斉射撃を待ちながら、まさにまぎれもない今この瞬間――煌々と照らされたこの寝室、ぬくぬくと包みこむような夜更け、そののどかさと安心感――を途方もない絶望とともに思い返そうとしている自分の姿だった。病死って可能性もあるな、はらわたをずたずたにしちまうような恐ろしい病気だ。あるいは列車事故ってのもあるぞ。そうでもなけりゃ、結局老衰でやすらかに息を引き取ることだってある、眠りながら死を迎えるわけだ。さらにまた――暗い森のなかを追われた果ての死。「ばかばかしい」とマルティンは思った。『まだ先は長いんだ。しかもどの一年だってまるまる一時代くらいあるんだから。不安になることなんて全然ないじゃないか。もしかしたらネリーは今ここでぼくを見ているのかもしれない。ひょっとして、今にもこっちにサインを送ってよこすんじゃないかな？』 時計を見ると二時近かった。不安は耐えがたいものになっていった。ひっそりと物音ひとつしないのが、まるで何かをじっと待っているかのようだった――遠くでクラクションでも鳴ったりすればさぞかし御《おん》の字《じ》だったろう。

静けさはますます色濃くあたりを満たしていたが——と、だしぬけに縁からどっと溢れ出した。だれかが裸足のままつま先立ちで廊下を歩いていたのだ。「寝てるの？」ドアの向こうから問いかけるささやき声が響いたが、マルティンはとっさに答えが出てこなかった。何かが喉につっかえてしまったのだ。ソーニャは入ってくるとつま先からそっと足を降ろして踵をつけた。黄色いパジャマ姿で、こわくて黒い髪はちょっとばかり乱れている。ソーニャはそんな姿でしばし立ちつくし、絡み合った睫毛をしばたたいていた。マルティンはベッドの上に上体を起こすと間の抜けた笑顔を見せた。「どうしたって眠れっこないわ」ソーニャは奇妙な声を出した。「気分が最低だし何だか気味が悪いのよ——そこへもってきてあの人があんな怖い話をするんですもの」「ソーニャ、どうして裸足なの？」マルティンがつぶやくように言った。「ぼくのスリッパを使うかい？」ソーニャは口先をとがらせて首を振り、それからまたしても髪の毛をさっと振り乱してマルティンのベッドのほうを眺めるともなく眺めた。「そら、こっちに来いよ」足元の方の毛布を叩きながらマルティンが言った。ソーニャはベッドにあがり、最初は立て膝をしていたがやがてゆっくりと移動して、ベッドのフットボードと壁に囲まれて角になった毛布の上に落ち着いた。マルティンは身体の下から枕を引っぱりだして背中と壁のあいだに挿し入れてやった。「ありがとう」まったく声をたてずにソーニャが言った——ただ言葉の輪郭が、蒼ざめて柔らかな唇の動き方をとおして読みとれただけだったのだ。「窮屈じゃないかい？」マルティンは膝を抱えてソーニャの邪魔にならないようにすると神経質にそう言ったけれど、そのあとまた前に身を乗り出して隣の肘掛椅子からガウンを取り、ソーニャの裸足の足にかけた。「煙草をちょうだい」しばらくしてソーニャが頼んだ。マルティンは煙草を渡した。ソーニャの優しい温もりが伝わってきたし、露わになったチャーミングなうなじには細いチェーンがかかっている。ソーニャは煙を吸い込むと目を細めながらそれを吐き出し、マルティンに煙草を手渡した。「強いのね」ソーニャは悲しげに言った。「夏はどうしていたの？」とマルティンは尋ねたものの、いわく言い難くて正気を失わせるような何かを抑え込むのに必死で、このまったくありえないはずの何ものかのせいで悪寒さえ感じるのだった。「とくに何もしてないわ。ブライトン[96]に行ったの」ソーニャはため息をつくとつけ加えた。「水上機で行ったのよ」「ぼくはすんでのところで

96 イングランド南東部、イースト・サセックス州の海浜リゾート地。

死にかけたんだ」マルティンは言った。「そうさ、死にかけたんだよ。高い山に登っててね。崖から滑り落ちたんだ。なんとか助かったけど」ソーニャは曖昧な笑みを浮かべた。「ねえマルティン、姉さんがいつも言ってたけど、人生でいちばん大事なのは、自分の義務を果たして、それ以外のことは一切考えないようにするってことなんだって。これってとっても奥の深い考え方じゃないかしら」「うん、たぶんね」まだ喫《す》い終わっていない煙草をおぼつかない手つきで灰皿に押し付けながらマルティンが答えた。「たぶんね。でもときにはそれじゃちょっと退屈になるなあ」「あら、そういうことじゃないのよ――たんなる仕事のことじゃないわ、労働だとか勤めだとかじゃなくて、もっと、そう、もっと内面的なものよ」ソーニャは黙り込み、マルティンは相手が薄いパジャマ一枚で震えているのに気づいた。「寒いの?」とマルティンは聞いた。「そうね、寒いみたい。でね、それを果たさなきゃならないっていうのに、たとえば私にはそういうものが何もないのよ」「ソーニャ」マルティンは言った。「もしかして……」毛布の端を軽くめくると、ソーニャは立て膝になってゆっくりと近寄ってきた。「それに思うんだけど」ソーニャは話をつづけながら毛布のなかにもぐり込もうとし、マルティンは話の内容なんか何ひとつ頭に入るはずもなく、ぎこちない手つきで毛布をソーニャと自分の身体の上に引き上げた。「それにこう思うのよ、ほとんどの人はそのことがわかってなくて、それだから……」マルティンは深々とため息をつくと、ソーニャを抱きしめて唇をその頰に押し当てた。ソーニャはマルティンの手をつかんで起きあがり、瞬時にベッドを飛び出した。「まあ、何てことするの」ソーニャは言った。「何をするのよ！」ソーニャの黒い瞳に涙がきらりと光り、つぎの瞬間には顔全体がびしょびしょに濡れて、きらきら光る帯が延々と這うように両頰を伝っていった。「ねえ、どうしたんだい、ちがうよ、ぼくはただ、でもぼくにもわからないんだよ、ああソーニャ」マルティンはつぶやいたけれど、ソーニャに手を触れるなんてとてもじゃないが無理な相談だし、それでいきなり大きな声を出されでもしたら、家中が叩き起こされることになると思うとなすすべがなかった。「あなたはまるで何もわかっちゃいないのよ」ソーニャは引き延ばすような言い方をした。「あなたにはちっともわかってないのよ……よくこんなふうにネリーのところに来ては、二人で明け方までずっと話し込んでたんだから……」ソーニャは踵《きびす》を返すと泣きながら部屋を出て行った。マルティンはくしゃくしゃになったシーツの上に座ったまま途方に暮れたような愛想笑いを浮かべていた。ソーニャは扉をバタンと閉めたけれど、またそれを開いて顔を出した。「ばか」すっかり落ち着いて事務的な口調でそう言うと——そのあとは小刻みな足取りで廊下を歩いていった。

マルティンはしばらくのあいだ白い扉を眺めていた。明かりを消して眠ろうとしてみたものの、後者はどうやら不可能であるらしかった。そこで考えはじめたのは、夜が明けるが早いか服を着て荷物をまとめ、こっそり家を出てまっすぐ駅に向かうべきだということだったのだが——残念なことに、こう考えているうちに寝入ってしまい——目が覚めたのは九時十五分過ぎだった。「もしかしたら、あれは全部夢だったんじゃないかな」希望的観測をこめて自分にそう言ってみたものの、すぐさま首を横に振ると、押し寄せてくる気恥ずかしさに身もだえしながら、これからどんな顔をしてソーニャと会ったもんだろうと考えた。その朝もやっぱりツキに見放されていた——またしても間の悪いときに浴室に飛び込んでしまい、ジラーノフ氏が黒ズボンの短い足を大きく広げ、厚手のフランネルの下着姿の上体をかがめて洗面台の上で顔を洗っていて、頰や額を音がするほどごしごし擦り、流れ出る水をあびながら鼻を鳴らし、鼻の孔を片方ずつ指で押さえてすさまじい音を立てて鼻をかんでは唾《つば》を吐いていた。「どうぞどうぞ、私はもう済んだからね」ジラーノフ氏は言って、水で目が開かないままぽたぽたしずくを滴らせ、手を小さな翼みたいな恰好にして自分の部屋に駆けて行ったが、タオルはそっちに置いておきたいのだった。

そのあと、毒杯でも仰ぐくらいの心持ちで下の食堂に降りて行くと、オリガ・パーヴロヴナがいたのだが、その顔はひどいありさまで、紫色がかって全体が腫れあがっていた――マルティンの戸惑いようは大概じゃなかったが、なにせ出来合いのお悔やみの文句を口にするのははばかられたし、かといってほかにどう言ったらいいのかもわからなかったのだ。オリガ・パーヴロヴナはマルティンを抱きしめて、どういうわけか額にキスをした――そして絶望したように片手をひと振りするとその場を去って行き、すると廊下の奥で夫が何かの書類のことをオリガ・パーヴロヴナに告げたが、その声のまったく思いもかけないような優しい掠《かす》れ具合は、まさかこの人にそんな声が出せるとは到底思えないものだった。ソーニャに会ったのも食堂だったが、開口一番にこんなことを言われた――「あなたを許すわ。なぜかというとスイス人はみんな低能《クレチン》だからよ――『クレチン』てスイスの言葉でしょう[97]――メモしておきなさいな」自分には何ら悪意があったわけじゃなく――そしてそれはおおむね本当だった――ただ横に寝そべって頬にキスしたかっただけなんだと釈明するつもりでいたのだが、黒い喪服姿のソーニャがいかにもご機嫌斜めで沈んだ様子だったため、口をつぐんでいるに如《し》くはなしと思った。「パパは今日ブリンディジに発つわ――やっとのことでどうにかビザが下りたのよ」ソーニャはそう言って、起き抜けにはいつだって狼みたいに腹ぺこなマルティンが、がつがつして見えないようにといかにも下手くそに取り繕いながら目玉焼きに喰らいついている様を白い眼で眺めていた。ここに残っていてもどうしようもないな、どのみち今日はろくな日になりゃしない、見送りやらなんやかやがつづくだけだとマルティンは思った。「ダーウィンが電話してきたわ」とソーニャが言った。

XXIV

ダーウィンがやって来たタイミングときたら喜劇ばりの絶妙さだった――ソーニャがああ言ったすぐそのあとだったから、まるで舞台袖で待ちかまえていたかのごとくだったのだ。顔は海辺の太陽に焼かれてローストビーフみたいだが、すてきな淡い色のスーツに身を包んでいた。ソーニャは挨拶をしたけれど――それはマルティンにはあまりに気怠《けだる》そうに見えた。マルティンのほうはひしと抱きつかれ、肩やら脇腹やらをどつかれたうえ、何で電話しなかったんだとしつこく聞かれた。総じて言えば、ふだんはものぐさなダーウィンが、この日は何だか見たこともないようなエネルギーを発散していて、駅ではポーターからよそ様の衣装箱を奪い取って首の後ろに担いで運んだし、プルマン式客車[98]に乗ってリバプール・ストリート[99]からケンブリッジに行く途中には、ちらりと時計を見ると車掌を呼んで紙幣を握らせ、非常ブレーキのレバーを厳かに引いたりもした。列車は痛みに呻吟したあげく停車し、満足そうに微笑みながらダーウィンがみんなに説明したところでは、まさにきっかり二十四年前この世に生を受けたんだということだった。つぎの日には、ちょっとばかり血の気の多いある新聞にこの件にかんする記事が黒々とした活字の見出しつきで載ったものだ――「若き作家、誕生日に列車止める」。ダーウィン自身は大学の指導教員《チューター》の呼び出しを喰らったものの、蛭《ひる》を売る商売の話など語りだし、蛭を養殖するにはどうするか、どんな品

97　元はフランス語の crétin「ばか、愚か者」。
98　食卓を持つ高級座席車。
99　ロンドンのシティ北東部に位置するターミナル駅。

種がふさわしいのかなどとじつに細々《こまごま》としゃべって教員を煙《けむ》に巻いてしまった。

寝床の底冷え具合ときたらあいかわらずだし、時計台の鐘もやっぱり点呼でもとるみたいな鳴り方のままで、あのワジムがちょくちょく闖入《ちんにゅう》してくるのも以前と変わりなく、韻を踏んだ二行詩になったいろは歌を性懲りもなく口ずさむのだけれど、そういう歌は出だしこそどれも、「日本人どもハラキリを大いに愛《め》でたり」だとか「スペインのフェリペ王こそ古狸なり」なんていう重々しい文句なのに、一方同じ文字で始まるしめくくりの二行目はそれに劣らず教訓的ではあるものの、はるかに品性下劣な内容なのだった。ところがアーチボルド・ムーンはあいかわらず元のままでありながらも、同時に別人であるかのごとくになっていた――かつては感じられたあの魅力がどうしても蘇ってこないのだ。ムーンに会うと、この夏をかけて自分の『ロシア史』にあらたに十六頁《ページ》分の増補を書きあげたと言っていたが、まるまる十六頁もの量になったのは、本人の言では長い夏のあいだずっと仕事に打ち込んでいたせいとのことで――しかもそのさいムーンは指を動かす仕草で、頭のなかに熟してきたフレーズのひとつひとつがしなやかに移ろっていく様を示して見せたのだけれど、その仕草がマルティンには何だか極度にふしだらなものに思えたし、こってりと濃厚なムーンの言葉を聞いていると、ふっくらとしてねちゃねちゃと歯にくっつくあの粉糖のかかったロクム[100]を頬張っているみたいな感じだった。そこではじめてマルティンは、ムーンがロシアを贅沢な骨董品並みにしか扱おうとしないことに、何か自分が侮辱されているような感じをおぼえた。ダーウィンにそのことを打ち明けると、相手はにっこりと頷いて、ムーンがああなのは同性愛《ウラニズム》に身を捧《ささ》げているからさ、と言った。マルティンは用心するようになり、あるときムーンがこれといった理由もなしに震える指でマルティンの髪を撫でてからというもの遊びに行くのもやめ、会えないことに憔悴したムーンが部屋のドアを叩くと、こっそり窓から雨樋《あまどい》を伝って横丁に降りるのだった。それでもムーンの講義には出席しつづけていたが、祖国の作家たちのことを学びながらも、とくに詩のリズムを取ろうとするとしつこくまとわりついてくるムーンのイントネーションは努めて耳から追い払おうとしていた。それにムーンよりも他の教授に惹かれるようになった――スティーヴンスという品のいい老人で、そのロシアについての授業も真摯《しんし》にして重厚かつ遺漏のないものだが、ロシア語をしゃべるときは

100　砂糖にコーンスターチを加えて飴状にし、ナッツを加えたトルコの菓子。

吠えるような喘ぎ声になり、セルビア語やポーランド語の単語が混ざることがよくあった。[101] それでも、アーチボルド・ムーンとの縁を完全に断ち切るのは一朝一夕にできることではなかった。ときにその講義の巧みな話術にいつのまにか聞き惚れてしまうこともあったにせよ、すぐその同じ場所で、ロシアのミイラを納めた棺《ひつぎ》をムーンが自室に持ち去ろうとするのをほとんど目の当たりに目撃することになるのだった。最後にはマルティンはムーンとはまったく疎遠になり、学び取ったことだっていくらかはあったけれど、それも元から自分のものだったように取り繕ったから、もはやロシアの詩神《ムーサ》たちもまったく混じり気のない純粋なその声を響かせることができるようになったわけだ。たまに外でムーンを見かけると、亜麻色の豊かな髪をうしろになでつけたちょっとふくよかな美青年を連れて歩いているのだが、それはシェークスピアの芝居があるといつも女役を演じる若者で、そんな公演のときにはムーンは最前列の座席ですっかりめろめろになってしまうのだけれど、椅子にだらりと身をもたせかけたダーウィンが、とてもこの感激は抑えきれんという顔をして、じつに間のわるいタイミングで猛烈な拍手の砲火を浴びせかけると、他の観客たちといっしょになってそれを「しーっ」と注意するのだった。

ところがダーウィンにたいしてもマルティンは含むところがあったのだ。ときおりダーウィンは単身ロンドンに出て行くようになり、そんな日曜の夜にはマルティンは、午前三時をまわってコークスがすっかり燃え尽きるまでじっと暖炉のそばに腰かけて、あたかも墓穴のごとく焚口からすきま風が吹いてくるなか、何度でもしつこいぐらいに、まるで自分からわざわざ痛い虫歯をぎゅうぎゅう押してみるような蛮勇をふるって、ソーニャとダーウィンが二人で黒い車に乗っているところを想像するのだった。ある日我慢できなくなったマルティンはロンドンに出かけ、招待されてもいないパーティーに顔を出してホールからホールへと歩きまわり、自分はさぞかし蒼ざめた険しい顔つきをしているんだろうなと思っていたが、不意に思いもかけず目に入った鏡に映る血色のいい自分の顔が、額にたん瘤《こぶ》をこしらえているのを見て、その前の日に、駆け寄ってくる足に踏みつけられながらサッカーボールを奪い取ろうとしたのを思い起こした。そら、おでましだぞ——ソーニャはジプシー女の衣装なぞまとい、姉の死

101 セルビア語やポーランド語はロシア語と同じスラヴ語族で語彙《ごい》や文法が似ているので、ロシア語の発音やアクセントを間違えると、期せずしてセルビア語やポーランド語に似てしまうことがある。

からやっとまだ四か月にしかならないことも忘れてしまったかのようだし、ダーウィンは大陸の小説に登場する英国人さながらに、大きなチェック柄の上下に熱帯帽を被り、その後部にはポンペイの太陽からうなじを守るためのハンカチを垂らして、ベデカー[102]を小脇にはさみ、あざやかな赤毛を短く刈った頰髯《ほおひげ》をたくわえていた。音楽が鳴り響き、紙テープや紙吹雪が舞って、ほんの一瞬マルティンは、自分もこの繊細な仮面舞踏劇の演者のひとりなのだと感じて、高揚した気分に酔いしれた。音楽が止み――ソーニャと二人きりになりたがっているのがありありと見てとれるダーウィンを無視して同じタクシーに乗り込んだものの、不意に暗い車内が通りすがりのヘッドライトにさっと照らしだされ、ダーウィンがソーニャの手を握っているかのように見えたのに気づいてしまったマルティンは、あんなのは所詮光と影の悪戯《いたずら》にすぎないんだと、悶《もだ》え苦しみながら自分に言い聞かせるのだった。ソーニャがケンブリッジを訪ねてきたときの辛さだって並大抵のものではなかった。つねに自分が邪魔者で、二人が自分を避けようとしているように思えたからだ。スイスで過ごしたそのつぎの夏は、この国でも指折りのテニスプレイヤーを二人も打ち負かした記念すべきものだったけれど――ボクシングやテニスやサッカーを頑張ったところで、そんなものがソーニャにとってどうだというのか——しかも、マルティンはときおり絵に描いたような夢想をくりひろげ、クリミアでの戦いを終えてソーニャのもとに帰還する自分を空想してみるのだが、するともうこんな大音声の号令が響いてくるのだ——騎兵隊……——前進、前進——風がびゅうびゅう唸りをあげ、黒い小さな泥の塊が顔に当たって、突撃、突撃——蹄鉄の音が鳴り響く、全速力のときの弱弱強格《アナーペスト》のリズムだ。[103] だが時すでに遅く、クリミアでの戦闘はとっくに終わっていたし、ネリーの夫が敵の機関銃めがけて馬を飛ばしぐんぐんと近づいていったかと思うと、突如思いもかけず境目を飛び越えてしまい、この世で生きていた余韻がまだ響いてはいるものの、機関銃もなければ騎兵隊の突撃もない領分に行ってしまってから、もうかなりの時間が経っていた。「今頃になって行かなかったのを悔やむなんて論外だよ」マルティンは不機嫌そうに自分を呪い、何かをとり逃がしてしまったという耐えがたい意識に苛まれながら、ゲオルギイ勲章[104]のリボンだとか、左肩に受けた軽微な負傷——ぜひとも左肩でなくちゃいけ

102 ドイツのカール・ベデカー出版社が刊行していた有名な旅行案内書のこと。
103 「アナーペスト」は詩の韻律の一種で、三音節の最後の母音にアクセントが来る。ここでは馬の蹄《ひづめ》の音のリズムを詩の韻律に喩《たと》えている。

ない――それにヴィクトリア駅に迎えに来たソーニャの姿などを、さらに何回も何回も空想してみるのだった。マルティンを苛立たせたのは、あるとき母が優しい笑みを浮かべながらつい口にしたこんな言葉だった。「わかったでしょう、あんなことはひとつ残らず無駄で何の足しにもならなかったんだって、あなたも無駄死にするところだったのよ。ネリーのご主人はまた別だわ――筋金入りの歴戦の将校だから、ああいう人たちは戦争なしでは生きていけないし、それにあの人は望んだとおりの死に方をしたのよ――でも、否応なくひとからげになぎ倒されていくだけのあの若者たちは……」一方で母は外国人にたいしては、軍事的な戦いをぜひとも継続する必要があると熱心に説いていたのだが――それも、今となってはもはや何もかもすっかり終息してしまい、息子をおびき寄せるようなものなどもう何ひとつ残っていなかったからだった。何年か後に、このときにほっと胸をなでおろし安堵したことを思い出し、ソフィア・ドミトリエヴナは周囲に聞こえるほどのうめき声をあげた――だって息子をしっかり守ってやることもできたはずだし、確かな予感があったのに無下《むげ》に見て見ぬふりをしたりせずに、もっとよく観察していつも警戒していればよかった――それにだれにもわからないことだけど、もしかしたら、息子がじかに戦場に赴いていってくれたなら、そのほうがはるかにましだったのかもしれない――まあ負傷ぐらいはしたかもしれないし、チフスに罹《かか》ったかもしれないけれど、そんな犠牲を払ったとしても、男の子にありがちな危険なものへの憧れとは金輪際縁を切ることもできたはずだ――でも、こんなことばかり考えて何になるの、嘆いてばかりいてどうなるっていうの？もっと元気を出して、もっと信じなくちゃ――手がかりもなく行方不明になった人たちが帰ってくることだってあるんだから――たとえば、国境で捕えられてスパイとして銃殺されたなんて噂が流れて――でもそれがひょっこりと元気な姿で現れて、と思うともう玄関口で笑いながら太い声を響かせているってことも――もしハインリヒがまた――。

104 エカテリーナ二世時代に制定された、軍事的功績に授与される勲章。

XXV

あの二度目の夏休みにマルティンを腐らせたのは、ただ、ふと浮かんだ満足げな母の笑顔だけではなかった――はるかに嫌なことが何やかやとあったのだ。ありとあらゆることが奇妙に変わってしまったのに気づいたが、それはまるで、まわりの何もかもが息を殺して忍び足で場所を変えているみたいだった。ハインリヒおじさんはなぜかソフィア・ドミトリエヴナを以前のソフィーではなく「親愛なる友 chère amie《シェーラミ》」と呼び、ソフィアもときどき「わが友よ」と言うのだ。おじさんはこれまでになくソフトになって態度が円《まる》くなり、声もますます小さくなって、身体の動きもさらに用心深さを増していて、今ではもうスープや肉料理を褒めただけですぐさま涙ぐんでしまう始末だった。マルティンの父の記憶を大切に思う気持ちは、耐えがたいほどの神秘主義的なニュアンスを帯びるようになった――ソフィア・ドミトリエヴナは今までにも増して、亡くなった父にたいする罪をより深く感じるようになったし、ハインリヒおじさんはといえば、あたかもソフィアにとって困難ではあるが確実な償いの道を示すかのように、妻が従兄弟の家で暮らしているのを知ればセルジュの魂もさぞかし浮かばれることだろうなどと話し、あるときなど爪やすりを持ち出して、悲しみに心地よく浸りながら自分の爪を磨きはじめたぐらいだった——けれど、そこでソフィア・ドミトリエヴナはこらえきれなくなって虚ろな声で笑いだし、しかもまったく思いがけなくその笑いはヒステリーの発作へと変貌して、マルティンはあんまり慌てたせいで台所の蛇口を一気に回しすぎ、白い下穿きを飛沫でびしょびしょにしてしまったほどだった。

母がハインリヒおじさんの手に疲れたようにもたれかかって庭を散歩したり、夜更けに胃をすっきりさせるための香りの強い菩提樹のお茶をおじさんのもとに運んでくる光景がよく目に入るようになったが——そんな姿はいつ見たってげんなりだし、とにかく気まずくて不可解なだけだった。ケンブリッジに発とうとするマルティンに、ソフィア・ドミトリエヴナはどうやら何かを伝えたかったようなのだが、息子におとらぬ気まずさを感じてすっかりしどろもどろになってしまい、言えたのはただ、近いうちに大事なことを手紙で書いて送るってことだけで、実際マルティンは冬に手紙を受け取ったのだが、それは母からではなくおじさんからで、流れるような筆跡で六行にわたり、いかにもお涙頂戴のもったいぶった言葉遣いで、ソフィア・ドミトリエヴナと式を挙げるとしたためてあり――きわめて簡素に、村の教会でとりおこなわれるのだが――そして追伸までできてようやくマルティンは、婚礼はもう終わったのだと悟り、こういう気が滅入《めい》る祝い事を自分がいないうちに片づけてくれた母に心のなかで感謝した。それと同時にマルティンが自問したのは、いったい次にどんな顔をして母に会ったものか、何をしゃべったらいいのか、母の裏切りを許せるときが来るのだろうか、ということだった。なぜならば、だれが何と言おうが、これは疑いもなく父の記憶にたいする裏切りだったからだが――さらに考えると気が重くなったのは、継父になるのが、口髭こそふさふさだが察しの悪いハインリヒおじさんだったことで、クリスマス休暇に帰ったマルティンを母は抱きしめて涙を流し、まるでハインリヒの意に沿うために日頃の自制心など忘れてしまったかのようで、継父の厳かな咳払いや善良そうで感動した様子のその瞳から逃れるすべなど、もう何ひとつ残っちゃいないのだった。

概して、この大学生活最後となる年にマルティンが事あるごとに感じていたのは、ある種の力が自分を陥れようと立ち回り、人生は思っているほど楽で幸せに満ちたものなんかでは全然ないのだと執念深く証明しようとしているということだった。ソーニャという人がいて、傍目《はため》にも理不尽なことだが、マルティンの心はつねにその存在が気にかかるように仕向けられ、ソーニャが訪ねてくるのも耐えがたくなって、二人のあいだに互いを煙たがるような空気が生まれる――こういうことがおしなべて、ひどく骨身にこたえるのだった。だがだからと言って、この不幸な恋がチャーミングな女性たちの尻を追いかけまわす邪魔になることはなかったし、たとえば二人きりでドライブしないかという誘いにティールームの看板娘ローズが乗ってきたときなどに、嬉しさのあまりぞくぞく鳥肌が立つ妨げにもならなかった。このティールームは学生たちにとても人気があり、ケーキもじつに色とりどりで、まるでベニテングダケみたいに真っ赤な地にクリームでできたぶつぶつがあるやつだとか、スミレの香りの石鹸みたいな紫色のやつだとか、黒人並みに黒光りしていて中味には白い魂が入っているやつもある。そういうのを腹一杯になるまで片っ端から平らげるのは、そのうちきっと頬っぺたが落っこちるような逸品に出くわすんじゃないかとつねに期待するからで、腸《はらわた》どうしがぎゅうぎゅうにひっついてしまうまで、次から次へといろんな種類のケーキを口に放り込んでいくのだ。ビロードのような頬には仄暗い赤みが差し、うるんだ瞳をしたローズは、黒いドレスに小間使い風の小さなエプロン姿で店のなかをじつに素早く歩きまわり、自分に向かって突進してくるほかの女店員と器用にすれちがうのだった。すぐさまマルティンは指がむっちりして赤らんだその手に注意を惹かれたが、それは安物の指輪の金ぴかでちっぽけな星飾りぐらいでは到底見栄えがするはずもなかったから、賢明にも手を見つめるのはもう金輪際やめにして、今度は長い睫毛のほうをじっと見守ることにすると、勘定を書こうとして睫毛を落とす姿が何とも言えず素敵なのだ。あるとき、濃厚で甘ったるいココアを飲んでいたマルティンはメモをローズに渡し、その夜雨のなかで会うと、土曜にはガタがきたリムジンを雇って、ケンブリッジから五十露里［約五三キロメートル］ほど離れた古めかしい安宿で夜を共にした。ちょっとばかり意想外だったけれど自尊心をくすぐりもしたのは、ローズの話だとこれが最初のロマンスだってことだったからなのだが——この女の愛が不器用で荒っぽく、いかにも田舎くさいものだとわかり、てっきり後腐れのない手練《てだ》れの妖婦にちがいないと想像していたマルティンはすっかり泡を食って、ダーウィンに相談を持ちかけたほどだった。「大学から叩き出されるぞ」ダーウィンは落ち着き払って言った。「馬鹿言うな」マルティンは眉をひそめて異を唱えた。三週間ほどして、ローズが目の前にココアのカップを置きながら早口のささやき声で妊娠を伝えると、マルティンは、まるでゴビ砂漠なんかによく落下しているあの隕石《いんせき》が、まっすぐ自分に命中したような気がした。

「そりゃおめでとう」ダーウィンは言い、さらに身重となったこの罪深き娘がたどるであろう運命を、じつに巧みな話術で描き出そうとした。「君も叩き出されることになるだろうね」ダーウィンはつけ加えた。「それが事実さ」「だれにもばれやしないよ、うまく取り繕うからね」マルティンはうろたえてそう言った。「望み薄だな」ダーウィンは答えた。

マルティンはいきなり腹を立て、バタンとドアを閉めて出て行った。横丁に出たとたん、マルティンはすんでのところで地べたにドスンとぶっ倒れそうになったが、それというのもダーウィンが大きな枕を窓から投げつけて、マルティンの頭めがけてそれは見事に命中させたからで、曲がり角のところまで来て振り返ってみると、パイプを嚙んだダーウィンが表に出て来て、枕を拾って埃を払うとまた建物のなかに引っ込むのが目に入った。「人でなしの畜生め」マルティンはそうつぶやくと、まっすぐティールームに向かった。そこは混み合っていた。ローズは、仄暗く赤みの差した顔に瞳をきらきらさせながらテーブルのあいだを縫うように行き来しては、盆を片手にちょこまかと走りまわったり、ちびた鉛筆をそっと舐めながら勘定を書き入れたりしていた。マルティンも、メモ帳の切れ端に何かを書きつけたが、それは「ぼくと結婚してくれ。マルティン・エーデルワイス」という言葉で——その紙切れを女のおぞましい手のなかに押し込むとそのまま外に出て、一時間ほど街を歩きまわり、家に帰って寝椅子に横になると、夜までそのまま寝込んでいた。

XXVI

夜になるとダーウィンが入ってきて、華麗な手つきでガウンを脱ぎ捨てると、暖炉の前にしゃがみ込み、火掻き棒で石炭屑に喝を入れようとしはじめた。マルティンは横になったまま何も言わず、ただひたすら自分が惨めに思えてしかたなく、ローズと二人で教会から出てくるさまを何度も何度も思い浮かべてみるのだが、ローズがしている白いキッドの手袋ときたら、はめるのもひと苦労だったのだ。「ソーニャが明日ひとりでやって来る」ダーウィンが屈託のない声で言った。「お母さんがインフルエンザになったのさ、ひどいインフルエンザにね」マルティンは黙ったままだったけれど、すぐに明日のサッカーの試合に思い当たってはっとした。「でもまともにプレイなんてできるのかい」心の動きを見透かすようにダーウィンが言った。「もちろんこいつは質問だけどね」マルティンは押し黙っていた。「きっと無理だろうな」ダーウィンがまた口を開いた。「気力ってやつが何より大事なのに、君ときたら地獄にでも突き落とされたってありさまなんだから。じつはね、ついさっきあの女と話してきたんだよ」

言葉が途切れた。街を見おろす時計台の鐘が鳴りはじめた。

「根が詩的《ロマンティック》な性質《たち》でね、空想に流されやすいんだな」しばらくしてダーウィンはそう続けた。「あの女の腹ボテさ加減ときたら、たとえて言うならまあぼくと変わりゃしないのさ。この火掻き棒を折り曲げて飾り文字が作れるかどうか、五ポンド賭けてみるかい?」(マルティンは死体のごとく横たわったままだった)「何も言わないってことは」ダーウィンは言った。「それでかまわないってことだね。じゃあやってみるとするか」

ダーウィンは何度もうめき声をあげたが……「いや、今日はだめらしい。金は君のものだよ。ちょうど五ポンド払って君のくだらん書き付けを取り戻してきたからね。これで貸し借りなしさ――万事解決だな」

マルティンは黙りこくっていたが、ただ猛烈に胸がどきどき打ちだした。

「でもし」ダーウィンは言った。「そのうちまた、あの汚《けが》らわしくて高くつくティールームに出かけようって気なら覚悟しろよ――大学から追い出されちまうぞ。あれときたら、ちょっと握手したぐらいでも妊娠しかねない手合いなんだからな――覚えておいたほうがいい」

ダーウィンは立ちあがって伸びをした。「やけに口数が少ないじゃないか。正直言って、君だの君の女友達《ヘタイラ》のおかげで、明日って日が何だか台無しになっちまったよ」

ダーウィンが静かにドアを閉めて立ち去ると、マルティンは三つのことを一度に思った――ものすごく腹が減っちまったぞ、あんな友人は二人と見つかりゃしない、そしてさらに、その友は明日プロポーズするんだろうな、と。そのときは嬉しくなって、ソーニャが断らなきゃいいがと、それはもう直向《ひたむ》きに願っていたものの、それもほんの一時《いっとき》のことで、翌朝になって駅でソーニャを出迎えた頃にはもう、例の気が滅入るような嫉妬心が襲ってきた（たったひとつだけダーウィンを出し抜けたのは、どう見てもつまらないことだが、近頃酒の助けを借りてやっとソーニャと「君・おまえ《トィ》」でしゃべれる仲になったことだけだった[105]。英国じゃあこの手の二人称は弓兵どもを道連れに途絶えてしまっていたのだ。ところがダーウィンのほうも、「契りの盃《ブリューダーシャフト》」[106]を酌み交わして、その夜はずっとソーニャを呼ぶのに古臭い方言を使う始末だった[107])。

「調子はどうよ、お花さん」マルティンの苗字の植物名に引っかけてソーニャはぞんざいに言うと、すぐにくるりと向きを変えダーウィンと話しはじめたが、その内容はマルティンだって聞けば面白がったにちがいないのだ。

『この女のどこがそんなに魅力的だっていうんだ？』もう千回も考えたことがまた

105　ロシア語では二人称の代名詞に、敬意を込めた丁寧なニュアンスを持つ「ヴィ（あなた）」と、親しい間柄や目下にたいして使う「トィ（君・おまえ）」の二種類がある。

106　腕を組んで酒を飲み交わし、「トィ」で呼び合う仲になる風習。

107　もともと古い英語でも、二人称にはyou（あなた）以外に、目下に呼びかける代名詞thouが存在したが、現在は、神に祈る場合や方言、雅語としてしか用いられない。ダーウィンは、この古風なthouでソーニャに呼びかけたわけである。

ぞろ気にかかりだした。『第一えくぼがあるし、それに、顔色だって真っ蒼じゃないか……それだけじゃないぞ。目もあまりぱっとしたところがなくて野蛮な目つきだし、歯並びだって不揃いだ。それに唇ときたらやたらぺちゃくちゃせわしなく動いて唾でびしょびしょだから、キスで口を塞《ふさ》いであのおしゃべりを封じてやりたくなる。しかもあいつ、あんな紺のスーツにヒールの低い紐靴さえ履いておけば英国娘っぽく見えるなんて思ってる始末さ。それにあいつときたらねえ、みなさん、とんだちびすけじゃありませんか！』この「みなさん」がどこのだれなのかなどマルティンの知ったことじゃなかったし、こんな判断を求められたところで、この人たちにとっちゃ荷が勝ちすぎた話だったにちがいないのだが、それというのも、ソーニャなんてつまらん女さ、と強《し》いて思い込もうとするそばからもうマルティンは、その何とも優美な背中のラインだとか、振り返るときの仕草だとかが気になってしまい、あの斜視気味の両目が冷淡にさっとこちらのほうに流し目をくれたり、せかせかした話しっぷりの奥底を流れる笑いの地下水脈が、背後からじわじわと言葉を潤おしていたかと思うといきなりすばしっこく表面に躍り出てきたりし、するとソーニャはその言葉の意味を強調しようとして、きつく巻きあげられた傘をぶるんと震わせるのだけれど、握っているのは柄《え》の部分ではなくて、絹の生地がいちばん太く巻かれた場所なのだ。浮かない顔でのろのろと――二人の後ろにまわったり横に並んだりして、舗装された道を歩きながら（三人並んで歩道を歩くのは、大柄なダーウィンにまとわりついた堂々たる雰囲気に跳ね返されたり、小刻みでおぼつかないソーニャの足取りが右に左にぶれたりするので無理だった）マルティンが考えていたのは、ソーニャといっしょに――ここやロンドンで――過ごしたあれやこれやの時間全部を足し合わせたとしても、つき合っていた期間はせいぜいひと月半にしかならないってことだが、知り合ってからはおかげさまでもう二年以上にもなるわけで――これでもう三度目になる――最後の――ケンブリッジの冬が終わろうとしていたけれど、ソーニャがどういう人間なのか、ダーウィンを愛しているのかどうか、マルティンには実のところ何とも言えなかったし、それにもしダーウィンが昨日の顚末をしゃべったらソーニャはどう思っただろうかということも、今となってはもう恥ずかしさも消え失せて、どこかしら魅惑に満ちたものになったあの胸騒ぎのする夜、黄色っぽいパジャマ姿に裸足で震えていたあの娘《こ》が、ひたひたと打ち寄せる静寂《しじま》に押し流されて、こっちの毛布の上へ大切にそっと打ち上げられたあの夜のことを、だれかに話したのかどうかだってわかりはしないのだ。着くと、ソーニャはダーウィンの寝室で手を洗い、パフで顔をはたいて化粧を直した。朝食のテーブルには五人分の席が用意されていた。招待客のなかにはもちろんワジムもいたが、アーチボルド・ムーンはかなり前からもう姿を見せなくなっていて、かつてこういう集まりに欠かせないお客だと思われていたなんて、思い出すのも何だか不思議な感じなのだ。五人目のお客は醜男《ぶおとこ》ではあるけれど、身体の造りはじつに軽々していてちょっとばかり奇矯な服装の、金髪で鼻ぺしゃな人物で、すらりと伸びきったようなその素敵な両腕は、ちょっとした小説家だったら芸術にたずさわる人間の持ちものとして描くようなやつだった。けれどもその男は詩人でもなければ画家でもなく、この人物の魅力になっている優雅なたたずまいや繊細さ、ひらひらと舞うような身のこなしは何もかも、フランス語やイタリア語の知識などもまさにそうだし、しかも若干英国人らしからぬところのあるじつにエレガントなその立ち居振る舞いもふくめて、ケンブリッジでは、父親がフィレンツェ出身だからだろうと噂されていた。テディ、なみはずれた好人物で上品なことこのうえないテディは、カトリックの伝道者でアルプスとスキーを愛したし[108]、ボートの漕ぎ手としても一流で、王様たちがやっていたような昔ながらのリアル・テニスをプレイし、ご婦人方のあしらいもそれは優雅にこなせるものの、笑ってしまうぐらい潔癖なところがあって、もうかなり後になってからだが、ある日パリからマルティンに手紙を送ってよこし、こんなことを知らせてきたものだ――「昨日若い娘《こ》を家に連れ込んだよ。純潔そのもののやつだぜ」――しかも、ことさらにぶっきらぼうなこんな言葉遣いの陰に、いかにも寂しげで神経質そうな何かが透けて見えるのだ――そのときマルティンが思い出したのは、不意にテディを襲っていたあの憂鬱や自責の念の発作、レオパルディ[109]や雪への愛着、そして、試験の成績がいまひとつふるわなかった腹いせに、何の罪もないエトルリア[110]の壺《つぼ》を叩き割ったことだった。

「うるわしや、《プリヤートナ・ズレーチ・》おおきな熊さんちっちゃな雌犬と《カグダー・バリショイ・メドヴェーチ・ヴェヂョート》……」

そこでソーニャがワジムを引きついでその続きを歌ってみせたのだが、ワジムはもうずっと前からソーニャに人見知りすることもなくなっていた。「……お手々つないで歩いてく《パドルーチクー・マーリンクユ・スーチクー》」と、テディが頭を横にかしげて、「マエカシューチクー」っ

108　現在のテニスの起源となった室内テニスのこと。「王様たちのテニス」とも呼ばれる。
109　一九世紀前半のイタリアの詩人、哲学者。ペシミスティックな作風で知られる。
110　古代北イタリアの古名。

て何だねと尋ね、みんな笑いはしたもののだれひとりそれを説明しようともしないので、テディはソーニャにしつこくこう勧めた。「もっとグリンピースをいかがです、マエカシューーチクー？」あとでマルティンがその意味を説明すると、テディは手で額を押さえてうめき声をあげ、安楽椅子にどっと崩れ落ちた。

「けっこう緊張してるんじゃないか？」ワジムがそう聞いた。

「ばか言うな」マルティンは答えた。「でも昨日よく眠れなかったせいで、何かヘマをやらかしそうだよ。あっちは世界大会級の選手が三人もいるのに、こっちは二人だけなんだからね」

「サッカーなんて唾棄すべきものさ」テディが本気でそう言った。ダーウィンもそれに賛成した。二人ともイートン校の学生だったが、イートン校にはサッカーの代わりになる独自の球技があったからだ。

XXVII

とはいえマルティンはじつのところ緊張していたし、それも並大抵のものではなかった。所属するカレッジではレギュラーのゴールキーパーだったが、数多《あまた》の接戦を勝ち抜いたすえ決勝戦に進出し、今日はケンブリッジの選手権をかけてセント・ジョーンズ・カレッジと対戦するのだ。マルティンは自分のような外国人がこのチームに選ばれ、輝かしいプレイを認められてカレッジの「ブルー」の称号[111]を与えられたのが誇らしかった——ジャケットの代わりに、じつにお洒落な水色のブレザーを羽織ることができるのだ。心地よい驚きとともに思い出すのだが、ロシアで暮らしていた頃には、宵闇の柔らかな掌《たなごころ》に包まれたまま身をちぢこめて空想にふけりながら、いつの間にか寝入ってしまうのが常だったけれど、そんなときには自分が並はずれたサッカー選手になるのをよく夢見たものだった。目をつぶってサッカーのピッチを思い浮かべたり、たとえばハーモニカのように延々と連なった急行列車の茶色い車列を自分が運転しているのを想像したりするだけで、心はだんだんとそのリズムに引き込まれていき、まるで清められでもしたかのように満ち足りた穏やかな境地になって、香油でもすり込まれたようななめらかさで、忘却のなかへと滑り落ちていこうとする

111　ケンブリッジ大学やオックスフォード大学などで、優秀なスポーツ選手に与えられる称号。

のだった。ときとしてそれは、目の覚めるような黄色に染まった白樺の林を縫うように全速力ですべっていき、さらに異国の町をつぎつぎと走り抜け、幾多の道も高架橋でどんどん通り越して、そこから南に向かい、いきなり煌々と照らされたトンネルを抜けると、眩くきらめく海沿いのなだらかな岸辺を走っていく列車ではなくて――ときとしてそれは飛行機だったり、レーシングカーだったり、猛吹雪のなか果敢に急カーブに突っ込むトボガン橇[112]だったり、あるいはただ小径をひたすら走っていくだけだったりもしたが――そんなことを思い出していると、マルティンは自分の人生にある種独特な性質があるのに気づくのだ。空想の中味が、いつのまにか現実の世界へと浸《し》み出してそちらの側に移り変わるという特性で、以前ならそういう空想は、眠りのなかへすうっと移っていったものだった。そのことは、このところ夜な夜なマルティンが耽《ふけ》ってきたある空想――非合法な秘密の探検――もまた、思いがけず確固たる姿をとってこの世にしかと実現することがありうる、という保証になっているように見えたのだけれど、それはちょうど、サッカーの試合をつぎつぎに勝ち抜いていく夢が、たしかな肉体をまとって実在化したのと同じことだったわけで、マルティンはいつも、そんな夢想に耽る愉《たの》しみをじっくりと引き延ばすのがそれは巧みだったから、このうえなく甘ったるいその本丸にまであまりに大慌てでたどりついてしまうのを恐れて、試合前の準備の場面ばかりをやけに時間をかけて念入りに反芻しつづけていたものだ——今しもカラフルな折り返しのついた靴下をぐいっと引っぱり上げたかと思うと、黒のトランクスを身につけ、ごついサッカーシューズの紐を縛る、そんな場面をである。

マルティンは喉を鳴らすとぐっと上体を起こした。暖炉の前で着がえるのはぽかぽかと暖かく——それがほんのちょっとだけ武者震いを鎮めてくれた。白いVネックのセーターの上に水色のブレザーがぴったりフィットしている。ゴールキーパー用の手袋はもうかなり使い古されている……。さあ、これで準備よしだ。まわりには持ち物が散らかっていて、マルティンはそれを全部かき集めて寝室に運んだ。暖かいウールのセーターにくらべると、ゆったりとして軽快なトランクスから剝き出しになった膝は、びっくりするほど肌寒いのだ。「おお！」ダーウィンの部屋に入ろうとしてマルティンはそう洩らした。「素早く着替えられたんじゃないかな」「行きましょう」ソー

112 カナダの先住民が使う雪橇。

ニャが言ってソファーから立ちあがった。テディがいかにもすまなそうにソーニャのほうを見た。「本当に申し訳ないんだけれどもね」と暇乞いをしたのだ。「人を待たせてるもんだから、人をね」

テディは帰っていった。ワジムも帰ったが、後から自転車でピッチに乗りつけると約束した。「どうやら、これって実際たいして面白くもないのかもしれないわね」ソーニャがダーウィンにそう聞いた。「見に行くまでもないんじゃないかしら?」「いや、そんなことないよ、絶対見に行くべきさ」にこにこしながらダーウィンが言い、マルティンの肩をぽんぽんと叩いた。三人で道を歩き出してからマルティンは気づいたのだが、サッカーのユニフォーム姿を披露したのははじめてだったというのに、ソーニャはまるでこちらを見ようともしないのだ。「ちょっと急ごうか」マルティンは言った。「これだと間に合いそうにないからね」「どうってことないじゃない」ソーニャがそんな台詞《せりふ》を口にして、ショーウィンドウの前で立ち止まった。「よし、じゃあ、ぼくは先に行くよ」マルティンは言い、ゴムのスパイクをかちかちと響かせながら横道に入って、ピッチのほうに歩き出した。

つめかけた人々であたりはごった返していた――おりしも好天に恵まれて、冬の空は褪めた水色に広がり、空気も潑剌としていたからだ。マルティンが天幕まで行くとそこにはもう全員が集合しており、チームのキャプテンでひょろりと背が高く、口髭を短く刈り込んだアームストロングは、はにかむような笑顔を見せて、膝当てをしないなんて無鉄砲だよとマルティンに注意したが、それももう何度目だかわからなかった。しばらくして、イレブン全員が一列になって天幕から駆け出し、マルティンの好きでたまらない感覚がどっと押し寄せてきた――湿った芝生の鮮烈な匂い、足の裏に感じるその弾力、客席のベンチに座るたくさんの人たち、芝が植わっていないゴール前の黒い地面、それにドスンという鈍い音――これは相手チームのキックだ。レフェリーが明るい黄色の真新しいボールを持ってきて、ピッチのど真ん中（チョークで円を描かれたところ）に置いた。選手たちはそれぞれのポジションに立ち、ホイッスルが鳴った。すると不意にマルティンは緊張がすっかり解け、平然と自分のゴールポストにもたれかかるとあたりを見回し、ダーウィンとソーニャを見つけようとした。ゲームははるか遠くの、ピッチのあちら側で進んでいたから、冷たい空気や艶のない草の色、ゴールネットのすぐ後ろに立っている見物人の話し声を心ゆくまで堪能できたし、それに、子供の頃の夢が叶ったんだとか、ほら、驚くほど正確にパスをつなぐ相手チームのあの赤毛のキャプテン、最近対スコットランド戦でプレイしたばかりなんだぜ、だとか、この人たちのためなら頑張れる、そんな人たちがこの群衆のなかにちらほらといるんだ、などという誇らしげな気持ちにひたっていられた。子供のときには、寝入ってしまうのはちょうどこんなふうに試合が始まる頃合いで、それというのも導入部の細かなところにあんまり熱を入れすぎてしまうせいで、いちばんいいところまでたどり着かないうちに意識が朦朧《もうろう》としてしまうからだ。こうやってマルティンは愉しみを引き延ばして、試合そのもの――展開が速くて派手なところ――は翌日の、さして眠くもない夜へと先送りしようとする――と思う間に足音が近づき、走ってくる選手たちの荒っぽい息づかいがもう間近にせまると、赤毛がさっと飛び出してきてその前髪が揺らめき、その瞬間に――赤毛の伝説的なつま先の一撃で、ボールはうなりをあげてゴールの隅めがけて低空を飛び――ゴールキーパーはなぎ倒されたように倒れ込んでこの稲妻をなんとかがっしり受け止め、ボールはもはやキーパーの手に渡って、マルティンは敵の選手たちから身をかわすと、腿とふくらはぎに全力をこめ、高らかに響く放物線に乗ってボールははるか向こうまで届いて、そのとき周囲にはどっと拍手がわいた。短い休憩《ハーフタイム》のあいだ、選手たちは芝生の上に寝そべってレモンを吸い、それからゴールを交換《チェンジ》すると、マルティンは新しい場所からまたソーニャを見つけようとした。けれども、目を凝らしている余裕などなかった——ゲームは瞬く間に白熱し、つねに攻撃に備えて身構えていなければならなかったからだ。幾度かは全身を二つ折りにするようにして大砲の弾丸を受け止め、幾度かは飛びあがって拳ではね返してゴールの純潔を最後まで守り通し、ホイッスルの一秒前に敵のゴールキーパーがつるつるしたボールを取り落とし、それをアームストロングがすぐさまゴールに押し込むと、会心の笑みを浮かべた。

すべてが終わって観衆がピッチにあふれ出してきたので、ソーニャとダーウィンを見つけるなど所詮無理な話だった。観客席の裏側まで来たときにようやくワジムを見つけたが、人混みに揉まれながら黙々と自転車を漕いで、唇を小刻みに動かしながら口笛を吹いているのだった。「とっくにずらかったよ」マルティンの質問にワジムはそう答えた。「ハーフタイムのすぐあとさ、それでな、おっかさんとこでさ……」そのあとに吹きだすような文句がまだ続いたのだけれど、マルティンはその先を聞き洩らしてしまって、それというのもチームメイトのひとりフィルポットが真っ赤な単車にまたがって爆音を轟《とどろ》かせながら人混みをくぐり抜けてきて、乗って行かないかと誘ったからだった。マルティンは後ろにまたがり、フィルポットはスロットルをふかした。『あの最後のシュートをゴールラインの寸前で食い止めたのも無駄骨だったわけだな――あの娘《こ》はどのみち見ちゃいなかったんだから』マルティンは吹きつける風がうるさくて顔をしかめながらそう思った。マルティンは辛くて苦々しい思いがして、交差点でバイクを降りて寮に向かって歩き出すと、嫌悪感に苛まれながら昨日という日やローズの腹黒さを何度も何度も思い返しては、ますます嫌な気分になった。『きっとどこかで茶でも飲んでるんだろうな』そう呟いたものの、念のためダーウィンの部屋を覗いてみた。寝椅子にはソーニャが横になっていて、マルティンが入ってきたその瞬間、すばやく手を動かして、飛んでいる羽虫を捕まえようとしていた。「ダーウィンは?」とマルティンが聞いた。「ぴんぴんしてるわ。ケーキを買いに行ったのよ」ソーニャは答えたが、捕まえそこねた白っぽい点を虎視眈々《こしたんたん》と目で追っていた。「途中で帰っちまうなんていいところを見逃したね」マルティンはそんな台詞を吐いて、底なしの安楽椅子に腰を落とした。「試合に勝ったよ。一対〇さ」「あなた、シャワーを浴びたほうがいいわよ」ソーニャが釘を刺した。「その膝を見てみなさいな。ひどいわよ。それに歩いた跡も何だか真っ黒じゃない」「わかった。ちょいとひと休みさせてくれ」マルティンは何度か深いため息をつくと、うなり声をあげながら立ち上がった。「待ってちょうだい」ソーニャが言った。「これはぜひとも聞いとくべきよ——まったく可笑《おか》しいったら。あの人、ついさっき私にプロポーズしたの。まあそうなるだろうって予感はしてたのよ。ずっと前から熟してきてたのが、ついにはじけちゃったのね」ソーニャは身体を伸ばすと、暗い目つきでマルティンを見つめたが、こちらは座ったまま眉を吊り上げていた。「なんてお利口そうなお顔だこと」そう言うと、ソーニャは顔を背けて続けた。「ほんとにわかんないわ、何でまたあの人ったらそんなふうに思い込んだのかしら。そりゃとってもいい人だし、諸々《もろもろ》あるけれど——でもあれは木偶の坊よ、英国生まれの木偶の坊じゃない——一週間も一緒にいたら退屈で死んじゃうわよ。あらまた飛んでるわ、あの虫ったら」マルティンは咳払いすると言った。「信じやしないぞ。プロポーズにうんと言ったんだろう」「どうかしちゃったんじゃないの!」ソーニャは飛び起きて両方の手のひらで寝椅子を叩くと大声をあげた。「よくもまあそんなたわごとが言えたものよね?」「ダーウィンは頭もいいし繊細な奴だ——けっして木偶の坊なんかじゃないよ」マルティンは張りつめた口調で言った。ソーニャはまた寝椅子を叩いた。「だってあんなのは本物の人間じゃないわよ——そんなこともわからないなんて、何てポンコツなの！　まったく、侮辱って言ってもいいくらいだわ。あの人は人間なんかじゃない、張りぼてよ。中味はまるで空っぽなのにユーモアだけは盛りだくさんで——そりゃあ舞踏会に行くには最高にご機嫌でしょうけどね——でもあんなのを延々と聞かされてたら——いくらユーモアだって癪《しゃく》の種にしかならないんだから」「あいつは作家なんだよ、目利きの人たちも有頂天になるぐらいのね」ようやっと小声をしぼり出すようにしてマルティンは言い、やるべきことはもうやった、これ以上言い聞かせたって無駄だろうし、品位ある態度にだって限度ってものがある、と思った。「そうなの、まさにそこなのよ——目利き連中ぐらいにしか受けやしないのね。愛嬌もたっぷりでそりゃ巧くできてるんだけど、何から何まで表面的だし、ただひたすら穏便なだけだし、それに……」そのときマルティンは、燦然《さんぜん》と輝く光が波となって水門を突き破り溢れ出てくるのを感じ、つい今しがた自分がどんな素晴らしいプレイをしたか思い出したし、ローズの件がすっかり丸く収まったことも、夜にはクラブで祝賀会が開かれることも、自分が健康で力強く、明日も明後日も、その先もずっと長いあいだ——人生には、ありとあらゆる幸せがはちきれんばかりに満ち溢れているのだってことも思い出し、しかもそれが何もかもいっぺんに襲いかかってきて頭をくらくらさせたので、マルティンは大声で笑い出すと、しがみついていたクッションもろともソーニャをがっしりと抱きしめ、そのしっとりした唇や、両の瞳や、ひんやりとする鼻にキスしだし、足で抗おうとするソーニャのスミレの香りのする黒い髪が口に入ったマルティンは、しまいには大声で笑いながらソーニャをソファーに取り落としたが、するとドアが開き、まず片足が覗いて、両手いっぱいに紙包みを抱えて入ってきたダーウィンが足でドアを閉じようとしたのだけれど紙袋を取り落とし、メレンゲが飛び散った。「マルティンったらクッションなんか投げつけてくるんだから」息を切らして訴えるようにソーニャが言った。「あきれたもんね――一対〇なんて、そこまで大はしゃぎするようなことでもないでしょうに」

XXVIII

翌日、マルティンもダーウィンも朝から脇の下で測ってみると三十八度の熱があって、節々の痛みに喉の渇き、耳鳴りと――どれもこれも重症のインフルエンザの兆候なのだった。病気を持ってきたのはきっとソーニャだと思えば嬉しくもあったけれど、二人とも気分は最低で、おとなしくベッドに寝ているのだけは何としても嫌だったダーウィンが派手な色使いのガウンをまとった姿は、いつ果てるともない死闘の末にくたくたになって顔を真っ赤にした重量級のボクサーみたいだったし、ワジムは勇敢にも感染の危険などおかまいなしに薬を運んでくれていたのに、マルティンときたら、毛布の上にひざ掛けやら冬用のオーバーまで重ねてくるまっていたものの、それでたいして寒気が和らぐわけもなく、ベッドに横になったまま怒ったような顔つきでいたが、目に入ってくるありとあらゆる模様の類《たぐい》も、この部屋に置いてあるひとつひとつの物品の輪郭や影や染みが組み合わさったどんな形であれ、それがいちいち人の横顔に見えてくるのだった――ここには水差しみたいな馬面だの、ブルボン王朝風の間延びした鷲鼻《わしばな》だの、分厚い唇の黒人だのが溢れていたのだ――熱に浮かされるとどうしていつもこんな月並みな風刺画《カリカチュア》の制作にせっせといそしむはめになってしまうのか、よくわからない。眠りに落ちようとすると――そのとたんに骸骨とフォックストロットを踊ることになるのだが、骸骨は踊っているあいだにばらばらに壊れだし、骨がどこかに行ってしまうので、せめて踊りが終わるまでのあいだだけでいいから、それを押さえて落ちないように支えていなきゃならない。そうでなければ、何とも珍妙な試験を受けるはめになるのだけれど、それは数か月先の五月にマルティンが実際に臨むことになるはずの試験とは似ても似つかないものなのだ。夢のなかで出される奇々怪々な問題には、綿にくるまれた巨大な鉄のXどもが姿を現すのだが、現実には、埃を透かして斜めに光が射し込む広々とした教室で、黒いガウン姿の文学部の学生たちが三つの小論文を一時間ででっちあげるのであり、マルティンは壁の時計にちらちらと目をやりながら、大きくて丸っこい字で、親衛隊士《オプリーチニク》たち[113]のことやバラトィンスキイ[114]のこと、ピョートルの改革[115]やロリス＝メリコフ[116]のことを書いたのだった……。

ケンブリッジでの生活も終わりに近づき、最後の日々は何だか後光でも差しているみたいに燦然と輝いて見えたものだが、結局はただ試験の結果が出るのを待ちながら、朝から晩まで何をするでもなく日向《ひなた》ぼっこをしたり、威風堂々としたマロニエの大樹

113　イワン雷帝（一五三〇―一五八四）の直轄領を統治した親衛隊員。
114　一九世紀前半のロシアの詩人。
115　ピョートル大帝による一七世紀末から一八世紀初期ロシアの西欧化を指す。
116　一九世紀ロシアの軍人、政治家。進歩的改革を推し進めようとしたが挫折した。

が薔薇色に染まった枝をせり出している川面を、クッションに寝そべりながらゆらゆらと物憂げに下っていったりした。春になるとソーニャは家族といっしょにベルリンに移って行ったが、それはジラーノフ氏がそこで週刊新聞を出そうとしていたからで、今、マルティンは音もなく枝葉が行き過ぎていく真下に仰向けに寝転んで、最後にロンドンに行ったときのことを思い出していた。ダーウィンは出かけようともせず、ただソーニャによろしく言ってくれと投げ遣《や》りに頼むと宙で指を振り、ふたたび読書に没頭した。着いてみるとジラーノフ家のなかは悲しくなるほどの大混乱で、これはその家に長年住みついた老犬、たとえば太っちょのダックスフントなんかがものすごく嫌がるやつだった。小間使いと、髪の毛を逆立てて煙草を耳にはさんだ若いのが、衣装ケースを階段で下に降ろしていた。泣きはらした目をしたイリーナは客間に座って爪を嚙み、何とも知れず物思いにふけっている。寝室のひとつで何かガラスの物が割れ、すぐさまそれに答えるかのように書斎で電話が鳴ったけれど、だれも出ようとはしなかった。食堂には皿が一枚おとなしく待ち受けていて、別の皿で蓋がしてあったが、どんな食べ物が入っていたのかはわからない。どこからかジラーノフ氏が戻ってきたが、この暖かさに黒のオーバー姿で、何事もなかったみたいに書斎に腰かけて書き物をはじめた。遊牧民のようなこの人はきっと、一時間後には駅に出向く必要があろうが、まだ部屋のすみに本を入れた木箱が蓋も閉じずに放ってあろうがまったく意に介さないのだろう——そんなふうに座ったまま隙間風にさらされて、何かの削りかすや丸めた新聞紙に埋もれながら、粛々と筆を運んでいる。ソーニャは自分の部屋の真ん中に立って額を手で押さえ、大きな袋と、もう満腹でぎゅうぎゅう詰めのスーツケースとを、険しい顔で見比べていた。マルティンは低い窓敷居に腰かけて煙草に火をつけた。オリガ・パーヴロヴナやその妹が幾度か入ってきては何かを探すのだが、見つけられずに出て行った。「ベルリンに行けて嬉しいのかい?」マルティンが浮かない顔で尋ねたが、視線はじっと自分の煙草に注がれて、白髪になった杉の葉みたいに灰が成長していき、不吉な赤い光がそのなかに透けているのが見えた。「どう……だって……いいわ」スーツケースが閉まるかどうか頭のなかで思案しながらソーニャが言った。「ソーニャ」少し間をおいてマルティンが言った。「えっ? 何?」ふと我に返るとソーニャはやにわに始動して、猛然とスーツケースに掴みかかろうとした。「ソーニャ」マルティンは言った。「本当に」オリガ・パーヴロヴナが入ってきて部屋の片隅に目をやり、廊下にいるだれかにいいえと答えるとあわてて出て行き、ドアも閉じなかった。「本当に」とマルティンは言った。「ぼくらはもう会うことはないんだろうか?」「すべては神の思《おぼ》し召しでしょうね」ソーニャは答えたが心ここにあらずという感じだった。「ソーニャ」マルティンはまた話し始めた。ソーニャは相手を見たが、それは顔をしかめたとも、にっこりしたともつかないような表情だった。「ねえ、あの人は手紙と写真をひとつ残らず送り返してきたのよ——すっかり全部ね。滑稽な人よ。あんな手紙持ってたってかまわなかったのに。破って流すのに半時間もかかっちゃったわ、おかげでもう詰まって流れないのよ」「君はあいつにひどいことをしたんだよ」不満気にマルティンはそう口にした。「希望を与えておきながら、あとで拒否するなんてしちゃいけないことだ」「よくもそんなこと、よくもまあそんなことが言えるものね!」ソーニャはいささか語気を荒げた。「いったい何を希望するっていうの? よくも希望なんてことが言えたものよね! だってそんなの低俗で愚劣そのものじゃないの。ああ、とにかくもう——私にかまわないでちょうだい! それよりそのスーツケースの上に乗ってくれないかしら」声の調子を一段下げてソーニャはつけ加えた。マルティンは上に乗っかると踏ん張って体重をかけた。「閉まりゃしないよ」かすれた声でマルティンは言った。「それにどうして君がそんなにむきになるのかわからないな。ぼくが言おうとしたのはね」そのとき何かがしぶしぶパチンと音を立て、するとソーニャは我に返る隙をスーツケースに与えもせずに鍵を差し込んで錠を閉めた。「これで万事オーケーね」ソーニャは言った。「こっちに来なさいよ、マルティン。腹を割って話し合いましょう」ジラーノフ氏が部屋を覗いた。「ママはどこだね？」と氏は尋ねた。「私の机はいじらないように言っておいたんだがね。ところが灰皿が見当たらなくなってね、切手が二枚入れてあったんだが」氏が立ち去ると、マルティンはソーニャの手を取って両手で握り、深々とため息をついた。「でもあなたはとてもすてきよ」ソーニャは言った。「手紙をやりとりしましょう、それにあなたはそのうちベルリンに来られるかもしれないし、でなきゃ――ロシアで会いましょうよ、すごく楽しいでしょうね」マルティンは首を振り、涙があふれてくるのを感じた。ソーニャは手を引っ込めた。「まあぐずりたいっていうのなら」ソーニャは不満そうに言った。「どうぞお好きなように」「ああ、ソーニャ」憮然《ぶぜん》としてマルティンはそう言った。「いったい私にどうしてほしいっていうの？」目を細めながらソーニャは尋ねた。「どうか言ってちょうだい、私にどうしてほしいっていうのかしら？」マルティンは顔をそらすと肩をすくめた。

「聞いてちょうだい」ソーニャは言った。「もう下に降りて出発しなくちゃいけないの、あなたがそんなふくれっ面をしてても私を怒らせるだけよ。どうして何もかももっと単純にできないの？」「ベルリンで結婚するんだろう」絶望したようにマルティンがつぶやいた。小間使いが飛んできてスーツケースを運んで行った。続いてオリガ・パーヴロヴナが現れたが、とっくに帽子を被っていた。「もう時間よ。ここの物はみんな持ったわね、何も忘れてない？　ほんとに嫌になっちゃう」と最後にマルティンのほうを向き、「明日ゆっくり出ればいいと思っていたのにねえ……」と言うとオリガ・パーヴロヴナは姿を消したが、その声はまだしばらくのあいだ廊下でだれかに、夫ののっぴきならない事情なのでねと説明を続けていて、収拾しようのないこんな大混乱の一部始終を見ていると、何とも言いようのない悲しみが鋭く胸を抉るのが耐えがたくて、マルティンはもうソーニャのことなんかさっさと放り出して荷を降ろし、ケンブリッジののんびりした陽だまりに戻りたいと思ったほどだった。

ソーニャはにっこりすると、マルティンの両頬に手を添えて鼻筋にキスをした。「わからないけれど、たぶん」そう囁くと、戸惑っているマルティンの両手から素早く抜け出して人差し指を立てた。「落ち着いて《トゥー・ボー》」とソーニャは言い、そのあと目を丸くしたが、それというのもいきなり階下から、家全体を揺らすほどの、ありえないような凄《すさ》まじい泣き声が聞こえてきたからだ。「さっさと行きましょうよ」ソーニャが急《せ》かした。「理解できないわ、どうしてあのかわいそうな子は、ここを引き払うのがそんなに嫌なのかしら。やめてよ、まったく、手にさわらないでちょうだい！」

下の階段のところではイリーナが泣きわめいて暴れ、手すりにしがみついていた。エレーナ・パーヴロヴナが小さな声で「イーラ、イーロチカ」と慰めようとしたし、ミハイル・プラトーノヴィチはもう何度も試したやり方を使い、ハンカチを取り出して、長い耳が飛び出た太い結び目をすばやく作るとそれを手に被せて巻きつけ、寝間着にナイトキャップ姿の小人が心地よく眠りにつこうとしているところを作ってみせた。

駅でイリーナはまたしてもわっと泣き出したけれど、前ほどうるさくはなく、もう観念した様子だった。マルティンはキャンディーの箱を差し出してやったが、本当を言えばそれはソーニャのために持ってきたものだった。ジラーノフ氏は席に着くが早いか新聞を広げた。オリガ・パーヴロヴナとエレーナ・パーヴロヴナは目でスーツケースの数を数えていた。ドアがばたんばたんと閉じられていき、汽車が動き出した。

ソーニャは下ろした窓枠に肘をついて窓から身を乗り出し、マルティンはほんの少しのあいだ車両の横を歩いていたが、やがて遅れだし、急に豆粒みたいになってしまったソーニャは投げキッスを送ってよこし、マルティンは何かの箱につまずいた。

「ああ――行っちまった」マルティンはため息をついてそう言い、ほっとした気分を味わった。帰りの列車が出る駅に戻ると、鼻がでかくてえらく背のひん曲がった道化人形が表紙になったユーモア雑誌の最新刊を買ったが、その中味をすっかりしゃぶりつくすと、窓の外を流れていく穏やかな草原を眺めだした。「かわいい人、かわいい人」何度かそう口にすると、熱い涙を透かして緑を眺めながら、幾多の苦難のすえにベルリンにたどり着いてソーニャのもとに現れ、オセロのごとくにその物語を綿々と語り続けるさまを想像した……。「そうだ、こんなことを続けてちゃいけない」まぶたを指でこすりながら、上唇をとがらせてマルティンは言った。「いけない、いけない。もっと行動的にならなくっちゃ」目を閉じて、楽な姿勢になるように隅のほうに身体を寄せると、マルティンは危険な探検旅行の支度に取りかかり、地図を思い浮かべたりしていたのだが、何をしようとしていたのかはだれにもわからず、知らされていたのはたぶんただひとりダーウィンのみで、じゃあこれでお別れだ、気をつけてな、するともう列車は北に向けて動き出すのだ——そしてこんな下準備の最中にふと寝入ってしまったのだけれど、それは前に夢見心地のなかでサッカー用の装具一式を身につけながら眠ってしまいそうになったのに似ていた。ケンブリッジに着いたときは暗かった。ダーウィンはまだ同じ本を読んでいて、マルティンが入ってくるとライオンみたいなあくびをした。そのときマルティンはちょっとした悪戯をしかけてやりたい誘惑に駆られ——あとでそのツケを払わされることになった。マルティンはわざとらしいほど悩ましげに微笑みながら部屋の片隅をじっと見つめ、ダーウィンも悠然とあくびし終わると、何事かと気になってそちらを眺めた。「ぼくはこの世でいちばん幸せな人間だよ」静かな、しみじみとした声でマルティンは言った。「ああ、何もかも話せたらいいのになあ」もっとも嘘をついていたわけじゃない。さきほど列車のなかで寝ていたとき夢を見たのだけれど、それはソーニャが言った二言三言がきっかけになっていて——ソーニャはマルティンの頭をすべすべした自分の肩にぐっと引き寄せて、顔を近づけて唇でくすぐるようにしながら、押し殺したような温かみと優しさに満ちた何事かを話してくれて、もはや夢を現《うつつ》と区別するのも困難なのだった。「そうかい、それは嬉しいよ」ダーウィンが言った。マルティンは急に気まずさを感じて、口笛を吹きながら寝に戻った。一週間後、マルティンはブランデンブルク門[117]の絵葉書を受け取り、蜘蛛の巣みたいなソーニャの筆跡を長時間かけて読み解きながら、何でもない言葉の端々に隠れた意味を見つけ出そうと無駄骨を折っていた。

　こうしてマルティンは、花をつけた枝が低く垂れこめる川面を漂いながら、ソーニャと最後に会ったときのことを思い返しては辿《たど》りなおして、甘酸っぱい思いをさまざまに味わったのだった——それは心地よいものではあったが、あまり実を結ばない仕事だった。暑い日で、閉じたまぶたが陽の光に透かされて、苺のような悩ましげな紅に染まり、水がぴちゃぴちゃはねる控えめな音や、遠くから穏やかに漂ってくる蓄音機の音楽が聞こえた。しばらくしてマルティンが目を開けると、陽光きらめく流れのただなかで、自分と同じような白いフランネルのズボンに開襟シャツを着たダーウィンが、向こう側のクッションに寝転んでいるのが見えた。この筏《いかだ》みたいなボートは舟底が浅く平らで舳先も尖《とが》っていないのだが、舟の後尾にはワジムが立っていて、力いっぱい棹《さお》を差していた。ひびの入った舞踏会用のシューズはしぶきを浴びて光っていたし、輪郭の鋭いその顔には真剣な表情が浮かんでいた——この男は水を愛していて、巧みななめらかさで棹を扱い、リズミカルに持ちかえながらそれを水から抜いてはまた突き立てるという聖なる儀式をとりおこなっていたわけだ。ボートは花が咲き乱れる両岸のあいだを滑って行った。透きとおって緑がかった水面にはマロニエが映ったり黒苺の乳白色の灌木が映り込んだりしている。ときおり花びらが落ちてくると、水に映ったその像も水底から相手に向かって慌ててあがってきて、最後には——ひとつに合わさるのだ。近くをのんびりと音も立てずに漂っていたものといえば、蓄音機のつぶやきを考えに入れないとすれば、似たような平底のボートだとか、ごくまれに出会うカヤック《バイダルカ》や舳先が反り返ったカヌーぐらいだろう。マルティンは前方に色鮮やかなパラソルが開かれていて、車輪のごとく右に左に回っているのに気づいたのだけれど、それを静かに回していた女性は、手のほかは見えず——なぜか白い手袋をしていた。後尾のところに立っていたのは眼鏡をかけた若い男で、棹の取りまわしがえらくぎこちなく、それでボートの進路がジグザグにぶれるのをワジムは小ばかにしてやたらかっかとしていたものの、どちら側から追い越していいのかわからないのだった。流れがカーブしている最初の場所にさしかかると、女のボートはどうしよう

117　ベルリンの中心部に建つ門。

もなく岸のほうに逸れていき、こんもりしたパラソルが横から見えるようになって、マルティンはそれがローズだとわかった。「見ろよ、こいつは面白い」そうマルティンが言うと、ダーウィンも頭の後ろに回した太い腕を動かしもしないでそちらのほうを見た。「あの女としゃべるのは禁止だぞ」ダーウィンは平然と言った。マルティンはにやりとした。「いやいや、ぜひともそうしたいね」「もしやってみろ」ダーウィンが引き延ばすような言い方をした。「おまえの首をへし折ってやるからな」ダーウィンの目つきがどこか奇妙で、マルティンは妙に胸騒ぎがしたけれど、ダーウィンの言葉のなかに冗談ではすまない脅し文句を聞き取ってぞっとしたまさにそのせいで、灌木に突っ込んで身動きがとれなくなったボートのわきを通り抜けざま、マルティンは声をあげてしまった――「やあ、ローズじゃないか！」女は何も言わずににっこりし、瞳をきらめかせながらパラソルをくるくる回していたが、すると眼鏡の若い男がぽちゃんと音を立てて棹を水に取り落とし、つぎの瞬間には二人の姿はカーブの後ろに取り残されて視界から消え、マルティンはまたしても頭を上に反らすと空を眺めだした。数分間無言のまま川面を滑ったあとで、いきなりダーウィンの声が響いた。「やあ、ジョン」ダーウィンは怒鳴った。「こっちに漕いで来てくれよ！」

ジョンは歯を剝き出してにやっとし、舟の向きを変えはじめた。黒い顎鬚に髪をハリネズミみたいに刈り込んだこの太っちょは数学専攻で才能に恵まれ、最近ある論文で奨学金を受けたばかりだった。丸木舟に深々と腰をうずめたこの男は、見事なオール捌《さば》きでボートの縁すれすれを漕いでいくのだ。「じつはね、ジョン」ダーウィンが言った。「たった今喧嘩を吹っかけられちまったもんだから、立ち会い人になってほしいのさ。もうちょっと静かな場所を見つけて舟を岸につけることにしよう」「わかった」ジョンは答えたものの、驚いた様子は微塵もなく、舟を並走させながらある学生のことを延々と語りはじめたのだが、その学生はついこのあいだ購入したばかりの水上機を、この幅の狭い川から離陸させようとしてすぐに壊してしまったのだという。マルティンはクッションに寝そべったまま身動きもしなかった。身に覚えのある小刻みな震えがきて、足に力が入らない。ダーウィンはやっぱりふざけているだけかもな。やつはいったい何をそんなにむきになってるんだ?

操船術というものの奥深さにすっかり心を奪われていたワジムには、どうやら何も聞こえていなかったようだ。三、四回カーブを曲がると、ダーウィンはボートを岸につけるように頼んだ。もう夜が近づいていた。川もここまでくると人の気配もなかった。ワジムがボートを向けたのは、空をおおった枝葉の陰からせり出した、緑の茂る岬みたいな場所だった。舟はやんわりと岸を小突いた。

XXIX

ダーウィンは真っ先に岸に飛び移り、ワジムを手伝って舟をつないだ。マルティンは身体を伸ばし、とりたてて急ぎもせずに起きあがると、やはり岸に降り立った。

「昨日チェーホフを読みはじめたんだ」ジョンが眉を動かしながら話しかけてきた。

「勧めてくれて大いに感謝するよ。人間らしい愛すべき作家だね」「そりゃもちろんそうさ」マルティンはそう答えると素早く考えをめぐらせた。『本当にこのまま取っ組み合いってことになるんだろうか？』

「さてと」ダーウィンがこちらに近づきながら言った。「これで始められるな。この茂みの向こうに行くと草地に出るんだ。川からは何も見えやしない」

ワジムは今になってやっと何が目論《もくろ》まれているのかわかった。「おまえ乳母《マムカ》に殺されるぞ」ワジムはロシア語でマルティンにそう言った。「ばか言うな」マルティンは答えた。「ボクシングの腕なら負けやしない」「ボクシングなんかやめとけ」ぞっとしたようにワジムはつぶやいた。「初っ端に足蹴りを喰らわせるんだ」そしてどこを狙ったらいいかをはっきりと教えてやった。ワジムがマルティンの味方をしたのは、ただ故郷を愛していたからだった。

ハシバミの木に囲まれた草地は平らで、ビロードみたいだった。ダーウィンは袖を折り返したが、ちょっと考えてからまたそれを元に戻して、シャツを脱いだ。薔薇色をした大柄な上半身が光に照らされて、両肩の筋肉はつやつやしていて、広い胸板には金色の毛が道をなして走っていた。ダーウィンは腰のベルトをきつく締めあげるとやぶからぼうにニヤリとした。『こりゃ全部冗談なんだな』マルティンはそう思って嬉しくなったけれど、念のため自分も上半身裸になった。その肌はもっとクリーム色に近い色合いで無数のほくろがあったが、ロシア人にはよくあることだった。ダーウィンとくらべるとマルティンのほうが細身だけれど、それでもがっしりとしていかり肩だ。十字架のネックレスを頭越しに引き抜くと、鎖を手のひらにかき集めて、流れ出そうとするそのひと握りの黄金をポケットに押し込んだ。夕陽が肩甲骨をぽかぽかと暖めた。

「君たちどうするね――ラウンド制にするかい?」草の上で居心地よさそうに身体を伸ばすとジョンがそう尋ねた。ダーウィンが問いかけるような視線を投げると、マルティンは胸のところで腕を組み、足を広げて立っていた。「どっちでもかまわないさ」マルティンは言ったが、頭のなかではこんな思いが駆けめぐっていた――『いや、どうやら喧嘩はきまりのようだ――こいつはひどいことになったぞ……』。その周りではワジムが心配そうにうろうろし、ポケットに手を突っ込んだまま鼻をくすくすいわせたり、まごついたような薄笑いを浮かべたりしていたが、やがて胡坐《あぐら》をかいてジョンのとなりに座り込んだ。ジョンは時計を取り出した。「でも五分以上戦わせることもないだろうさ、なあワジム?」ワジムは途方に暮れたように何度も頷いた。「じゃあ、始めていいぞ」ジョンが言った。

ダーウィンとマルティンはその瞬間に拳を握ると肘を折り曲げて腕を持ちあげ(右手は腹を守り、左をピストンみたいに前後させて)、張りつめたように足を動かしながらしなやかで活発なステップを踏みはじめ、まるでダンスでもやりだしたみたいなのだ。このときはマルティンにはまだ、ダーウィンの顔、大きくてすべすべに剃りあげられ、口の両わきを柔らかな皺が走るこの気の好さそうな顔を叩くなんてできっこないと思えた。だが、ダーウィンの拳が飛んできてマルティンの顎にもろにパンチが入ると、何もかも一変した。恐怖が消え去り、胸の内がすっきりと晴れわたって、頭を急にガンと揺さぶられて耳鳴りがしだしたのも、ソーニャ――この女こそ決闘の真の原因なのだ――のことを歌っているように聞こえた。あらたな攻撃から身をかわすと、マルティンはダーウィンの人の好さそうな顔に一発喰らわせ、とっさに身を沈めると（勢いのついたダーウィンの手は頭のすぐ上を隕石のようにまっしぐらに飛び過ぎて行った）、もう一度下から突きあげようとしたけれど当て損ない、今度は自分のほうが真っ暗闇に星のきらめくパンチを目の玉に喰らってぐらつき、そのあと頭の周囲に飛んできた五、六発を避けることができなかったのだが、それでもそのなかでいちばん危険なやつは肩ごしにかわすことができた。身をかがめるとすばしこい立ち回りでダーウィンを煙に巻き、渾身《こんしん》の力を込めて、しっとり湿った感触のなかにも歯の硬さが伝わってくるその口元をガツンと叩き潰《つぶ》したが――そのとき自分自身も、まるで鉄の角材の先端が突き出たところに腹から突っ込んでしまったかのように感じてうめき声をあげた。二人はおたがいに相手から飛びのいたものの、またぐるぐると対峙《たいじ》しだし、口の端から赤い筋が垂れてきたダーウィンは二度も唾を吐いた。また殴り合いが始まった。ジョンはもの思わしげにパイプをくゆらしながら、経験豊富なダーウィンと敏捷《びんしょう》なマルティンを頭のなかで天秤《てんびん》にかけ、これがリングだったら、この二人の重量級選手のうちでは、肩入れするなら年上のほうだろうと思った。マルティンの左目は開かなくなってすでに腫れあがり、二人とも汗まみれでてらてらと光っていて、赤い痣《あざ》が点々とついていた。そうするうちにワジムはすっかり興奮してしまい、夢中になって何か喚くのだが、するとジョンが「しっ」と注意する。ガッンと耳に一撃——足を踏ん張っていられずにマルティンが倒れようとするそのすきに、ダーウィンはさらにもう一発お見舞いすることができ、マルティンは草の上にどさりと尻餅をついて尾骶骨《びていこつ》を打ちつけたものの、すぐその場で飛び起きてまた殴りかかっていく。頭がずきずきと痛み、耳は聞こえず、視界には赤い靄がかかっているにもかかわらず、マルティンには、自身が受けたものよりも、ダーウィンのほうがもっと大きなダメージを被っているように思えたのだが、ボクシング通のジョンにはもう、ダーウィンがやっと自分のペースに持ち込みつつあって、あともうちょっとしたら若いほうがノックアウトされるだろう、ということははっきりと見てとれた。ところがマルティンは、耳に当たってガンガン鳴り響くので「雷打ち《ラスカチヒ》」と呼ばれるダーウィンの思い切った執《しっ》拗《よう》な打撃を奇跡的に持ちこたえ、その口めがけてさらに一発ぶちかます機会をものにし、たまたま自分の白いズボンに手を触れて、その上には赤い痕が残った。マルティンはすでにひゅうひゅうと荒く息をつぎ、もう思考力も薄れてきて、それに目の前にいるのはすでにダーウィンという名で呼ばれるものなどではなく――そもそも人間の名前など持っておらず――薔薇色でぬるぬるしていて、すばやく動く巨大な障害にすぎなくて、最後の力を振り絞って倒すべき対象でしかなかったのだ。ずっしりと手ごたえ十分な一撃がどこか急所に入ったが――どこなのかは見えず、それと同時に無数のパンチが右から左から避けようもなく続けざまに襲ってきたので、マルティンはこの暴風雨のどこかに隙がないか躍起になって探りを入れ、隙が見つかると、どろどろになったおがくずみたいな感触の相手を連打しはじめたのだけれど、だしぬけに自分の頭がはね飛ばされるのを感じ、足を滑らせてダーウィンの身体にしがみつくと、その汗だくで熱を帯びた両の腕を、両方の肘を使って押さえつけた。「時間だ！」距離を隔てたところからジョンの声が聞こえてきて、二人は身を引き離し、マルティンは若草の上に崩れ落ち、ダーウィンは血だらけの口元に笑みを浮かべてそばに座り込むとマルティンの肩に腕を回し、二人とも頭《こうべ》を垂れて荒々しく息を継ぎながら微動だにしなくなった。

「身体を洗わなくっちゃな」とジョンが言い、ワジムは心配そうに近寄ると、ぐちゃぐちゃになった二人の顔をしげしげと眺めだした。「立てるか？」気遣うようにダーウィンが尋ねると、マルティンは頷いて支えられながら棒立ちになり、二人は抱き合ったまま川に歩きだした。ジョンは冷たくなった二人の裸の背中を叩いた。ワジムは先を歩いて人目につきにくい奥まった水辺を探した。ダーウィンがマルティンの顔と上半身を念入りに洗い、それからマルティンもダーウィンに同じことをした——そして二人は小さな声でいたわるように、どこが痛む、水は沁《し》みないか、とたがいに尋ねあっていた。

XXX

黄昏《たそがれ》どきはもはや夜へと移りかわろうとしていて、小夜鳴き鳥《ナイチンゲール》がくっとさえずり、靄のかかった草原や、岸辺を被う灌木の暗い茂みは湿気を吸い込んでいた。ジョンは黒いカヌーに乗って川霧のなかに消えた。ワジムはまたしてもボートの艫《とも》に立って、暗闇のなかに亡霊みたいに白く浮かびあがりながら、月に憑《つ》かれたようななめらかさでただ黙々と幻想的な棹を沈めていく。マルティンとダーウィンは並んでクッションに寝そべっていて、ぐったり疲れて意気消沈し、腫れあがった顔をして三つの瞳で空を見あげていたが、ごくまれに黒い枝がそこを通り過ぎていくのだった。そしてこの空も、この枝も、かすかに聞こえる水の跳ねる音も、それに、舟を操るのに熱中するあまりどこか謎めいた気高さが漂うようになったワジムの姿も、すれちがっていく平底船が舳先に灯す色とりどりの提灯《ちょうちん》の火も、ケンブリッジでの生活も近々終わりを迎えるのだ、霧のかかった幅の狭い川面を三人一緒に舟で下るのもたぶんもう最後なのだという思いも――マルティンにとってはこういった何もかもがひとつにとけ合って、どこかはっとするような甘美さをたたえ、頭に残る鉛のような痛みや肩の鈍痛さえもが、高邁《こうまい》でロマンティックな特質を帯びているように思えた――なんとなれば、手傷を負ったあのトリスタンだってやはり、竪琴のみを道連れにこんな具合に船上の人となっていたはずだ。[118]

　あともうひとつ最後のカーブを曲がればもう――岸に着く。マルティンが舟をつけたその岸辺はなかなかいい場所で、明かりが煌々と灯っていていろいろなものがあふれかえっている。けれどもマルティンにはわかっていたのだが、たとえばハインリヒおじさんは、ケンブリッジという名の水域を遊覧しつづけてきたこの三年間というものは無駄でしかなく、実利のある職業的な勉強をするかわりに、マルティンは文献学などという気楽な川下りのおかげで甘やかされてしまったし、それだって大して遠くまで行ったわけでもないのだと固く信じていた。マルティンはといえば、ロシアの文芸の玄人《くろうと》のどこが鉄道技師や商人よりも劣るのか、良心に照らしてみても理解などできなかった。ハインリヒおじさんの動物小屋には――動物小屋ってものはだれの心の内にもあるものだけれど――ほかの獣に混じって、フランス語で「黒い《ノワール》」と形容されるあの獣が棲んでいて、[119]その黒い獣とは、ハインリヒおじさんにとっては二〇世紀のことなのだ。マルティンにはそれは驚きだったが、それというのも自分が生きている今よりいい時代など、はなから想像もつかないように思えたからだ。これほどに輝き、これほどに豪胆で、これほど企画や構想に満ちあふれた時代なんて、どんな時期にだってありはしなかった。過去の時代にあってはまだほんの一瞬のきらめきでしかなかった多くのもの――未知の大陸を探索しようとする情熱、大胆不敵な実験、好奇心旺盛な人たちが目を潰したり身体をばらばらに吹き飛ばされたりしながらなしとげた偉業、勇猛果敢な陰謀事件、大勢を敵に回した孤軍奮闘――こういうこと一切が今日では、かつてないほどの力強さで実現されつつあったのだ。株取引で何百万も損した男が冷徹に自殺をとげてみせたそのことが、たとえば突き立てた剣に向かって胸から飛び込んだ司令官の自決と同じくらい、マルティンの想像力をあっと驚かせたものだった。広告のなかの自動車が、絶対に近づけるはずのないようなアルプスの切り立った断崖の荒々しくも雄大な峡谷でその真っ赤な車体を輝かせているのには感激のあまり涙が出た。とても複雑な機械やとても単純な機械、たとえばトラクターや植字機のようなものが提供してくれる便利さや心遣いに接すると、人類の持つ善良さの感染力があまりに強すぎて、金属にまでそれが伝わったのかとすら思えるのだった。街のはるか上空、青い空の息を呑むような高みで、蚊みたいにちっぽけな飛行機が、神様用サイズで会社のロゴマークを何度も書きつけようと、自分より百倍も大きくてふわふわした乳白色の文字を吐き出しているのを見ると、マルティンは奇跡でも起きて

118 トリスタン伝説で、決闘の際に毒槍で負傷したトリスタンが、その治癒のためアイルランドに船出するエピソードを念頭に置いたもの。

119 フランス語で「ベート・ノワール（黒い獣）」は「苦手なもの」を意味する熟語。

いるような気分にとらわれるのだ。ところが、黒い獣を身の内に飼い馴らしているハインリヒおじさんときたら、西洋の没落のこと、戦後にもたらされた疲弊のこと、あまりに冷ややかであまりに実務的なこの世紀、魂なき機械どもの襲来を口にしながら恐怖や嫌悪を隠そうともしない。おじさんの観念のなかでは、フォックストロットや摩天楼、婦人服の流行やカクテルのあいだには、何かしら悪魔的な結びつきがあるのだ。そのうえ、ハインリヒおじさんは、自分がとんでもなく慌ただしい時代を生きているいると感じていて、なかでも特に笑ってしまったのは、この慌ただしさのことをおじさんが語り合っていたのがある夏の真っ昼間、山道の道端でのことで、話し相手もあの司祭だったってことで——そのあいだも雲は静かに漂い、司祭の薔薇色をした老いぼれ馬は音を立てて身震いしては蠅を追い払い、白い睫毛をしばたたかせて、言い表しがたい魅力にあふれた仕草でもって頭を下げると、道端に生えた草をぱりぱり音をさせてうまそうに食《は》み、皮膚をぶるっと震わせたり、ときたま蹄の位置を踏み替えたりしていて、お頭《つむ》がいかれてしまいそうな昨今の慌ただしさだとか、ドルの支配力だとか、アルゼンチン人どもがスイスの娘っこをひとり残らずたらし込もうとしてる、だとかいうおしゃべりがあんまり延々と長引いて、その場所のいちばんやわらかい草がもう食べつくされてしまったとわかると、馬はほんの少しだけ前に進み、すると二輪馬車の背の高い車輪がぎしぎし音を立てながら動くのだが、するとマルティンは、馬のいかにも善良そうな灰色の唇や、草の茎が轡《くつわ》に挟まっているのから目が離せなくなるのだった。「そら、たとえばの話がこの青年だ」ハインリヒおじさんは杖でマルティンを示しながら言ったものだ。「ついこのあいだ大学を出たんだ、世界でもいちばん学費のかかる大学のひとつだよ、だが聞いて御覧《ごろう》じろ、何を勉強したのか、何ができるようになったのかってね。私にはさっぱりわからんのさ、この子がこれからどうするつもりなのかがな。私らの頃にはみんな若くして医者や士官や公証人になってたもんだが、この子はきっと飛行士だの職業ダンサー《ジゴロ》だのにあこがれてるんだろう」自分がいったい何の例に挙げられたのかマルティンにはさっぱりだったけれど、司祭にはどうやらハインリヒおじさんの逆説がわかったらしく、同情するような笑顔を見せた。ときとしてマルティンはこの手の会話にひどく神経を逆撫でされていたから、おじさんに——しかもなんと継父でもある人に——暴言を吐くのさえ厭《いと》わない気持だったものの、大事になるまえに思いとどまっていたのは、ハインリヒの弁舌が止まらなくなるときまってソフィア・ドミトリエヴナの顔に浮かぶ独特の表情に気がついたからだ。そこに現れていたのは、ほんのかすかにしか読み取れないような、優しさの入り混じった嘲笑だとか、ふとした寂しさ、どうかこの奇人を許してほしいという言葉にならない願い――さらにまた、説明するのは難しいけれど、知恵にあふれた何かだった。だからマルティンは何も口には出さず、心のなかでハインリヒおじさんにほぼこんなふうに答えていたのだ――『ケンブリッジでぼくが学んだのがどうでもいいことだなんて間違ってる。ぼくが何ひとつ身につけなかったなんて嘘だ。コロンブスも西洋の肩ごしに東洋の耳たぶを摑もうとするにあたって、事前に何か情報を得ようと密かにアイスランドを目指したわけだけど、それは彼《か》の地の船乗りたちが大航海をものともしない海千山千の連中だってことを知っていたからなのさ。ぼくだって、はるか彼方の土地を探検するつもりなんだよ』。

XXXI

ソフィア・ドミトリエヴナはうんざりするようなおしゃべりで息子を辟易させたりはしなかったのだが、その手のおしゃべりこそハインリヒの大好物なのだった。ソフィアは息子に何をするつもりかなどと問い質したことはなく、いずれそんなことはおのずからどうにかなるものだと考えていたし、今は、ただもうマルティンがすぐそばにいて、元気いっぱいで肩幅も広く、日焼けした肌は浅黒くて、テニスをさせたらみんなを牛蒡《ごぼう》抜きだし、声だって低音で顔も毎日剃りあげ、地元の商店の若女将《わかおかみ》で明るい瞳のマダム・ギシャールを罌粟《けし》の花みたいに真っ赤にしてしまうだけで幸せなのだった。ソフィアはときおり、不意にロシアがあの悪夢をさっさと払い除《の》け、縞模様の遮断機が上がり全員が帰ってきて元の場所にもどれたら、と想像することがあった——あらまあ、あの木立の背丈が伸びたことといったら、家がなんて小さく見えることでしょう、こんなに悲しくて嬉しいことはないわ、この土の匂いったら……。毎朝ソフィアは郵便配達が来るのを、息子がケンブリッジにいた頃同様あいかわらず心待ちにしていて、事務用封筒に蜘蛛の巣みたいな字でベルリンの切手を貼ったマルティン宛の手紙が来ると——それは頻繁に来るわけじゃなかったけれど——もうあんまり嬉しくてしかたがなくて、手紙を奪い取ると息子の部屋に飛んで行く。マルティンはまだベッドに寝そべっていて、髪の毛もぼさぼさのまま煙草を燻《くゆ》らし、顎を手にもたせかけている。鏡のなかで裂傷から陽射しがこぼれるようにドアが開くのが見えて、薔薇色でそばかすだらけの母の顔に独特の表情が浮かんでいるのがわかった。きつく閉じられてはいるが、すでに微笑みを浮かべようと待ちかまえているような唇を見て、マルティンは手紙が来たと悟るのだった。「今日はあなたには何も来てないわ」手を後ろに回したままソフィア・ドミトリエヴナがぶっきらぼうに言うのだが、息子はもう待ちきれずに指を伸ばし、するとソフィアは顔を明るく輝かせて封筒を胸元に突き出し、二人で笑うのだが、そのあとはもう息子の楽しみを邪魔したくないので窓際へと退いて、窓枠に肘をつき、両の手のひらで頬っぺたを包むと、無上の幸せを味わいながら山地の景色に眺め入り、はるか彼方にある山の頂きが薔薇色に雪を被っているのを見つめたが、あの山頂はここの窓からしか望めないのだった。マルティンはごくりとひと息に手紙の中味を呑み込むと、実際よりもはるかに大満足なふうを装うのが常だったので、ソフィア・ドミトリエヴナは、ジラーノフ家の下の娘がよこす手紙はどれも優しさに満ち溢れたものなのだろうと想像していて、もしそれを読む機会があったとしたら、きっと息子を哀れに思って悔しがったにちがいない。ソフィアはジラーノフ家の下の娘のことを妙にはっきりと記憶していた——黒髪で顔色の蒼白い女の子で、いつも扁桃腺を腫らしているか治りかけで、首は包帯を巻いているかヨードで黄色くなっているかのどちらかだった。十歳のマルティンを連れてジラーノフ家のヨールカ祭[120]に行ったのが記憶に残っていて、幼いソーニャはレース飾りがついて腿のあたりに幅の広い絹の帯が巻きつけられた白いドレスを着ていた。マルティンのほうはそんなことはさっぱり覚えがなく、ヨールカ祭にはよく呼ばれていたので記憶が入り混じってしまい、たったひとつのことだけがじつにありありと浮かんでくるのだけれど、なぜならそれはいつものことだったからで――もう帰る時間よと母が言い、息子のセーラー服の襟の内側に指を入れて、駆け回ったせいで汗だくになっていないか確かめようとし、マルティンは金色のばかでかいクラッカーを持ってまたどこかに駆け出そうとするのだけれど、母の腕力は思いのほか強力で、あれよと言う間に毛糸のタイツがほとんど脇の下のあたりまで引っぱりあげられてブーツを履かされ、毛皮のハーフコートを着せられ首元をフックできつく締めあげられて、フードのくすぐったさときたら身の毛もよだつぐらいだが――そうこうするうちに――凍えるような虹色の冷たい光を放って、街灯の火が馬車の窓ガラスを滑っていく。マル

120　西欧のクリスマス・ツリーを飾る風習に由来する祭り。

ティンをはっとさせたのは、その当時も今も母の目の表情が変わっていないことで、今でも母は、テニスから戻ったマルティンの首にそっと触れてみるし、ソーニャの手紙を持ってくるときの優しそうな様子も、ずっと前に英国から取り寄せた空気銃が入った長いボール箱を持ってきたときと変わらないのだ。

その銃は期待していたのとはちょっと違っていて、マルティンが憧れていたやつではなかったけれど、それと同じようにこのソーニャからの手紙にしたって、期待していたようなものだったわけではない。なかなか手紙をくれず、かと思えば何の前触れもなく急に送ってよこすし、深い含蓄のある言葉など微塵もなくて、「古きよきケンブリッジのことをよく思い出します」だとか「どうかいいことがありますように、ちっちゃなお花さん、葉っぱのお手々に握手します」なんていう表現で満足するしかなかった。書いてくることといったら、タイプだか速記だかの勤めに出ていることだとか、イリーナが大変で——ずっとヒステリーを起こしっぱなしだということや——父親の新聞もこれといった成果が何ひとつ出ていなくて、今は出版事業のほうを軌道に乗せようとしていること、家に一コペイカもないときがあってとても悲しいこと、知り合いが山のようにいてとても楽しいこと、ベルリンの路面電車は緑色で、ベルリンっ子はテニスをするときに糊のきいたカラーとサスペンダーをつけるなんてことばかりだった。マルティンはひと夏を耐え、その秋と冬も耐えに耐えて、とうとう四月のある日、ベルリンに行くつもりだとハインリヒおじさんに告げた。おじさんはふくれっ面で不満気に言った。「思うになあ、友よ、そいつは賢明な考えとは言えないぞ。ヨーロッパを見る機会などこれからいくらでもあるさ――私自身も秋にみんなを、おまえとお母さんをイタリアにつれて行こうと思ったのさ。だが、いつまでもぶらぶらしてるわけにもいかないじゃないか。要するに――おまえの若々しい能力をジュネーヴで生かしてみたらどうかと勧めたかったわけさ」（何のことかマルティンにはよくわかっていた――このどうでもいい会話はすでに何度かこっそり這い出してきていたし、そこで話題になったプチ兄弟商会なるものはハインリヒおじさんと仕事上の付き合いがあった）「おまえの若々しい能力を生かしてみることだ」ハインリヒおじさんはくりかえした。「こういう過酷な時代にはな、こういうはなはだ実利偏重な時代にあっては、若者はみずから食いぶちを稼いで、おのれの道を切り拓《ひら》くすべを身につけるべきなのだ。おまえはしっかりと英語を知っているからね。外国派遣の仕事は極めつきに面白かろうさ。だがベルリンにかんして言うならば……おまえはドイツ語についてはさほど強くはなかろう、そうじゃないかね？　向こうに行ってどうするつもりなのかわからんよ」「何をしようってこともないんだけど」マルティンは不機嫌にそう言った。ハインリヒおじさんは驚いてマルティンを見つめた。「おかしなことを言うじゃないか。おまえのお父さんがそんな答えを聞いたらどう思ったことかわからんよ。思うにお父さんも私みたいに驚いただろうな、健康で力にあふれた若者がとにもかくにも働こうとしないなどとは。いや、どうかわかってもらいたいが」ハインリヒおじさんは慌ててそうつけ加えたが、それはマルティンがいかにも不愉快そうに顔を赤くしたのに気づいたからだった。「私は金が惜しいわけじゃ全然ないぞ。幸いにしておまえを養えるぐらいの金は十分にある——そうするのは私にとって義務でもあるし、幸せなことでもある——だがおまえの立場で働こうとしないなど到底正気の沙汰とは思えんよ。ヨーロッパは未曽有の危機に見舞われていて、人が瞬きする間に全財産を失ってしまうような世の中だ。これは紛れもないことで如何《いかん》ともしがたい、何があってもいいように備えておかなくちゃならんのだよ」「おじさんの金なんか要らないよ」声は小さいがぶっきらぼうにマルティンは言った。ハインリヒおじさんは聞こえなかったふりをしたものの、その目には涙があふれていた。「おまえには」とおじさんは尋ねた。「野心ってものがないのかね？　地位を得たいと思うこともないというのか？　われらエーデルワイス家の人間は、いつだって働き手として有能だったぞ。おまえのおじいさんは元は貧しい家庭教師だった。おまえのおばあさんに結婚を申し込んだとき、おばあさんのご両親はおじいさんを家から追い出したんだ。ところがだ――一年経っておじいさんは貿易商社の社長になって戻ってきてね、もちろんのこと、そのおかげで障害は何もなくなったのさ……」「おじいさんの金なんか要らないんだよ」もっと小さな声でマルティンはくりかえした。「おじいさんのことだって――そんなのは全部一族のくだらない伝説だよ――おじさんだってわかってるでしょう」「この子はどうしたんだ、この子はどうしたんだ」ハインリヒおじさんは怯えたようにつぶやいた。「何の権利があって私をそんなふうに侮辱するのかね？　私がおまえに何か悪いことをしたというのかね？　私はいつだって……」「つまるところ、ぼくはベルリンに行きますから」マルティンは話をさえぎると、身を震わせて部屋から出て行った。

XXXII

その晩には和解に抱擁、鼻をかむ音、ほっとしたような咳払いも聞かれたが——しかしマルティンはその意志を曲げようとしなかった。ソフィア・ドミトリエヴナは息子がソーニャに会いたがっているのを感じて擁護にまわり、息子が車に乗り込むときには気丈に微笑んで見せた。

家が見えなくなったとたんに運転手と席を代わり、まるで命ある大切な何かにでも触れるような、優しさすら漂うごく軽いタッチでハンドルを握って、馬力のある自動車が道路を呑み込んでいくのを眺めながらマルティンが味わったのは、子供の頃に経験したのとほとんど同じあの感覚で、そのときはピアノのペダルが足の裏に来るように床に座って、円い座面が回転式になっている腰かけを足のあいだに挟んでハンドルにして、驚異的な急カーブに全速力で挑み、一度、また一度とペダルを踏んでは（ピアノはそのたびにかたんと音を立てるのだ）、空想上の風圧に目を細めたものだ。そのあと列車に乗るとドイツの車両で、窓と窓のあいだの壁にはちょっとした地図が貼ってあったが、それはちょうどこの列車がまだ通過していない場所のものだった――マルティンは旅を満喫し、チョコレートを食べ、煙草を喫い、灰皿の鉄製の蓋の内側に吸殻を押し込んだが、そこは煙草の灰でいっぱいだった。ベルリンに入ったのは夜で、もう明かりの灯っている街を車両の窓からじかに眺めていると、またしても遠い昔の幼い頃のベルリンの印象が蘇ってきたのだが、幸せなことにこの街の住人たちは、何らいつもと変わりのない街路を跨いでいる黒い陸橋を、長距離列車《おとぎの国行き》がゆっくりと動いていくのを、毎日だって眺めることができるのだし、まさにそれこそベルリンがペテルブルクとは違っているところで、ペテルブルクでは鉄道の運行は、一種秘密のようなものとして隠されているのである。ところが一週間経って街の風景に目が慣れてしまうと、マルティンはもう、いかにも懐かしいこの街の姿を、かつて目に映じていたとおりに再現する力もなかったのだけれど――それはまるで、ちょうど何年も会っていなかった人と久しぶりに顔を合わせたときに、最初は顔かたちや声でその人だとわかるのに、さらにじっと見つめていると、まさにそこに、時が知らず知らずのうちに及ぼしてきた変化の全過程が眼前にありありと見えるようになって姿形が変わっていき、似ているところが崩れていって、しまいには目の前にいるのは赤の他人で、そいつが独りよがりにも、ちっぽけで毀《こわ》れやすいおのれの分身を呑み込んでしまうのに似ていて、そうなるともう、元の姿を想像するのも困難になる——ふとした偶然の助けでもない限りは。マルティンは子供の頃に目にしたことのあるベルリンの街区や交差点、広場をことさらに訪ねてみて、まったく何ひとつとして心を揺さぶりはしなかったのだけれど、ただそのかわり、偶然に匂ってくる石炭やガソリンの排気ガス、モスリンのカーテンを透かして見える空の異様に蒼白い陰影、トラックに揺り起こされた窓ガラスの振動をきっかけに、かつてベルリンが味わわせてくれたのと変わらないこの街ならではの匂い、いかにもホテルらしい雰囲気や蒼ざめた早朝の空気が、瞬時にマルティンを包み込むのだった。以前は華やかだった通り沿いに並ぶ玩具店の数も減って店構えも寂れていたし、飾られている機関車だって今は小さいうえに出来もよくない。この通りでは舗装も剝がされていて、チョッキを着た作業員たちが孔を穿《うが》ったり、もうもうと煙を立てて地面を深く掘ったりしていたので、板を渡した足場だとか、ともすれば崩れやすい砂地の上などを踏破して行かざるをえなかった。アーケード街にある蠟人形館に行って、威勢よく墓から飛び出そうとしている死装束の男を見ても、度を越した拷問用の鉄の処女121を見ても、あの身の毛もよだつようなわくわく感はもう襲ってこないのだった。クーアフュルステンダム[122]にはばかでかいローラースケート場があって、記憶に残っているのは、ごろごろと鳴り響くローラーの轟音や指導員たちの赤い制服姿で、貝殻形のオーケストラボックスがあり、円形のボックス席で出されるモカケーキはしょっぱい味がしたし、どんな音楽が鳴っていようがおかまいなく、ローラースケートを履いた足を、つぎは右、つぎは左と折り曲げながらスケータースステップ《パ・ド・パティヌール》[123]を踊るはめになり、何と一回派手にすてんと転んだことすらあったのだけれど——探しに行ってみると、そんなものは跡形もなくすっかり消え去っていた。クーアフュルステンダム通りもやはり様変わりしていて、すっかり大人びてきて全長も延びたが、通りのどこかには——あの新しい建物の下なのか、あの空き地かは判然としないけれど——二十面もコートがある大きなテニスクラブが葬り去られているはずで、そこでマルティンは二度ほど母と対戦したが、母はアンダーハン

121　中世ヨーロッパの拷問具。女性を象《かたど》った空洞の人形の内部に長い釘が植えられ、前に開いた扉から人をなかに入れて拷問するもの。
122　ベルリン中心部の繁華街のひとつ。
123　一九世紀末に現れた、スケートをするような動きが特徴の社交ダンスのステップ。

ドで球をサーブしながらはっきりした声で「プレイ」と言い、走るとスカートの衣擦《きぬず》れの音が聞こえたものだった。さらにそこから市街地を外れることもなく、マルティンはジラーノフ一家の住むグリューネヴァルト[124]までたどりつき、そこでソーニャが教えてくれたところでは、ヴェルトハイム[125]なんかに買い物に行ったって仕方がないし、ヴィンターガルテン劇場だって絶対に行かなきゃならないほどの場所でもないというのだが——かつてあそこで見た高い天井は、星をちりばめたみごとな夜空のようで、照明の当たったボックス席のテーブルには、コルセットで腰を締めあげたようなプロイセンの将校たちがおり、ステージでは足を剝き出しにした十二人の若い娘たちが喉を鳴らすように歌いながら腕を組んで右から左へ左から右へと身体を揺らし、十二本の白い足をさっと持ち上げていて、それを見た幼いマルティンはあっと小さな声をあげたのだが、というのもこの娘たちが、マルティンとおなじように毎朝板張りのローラースケート場に来ていたあの愛くるしくて控えめな英国の女の子たちだとわかったからだった。

　けれどおそらく、この新しいベルリンでいちばん予想外だったのは——市域が拡がって、マルティンの子供の頃の騒々しくて輝かしくて華やかだった街とくらべると、ひっそりと鄙《ひな》びた昼行灯《ひるあんどん》みたいなこの都市でもいちばん予想外だったのは、馴れ馴れしくてやたらと声のでかいロシアがもう至るところでぺちゃくちゃとくっちゃべっていたことで——路面電車や街角はもとより、店のなかでも、アパートのバルコニーでもそうなのだ。十年ほど前に、ある予言的な白昼夢のなかで（想像力の逞しい人間ならだれだって予言的な白昼夢ってやつを見るものだ——これこそが白昼夢の数学ってものである）、ペテルブルクの少年マルティンは自分が亡命者になるのを夢想して涙が込みあげてきたのだが、そのとき、奇妙なぐらい照明の暗い空想上のプラットホーム《デバルカデール》で思いがけずその人物と知り合うことになったわけで——でもだれだったのだろう？……それは同郷人で衣装ケースの上に腰かけていたけれど、ぞくっと悪寒がして、一向に汽車の来ない夜更けのことだったし、そのときの会話の絶妙さ加減といったら！　登場した同郷人たちの役どころには、外国旅行のさいに目についたロシア人たちをそのまま流用した——ビアリッツで見かけた、家庭教師の男女や顔

124　ベルリンの南西部に広がる森林地帯。
125　ベルリンのライプツィヒ広場にあった当時ヨーロッパ最大と言われた百貨店。

を剃りあげた従僕に赤毛のダックスフントまで従えた家族連れだとか、ベルリンのカイザーホーフ・ホテル[126]にいた金髪の素敵なご婦人、あるいは北急行《ノール・エクスプレス》の通路で目にした黒いムルモルカ帽[127]の老紳士などで、その紳士のことを父はこっそりと「作家のボボルィキン[128]だよ」と耳打ちしてくれたものだったが——こういう連中に適当な衣装と台詞を選んでやって、自分と出会わせるために世界中の僻遠《へきえん》の地へと送り込んでいたというわけだ。たまたま見ることになったこの夢想が——子供向けのどの本のおかげなのか皆目見当がつかないけれど——今やすっかり本当のことになって、しかもどうやら限度を超えて溢れだしていた。路面電車の車内で、でっぷり太ったご婦人が、念入りに描き込まれた浮かない顔でつり革にぶら下がり、ロシア語の音を豪勢に響かせながら、白い口髭を生やした連れの老人に向かって肩ごしに「とんでもないわ、とんでもないったらないわよ——この不作法な連中ときたら、ひとりだって席を譲ろうとなんてしないんだからね」などとしゃべりかけていると、そこでマルティンはとっさにすくっと立ちあがり、かつて幼い頃の夢想のなかでたまたま練習していたそのままを寸分たがわずに、輝くような笑みを浮かべて「どうぞ！」と歓声をあげ——すると、興奮したせいですぐさま顔色が悪くなり、今度は自分がつり革にぶら下がることになる。おとなしそうなドイツ人たちはこのご婦人には不作法者と呼ばれていたけれど、おしなべて疲れはてて腹をすかした労働者たちだったから、この人たちが路面電車のなかでもぐもぐやっていた灰色のオープンサンド《ブッタープロート》は、ロシア人が見たら苛々するだろうが、そうでもするしかなかったのだ——あの年にはちゃんとしたランチは値の張るものだったし、マルティンが路面電車のなかで一ドル札を——儲かりそうな不動産の購入に使うでもなく——両替しようとしたときには、車掌はあまりの幸せと驚きに手を震わせていた。[129]ドルをマルティンは独自のやり方で稼いでいて、そのことをひどく自慢にしていた。もっともその仕事は苦役に等しいものだったのだけれど。五月にこの仕事にありついてからというもの（行きずりの金持ち連中にテニスを教えてもう二年目のじつにチャーミングなロシア系ドイツ人キンダーマンのおかげなのだが）、その冬を過ごそうと十月半ばに母のもとに戻るまで、そしてその後も、春のあいだずっと、

126　当時ベルリンのヴィルヘルム広場にあった高級ホテル。
127　円筒形でてっぺんが平らなロシアの帽子。
128　ロシアの自然主義作家（一八三六—一九二一）。
129　一九二〇年代初期、ドイツが見舞われていたハイパーインフレを念頭に置いている。

マルティンはほとんど毎日、早朝から日が暮れるまで、左手にボールを五個握って（キンダーマンは六個も握っていられたが）、それをひとつずつ、いつもの滑らかなラケットさばきでネットの向こうに打ちこんでいき、緊張した面持ちの年配の生徒（または女生徒）はネットのあちら側で懸命にラケットを振り回すのだが、ふつうどこにも当たりはしないのだった。最初のうちはマルティンはひどく疲れてしまって、右肩はずきずきするし足は熱を帯び、家に帰ったとたんにベッドに倒れ込む始末だった。陽に焼けて髪の色は薄くなったし、顔は浅黒くなり――自分自身のネガにでもなったみたいだった。下宿の主は少佐だった夫を亡くしたご婦人だったが、マルティンはとにかくミステリアスに見せようとして職業を明かそうとしなかったために、そのご婦人は、何ともかわいそうなあの数多のインテリたちと同じで、この哀れな人も、たとえば石を引きずって運ぶような肉体労働を余儀なくされていて（日焼けもそのせいだ）、上品な人ならだれでもそうであるように、そのことを恥ずかしがっているのだろうと思っていた。この女《ひと》は品のいいため息をついては、毎晩マルティンに、ポメラニアの領地にいる娘が送ってくるソーセージをごちそうしてくれた。とても背の高い女《ひと》で、顔には赤みが差し、日曜にはいつもオーデコロンを香らせ、部屋ではオウムと亀を飼っていた。マルティンは理想的な間借り人だと思われていた――ほとんど家にいないうえに、お客を連れてくることもなく、浴槽も使わなかったからだ（最後の点についてはテニスクラブのシャワーとグリューネヴァルトの湖で代用していたのだ）。浴槽の内側には一面に女主人の毛が貼りついていて、天井から垂れた紐にぶら下がった名もない雑巾が悪臭を放って干からびているし、壁ぎわには埃だらけで錆の浮き出た古い自転車が立てかけてあった。しかも、その浴槽にたどり着くのがまた難儀なのだ――そこに行くには長くて暗くてやたらと曲がりくねった廊下を通らなければならないのだが、ありとあらゆるガラクタが散らかっている。マルティンの部屋はといえば全然ひどいものじゃなく、なかなかにご機嫌な部屋で、贅沢な調度品もいろいろと置いてあるけれど、アップライトピアノは太古の昔より鍵が閉まったままだし、またばかでかくてややこしい晴雨計は、直近の戦争の二年ほど前から動きを止めていて――それに、ソファーの上の緑色の壁には、いつ見ても、よかれと思って掛けておいたのだと言わんばかりに、ベックリンの筆になる波間から、三叉《みつまた》の槍《やり》を手にした裸の老人が立ち現れていたのだけれど、その姿は――額縁こそもっと簡素だったものの――ジラーノフ家の客間にも彩りを添えていたのだった[130]。

XXXIII

一家をはじめて訪ねると、安っぽくて暗く沈んでいるその家には部屋が四つと、それに台所があったが、そのテーブルに髪型を変えてまったく別人になったソーニャがいて、繕った跡のあるストッキングを穿いた足をぶらぶらさせて、鼻をすすりながらジャガイモの皮を剝いているのを見たとき、マルティンが悟ったのは、ソーニャから期待できるのは悲しみ以外にはもう何もなくて、勇んでベルリンに出てきたのは無駄だったということだ。この女《ひと》の何もかもがすっかり別人だった——ブロンズみたいな色艶の上着も、耳を出した姿も、風邪を引いたような声も——ひどい鼻風邪に苦しみ、鼻の孔の周囲や鼻の下を赤くしながらジャガイモの皮を剝き、鼻をかんでばかりいて、かみおわると物憂げに喉を鳴らし、また茶色の皮をナイフでらせん状に剝いていくのだった。夕食に出たのはそばの実のかゆ《カーシャ》とバターのかわりのマーガリンだった。イリーナも食卓にやって来たが、仔猫を抱いたまま手放そうともせず、マルティンを見ると嬉々として恐るべき笑い声をあげた。オリガ・パーヴロヴナもエレーナ・パーヴロヴナもこの一年で老け込んでしまい、前よりもよりいっそう見た目がそっくりになっていたが、ただひとりジラーノフ氏のみが元のまんまで、あいもかわらぬ威勢のよさでパンを切っていた。「聞いたところでは（ギシギシ）グルジノフはローザンヌにいるそうだが、君はあの男に（ギシ）会わなかったかね？　やつとはもう長い付き合いでね、じつにしっかりした気骨のある人物さ」マルティンはグルジノフなる人物についてはこれっぽっちの心当たりもなかったけれど、何も聞き返さなかったのは、話が面倒になるのが嫌だったからだ。夕食後ソーニャが皿を洗い、マルティンがそれを拭いたが、一枚割ってしまった。「本当に頭がおかしくなりそう、まさに出口なしよね」ソーニャはそう口にして――それからこう言い訳した。「あら、物要りだってことじゃないのよ、私の鼻のこと。でも、物要りなのもそのとおりね」それからソーニャはマルティンにドアを開けてやるために、一緒に下まで降りて――スイッチを押したとたん何かがこつこつとじつに愉快な音を立て、階段が強い光でちかちかし――

130　ベックリンは幻想的な作風で知られるスイス出身の一九世紀の画家。当時のヨーロッパで通俗的な人気を博し、一般家庭で複製を飾るのが流行った。

マルティンは咳払いをしたものの、ソーニャに伝えるつもりだった台詞はひと言たりとも口に出すことができなかった。そのつぎの日から夜はまったく様変わりしたものになった――ごった返すお客たち、蓄音機がかかったダンス、近くのカフェでのダンス、それに街角の小さな映画館の暗闇。四方八方から新顔どもが現れてマルティンをとりまき、その曖昧模糊《あいまいもこ》とした影たちはいくつもの小世界を生み出し、まさにそんなふうにして、ベルリンじゅうにばら撒かれたありとあらゆるロシアの気配が、特定の名前や顔立ちを獲得していったのだが、それはどれもこれもマルティンをひどく不安にしたのだった――それがただ歩道にあふれかえる人混みのなかで耳に入ってくるありふれた会話の断片にすぎず、「ドーラルイ、ドラールイ、ドララー」とカメレオン並みの変わり身を見せる言葉だったとしても[131]――あるいは宙を飛び交う夫婦喧嘩の叙唱《レチタティーヴォ》[132]を掠め取ってきた、女声のための「だから言ってるじゃないの……」や、男声のための「じゃあ勝手にすればいいさ……」だったとしても――あるいはさらに、夏の夜更けに上を見あげたまま、明かりのついた窓の下で手を打ちながら、よく響く名前と父称をがなり立てて街中に声を轟かせ、お目当ての人物が道化よろしく窓辺に姿を現したかどうかもっとよく見ようとして、見るまでに車道の中程まで後退《あとずさ》りしてきたこの声のでかい訪問者を危うく轢《ひ》きそうになったタクシーが、神経質にブブッと音を鳴らして避《よ》けて行く光景だったとしてもそうなのである。ジラーノフ家を介して知り合った人たちと過ごしていると、初めのうちは自分が無知蒙昧な他所者《よそもの》のように感じられた。ある意味では、ロンドンにやって来たときと同じことのくりかえしだった。そして今、作家ブブノフの家で寄せては返すように交わされている会話の大波にもたくさんの名があふれかえっていたのだけれど、全部わかっているソーニャが横目であざ笑うかのような憐《あわ》れみの一瞥《いちべつ》をくれると、マルティンは赤面してうろたえてしまい、他のみんなの寄せては返すおしゃべりの波間へと、いかにも貧相な自分の言葉を船出させようとは思ったものの、とたんに転覆なんてことがないようにしようとするとなかなか思い切りがつかず、そんなわけで口をつぐんでいたのだった。そのかわり自分の知識不足に恥じ入ったマルティンは、毎夜、そして雨が降れば終日猛然と読書にはげみ、おかげでほどなくして、あの独特な匂い――牢獄に囚《とら》われた書物の匂いをかぎ

131 現代ロシア語では「ドル」の複数形はふつう dóllary（ドーラルィ）と発音されるが、この時代には、アクセントの位置や語尾を dollári（ドラールィ）、dollará（ドララー）とする場合もあった。

132 オペラなどで使われる朗読調の歌唱。

分けられるようになったのだけれど、そんな匂いを発していたのは、ソヴィエトの文芸作品なのだった。

XXXIV

ブブノフという作家は——何かというと、二〇世紀の優れた文学者たちの名のなかにBで始まるものがいかに多いかを得意満面に指摘してみせるような男だったが——がっしりした体格で三十なのにもう禿《は》げ上がっていて額がやたらとばかでかく、深く落ち窪んだ眼窩《がんか》に角ばった顎をしていた。この男はパイプを喫っていて——煙を吸い込むときは毎回頬をきつくへこませるのだけれど——古びた黒のネクタイを蝶結びにして、マルティンのことは洒落者のヨーロッパ人だくらいに思っていた。マルティンのほうはこの作家の容易には引き下がろうとしないけれど角の取れた言葉遣いだとか、その作家としての功績にいかにもふさわしい名声に心を奪われていた。国外に出た後で執筆を始めたブブノフは、三年間に三冊のすばらしい本を刊行し、四冊目を書いていて、その主人公はクリストファー・コロンブス——というか、より正確にはロシア人の書記官で、コロンブスの艦隊のとある帆船に水夫として紛れ込んだ男なのだが、ブブノフがロシア語以外の言葉をまったく知らなかったので、国立図書館所蔵のある種の資料を集めるさいには、マルティンの予定が空いていれば喜んで連れて行ってくれた。ドイツ語はあまり得意ではなかったので、資料がフランス語や英語であれば嬉しかったけれど、それよりもっと嬉しかったのはイタリア語のときだった。この言葉はじつを言えばドイツ語よりも不得手だったのだが、その貧弱な知識がことのほか貴重に思えたのは、鬱気味のテディといっしょにダンテを翻訳したのが思い出されるからなのだ。ブブノフの家には作家やジャーナリスト、にきびだらけの若い詩人たちが集まったが、こういう連中はブブノフに言わせれば平均的な才能の持ち主で、ブブノフはそういう人たちの上におごそかに君臨し、手のひらで目を被うようにして、望郷の思いやらペテルブルクやら（青銅の騎士がかならず登場することになる）[133]を詠った、例によって代わり映えのしない詩に耳を傾け、それが終わると剃りあげた顎に手を当

133 「青銅の騎士」はペテルブルクにあるピョートル大帝の銅像を指す。同名の叙事詩がプーシキンにある。

てて言う――「そう、いいね」。そして、どこか犬を思わせる薄い褐色の瞳で一点をじっと見つめたままもう一度「いいよ」と言うものの、最初ほど確かな口調でもなく、さらにふたたび目線をあらぬほうにやって、「悪くない」と言うのだけれど、その後になると「ただねえ、あなたのペテルブルクはあまりにもポータブルなんだな」。こうやって少しずつ評価を引き下げていったあげく、最後にはため息をついて「こりゃまったくだめだ、こりゃ無用の長物だよ」とつぶやき、気落ちしたように頭を振ると、だしぬけに顔を輝かせ、歓喜にあふれたプーシキンの詩の朗読で締めくくることになるが――あるとき若き詩人のひとりがそれに腹を立てて「それはプーシキンで、ぼくの詩じゃない」と抗弁したことがあった。するとブブノフはちょっと考えてからこう言った。「でもやっぱり君のほうがひどいね」それでもだれかの作品が本当に優れているようなことがあると、ブブノフは――とりわけそれが散文だった場合には――異様なほど暗い表情になって、数日は機嫌が悪くなるのだった。マルティンは母に手紙を出す以外何も書いたりしなかったから（おかげで冗談に「われらがセヴィニエ夫人」とあだ名されたほどだ[134]）、ブブノフは心置きなく安心して友達付き合いしてくれたし、あるときなどは、ピルスナー[135]をジョッキ三杯飲み干した後で、琥珀色《こはくいろ》のビールが全身に回り、すっかりほろ酔い気分でうちとけた態度になって、ある娘のことを夢見心地に語りはじめ（そしてそれはヤイラで焚火をしたときのことを思い出させた）、その女《ひと》は歌うような心と歌うような瞳を持ち、高価な磁器みたいな蒼白い肌をしているなどと言っていたが――話し終わると険しい目つきでマルティンを見据え、こう言った。「そうさ、月並みで甘ったるくて反吐《へど》が出るような話だよ、まったくね……軽蔑すりゃいいさ、おれはそんな下らん奴だがね、でもあの女《ひと》に惚れてるんだ。あの女《ひと》の名はまるで大伽藍《だいがらん》みたいなもので、鳩の翼が風を切るみたいな響きがするし、あの名前のなかに光さえ見えるんだ、特別な光だぜ、古《いにしえ》のカーディルの賢者たちが言うところの『カナ＝イヌム』ってやつさ[136]――光は向こうのほうから、東方から射してくる――ああ、これはとてつもない秘め事だ、恐ろしいほどの神秘なんだ」そしてさらに憔悴しきった声で囁くのだ。「女性の魅力ってやつは怖いもんだよ――わかるか

134 セヴィニエ夫人は娘に綴《つづ》った書簡で有名な一七世紀フランスの貴族。
135 チェコ、ピルゼン地方を発祥とするラガービールの一種。
136 ロシア語版全集の註によれば、「カーディルの賢者」や「カナ＝イヌム」は実在のものではなく、当時の象徴派やオカルティストたちのあいだで流行っていた怪しげな言葉遣いを模したもの。

ね――この恐ろしさがさ。それにあの女《ひと》の靴も踵が斜めに削れちまってるんだ、斜めにだよ……」

マルティンは気詰まりになって、何も言わずに頷いていた。ブブノフといると、マルティンはいつだって、ちょっとばかり夢でも見ているような奇妙な感覚におそわれ――だからこの男の言うことも、カーディルの長老たちの話も、どこかあまり信用できなかった。他のソーニャの知り合い、たとえば元将校で今は自動車運送業を営んでいる、陽気で歯に衣着せぬカリストラトフだとか、ギターを弾きながらよく響くコントラルトで「ヴォルガに絶壁ありて」を歌っていた、愛嬌があって色白で豊満なバストのヴェレテンニコワ、あるいは、利口で悪賢くて口数が少なく、プルーストやジョイスばかり読んでいる角縁眼鏡の青年ヨゴレヴィチ・ジュニアなどは、ブブノフにくらべればはるかにわかりやすかった。こうした友人たちのなかには、ソーニャの両親の知己である年配者の姿も混じっていたが、いずれも社会的地位もあって尊敬に値する折り目正しい人々で、ゆくゆくは選《え》りすぐりの言葉が百行も連なるような追悼文が書かれるにまことにふさわしい人物たちだった。けれど七月のある日、街なかで心臓発作を起こし、うめき声をあげた老ヨゴレヴィチがずしんとうつぶせに倒れ込んで息を引き取り、ロシア語新聞各紙に取り返しのつかない喪失だのまぎれもない功労者だのと散々取りざたされ、ミハイル・プラトーノヴィチが書類鞄を小脇に抱え、薔薇の花が咲き、黒い大理石でできたユダヤ人の墓が立ち並ぶなか、棺の後を行く人たちの先頭を切って歩いたときには、マルティンは、「ロシアへの愛に燃え立ち」とか「つねにそのペンの気高き調子を保ち」といった追悼文の文句がどうも故人を貶《おとし》めているような気がしてならなかったが、というのもまさに、そんな類の言葉だったらジラーノフ氏にだって、この追悼文を書いた老練な執筆者ご本人にだって言えることじゃないかと思ったからだ。マルティンにとって何よりも惜しまれてならなかったのは、本当に余人をもって代えがたい故人のユニークさというやつなのだ——あの人の身振りや顎鬚や、浮彫りみたいに刻まれた皺、思いがけず見せるはにかむような笑顔、それに糸一本でぶら下がったジャケットのボタンだって、封筒に貼って拳でバンと叩く前に舌全体を使って切手を舐めるあの仕草だってそうだった。それはある意味では、こういう便利な紋切型で言えるような故人の社会的貢献なんかよりも、ずっと価値のあることだったのだ——そして、そんな考えを妙な具合に飛躍させたマルティンがみずからに誓ったのは、自分はどんな党派にもけっして所属したりしないし、どんな会議だろうが出席することもなく、発言を求められたり、また討議を総括したりしながら、そんなことで市民的な務めを果たしたと思ってすっかり有頂天になるような人物にだけは絶対になるまい、ということだった。そしてマルティンはたびたび不思議に思うことになるのだが、自分の胸の内に秘めたこの考えについては、どういうわけかジラーノフ氏にも、その友人たちにも、心から祖国を愛する献身的で尊敬すべきこうしたロシアの人々のうちのだれにたいしても、言い出すことができないのだった。

XXXV

けれども、ソーニャ、ソーニャのことは……。夜更けに探検のことを考えているときだって、ブブノフと文学談議を交わしているときだって、日々の稼ぎのためにテニスをしているときだって、何度もくりかえしこの女《ひと》のもとに帰ってきては、この女《ひと》のためにマッチの火をガスコンロにかざし、すると即座にボッと勢いよく音をあげて、青い炎の爪がずらりと吹き出すのだった。ソーニャに愛を語ったところで詮無いことではあったけれど、ある日、ルーマニアのヴァイオリンが号泣するのを二人で聞きながらスウェーデンのプンシュ[137]をストローで吸った後、カフェから家までソーニャを送っていくあいだに、マルティンは何とも甘ったるい気分におそわれ、それは夜更けの暖かい空気のせいでもあったし、どの建物の玄関口にも二人連れがじっと立ち尽くしていたせいでもあり――二人連れが笑ったり囁いたり、急に黙ったりするのが妙に効いてきたのだ――それに、柵に囲われたライラックの植え込みが暗がりで揺れ、街路灯の光が足場に不思議な影を作って改築中の建物をなまなましく彩っていたのも手伝って、だしぬけにマルティンはいつもの我慢も、ソーニャから物笑いの種にされる懼《おそ》れも忘れてしまい――奇跡的にしゃべり出したわけだが――でも何を？――ホラティウスのことをさ……。そう、ホラティウスはローマに暮らしていたんだけど、ローマっていうのは大きな村みたいなもんで、といっても大理石の建物も少なくはないんだが、でも狂犬を追っかけまわしたり、母豚が黒い子豚たちを引き連れて泥のなかにぴちゃぴちゃ鼻を突っ込んでるようなそんな場所でね――あちこちで建物が作られてて、大工たちがトントンカンカン音を立ててるし、リグリア[138]産の大理石や松の大木

137　北欧で作られる伝統的なリキュール酒。

を積んだ荷車が轟音を鳴り響かせて通り過ぎたりするんだよ——ところが夜になると叩く音も止んでくるのさ、黄昏どきのベルリンがひっそり静かになるみたいにね、それにほどなくして、夜更けに戸締まりする店先の鉄の鎖がじゃらじゃら音を立てるのも、ちょうどベルリンの商店がシャッターを下ろすガラガラいう音みたいでね、ホラティウスはマルスの野[139]に向かって歩いていたんだけど、ひ弱そうなのに腹は突き出て、禿げ頭で耳が大きくて、薄汚いトーガ[140]をまとってるのさ、で、玄関ポーチの陰で交わされる甘い囁きだとか、薄暗い片隅から響いてくる笑い声に聞き入っていたんだよ。

「あなたはとってもかわいいから」いきなりソーニャが言った。「キスしなくっちゃ——でも待って、ここから離れましょう」格子状の柵のあいだから木の葉が突き出している場所でマルティンはソーニャを自分のほうに引き寄せ、この刹那を何ひとつ見逃すまいと目をつぶろうともせず、ひんやりするソーニャのやわらかい唇にゆっくりとキスしながら、その頬にかすかな光が射しているのを、閉じたまぶたが震えるのを眺めていた。まぶたは一瞬持ち上がり、潤って焦点の定まらない煌《きら》めきが露わになったかと思うとまたしても閉じられ、ソーニャは身を震わせて唇を離し、いきなり手のひらでマルティンの顔を押しのけると、歯を打ち鳴らしながら声に出して、どうかもうやめて、頼むからもうやめてちょうだいと言った。

「もし私が他の人を好きだったとしたら?」意外にもはしゃいだ様子でソーニャがそう聞いたのは、二人がまた街をぶらぶら歩きはじめたときだった。「それはひどいな」とマルティンは言ったが、つい今しがたおとずれたばかりの、ソーニャをしっかりと抱きしめることのできた瞬間みたいなものが、またしてもするりと逃げて行ってしまったのを感じた。「手をどけてちょうだいな、歩きにくいったらないわ、とんだマナーよね、日曜日のお店の売り子がするみたいじゃないの」だしぬけにソーニャがそんなことを言いだしたので、最後の望み、ソーニャの腕に触れてじかに感じていたうっとりするような素肌の温もりもなくなってしまった。「少なくともあの人には才能があるわ」ソーニャは言った。「でもあなたには何もないじゃない、お坊ちゃまが流浪してるってだけでしょう」「だれにだって——あの男にかい?」ソーニャは何も答えず、家に着くまで黙ったままだったけれど、別れ際に露わな腕をマルティンの首

138 イタリア北西部。
139 古代ローマの練兵場。カンプス・マルティウス。
140 古代ローマの一枚布の上着。

にまわしてもう一度キスをすると、真顔で目を伏せたまま内側からドアを閉じ、マルティンはドアのガラス越しに、手すりに手を添わせながらソーニャが階段を上がっていくのを目で追っていたが——と、見るまに——曲がり角の向こうに姿を消し、するともう——明かりが消えた。

『ダーウィンもきっとこうだったんだな』マルティンはそう思い、無性にダーウィンに会いたくなったが——でも今ダーウィンがいるのは遠いアメリカの地で、ロンドンの新聞から派遣されていたのだった。それに翌日には前の晩のほとぼりも冷めて、まったく何事もなかったかのようで、ソーニャはいつもの仲間たちと郊外の孔雀島[141]にピクニックがてら水浴びをしに行ってしまい、マルティンはそんなこととはつゆ知らず——晩には木苺色のリボンをかけた大きくてふかふかな犬のぬいぐるみを脇に抱えて、それは閉店の五分前に買い求めたものだったのだけれど、歩いてソーニャの家に向かっていると、道の途中で帰ってきた一団と鉢合わせし、そのときソーニャはカリストラトフのジャケットを肩に羽織っていて、ソーニャとカリストラトフは自分たちのあいだだけで何やらジョークらしきものを言い合っていたのだが、その意味をだれもわざわざマルティンに明かそうとはしなかった。

そこでマルティンはソーニャに手紙を書き、数日は集まりに行かなかった。ソーニャは十日ほどあとに彩色写真の絵葉書で返事をよこした――見目麗しい若い男が背後から緑色のベンチに屈み込んでいるのだが、そこには見目麗しい若い女性が腰掛けて薔薇の花束をうっとりと眺め、その下には金文字で「薔薇の語りしこと、心は黙して口にすべからず」というドイツ語の警句が添えられている。「何て麗しい人たちだこと」裏側にソーニャは書いていた。「こうでなくっちゃ！　あなたがすべきはまさにこれよ――すぐ来てちょうだいな、私のラケットのガットが三本も切れちゃったんだから」しかも手紙についてはひと言もないのだ。ところがその後ほどなくして何度か会った際に一度、ソーニャはこう言った。「ねえ、馬鹿みたいだわ、結局一日やそこら休んだって大丈夫でしょう、キンダーマンが代わってくれるわよ」「あの男にも自分のレッスンがあるからなあ」マルティンは煮え切らない返事をしたものの――それでもキンダーマンと話をつけ、そんなわけで、まったく雲ひとつないあの絶好の日和《ひより》に、マルティンとソーニャは湖や葦《あし》の茂みや松林の広がる郊外へと出かけて行き、

141　ベルリン最大の湖ヴァンゼーに浮かぶ島。

マルティンは約束したことを立派に守り通して、マーマレードみたいな目つき――ソーニャの表現だが――になるのを堪《こら》え、肌に触れてこようともしなかった。この日から二人は、そのときたまたま話題にしたあることをきっかけにして、自分たちのあいだだけで通じる会話を交わせる仲になった。マルティンがソーニャの想像力をあっと言わせてやろうと思い、きわめて曖昧模糊とした言い方で、諜報的《ちょうほうてき》な性質の活動をいろいろと仕切っている秘密結社に加入したかのようにほのめかしてみたのだ。実際にそういう結社はいろいろと存在していたし、共通の知人だったメルキフ中尉など、噂によると二度にわたってどこかに潜入したそうで、マルティンがこの中尉と親しくなろうとして、ずっとその機会をうかがっていたことも事実で（一度など、中尉に夕食を奢《おご》ってやったことさえあった）、ジラーノフ氏が話題にしたあのグルジノフとスイスにいたときに、会わずにいたのをそれは悔やんでいたのだけれど、なにせ得られた情報を考え合わせると、この男は数々の大冒険に身を賭してきた人物であり、テロリストで策謀家で、最近広がっている農民反乱の首謀者でもあったからだ。「あなたがそんなことを考えてるなんて思いもしなかったわ。でもねえ、ただ本当にそんな組織に入ったんだとしたら、すぐにそれをしゃべっちゃうなんてものすごく間抜けよね」「いやいや、冗談を言っただけさ」そうマルティンは言い、わざと冗談に紛らわしたのだとソーニャに思わせようと、いかにも謎めいた感じに目を細めてみせた。ところがソーニャときたら、そんな細工には気づきもしないのだった。陽光で幹がまだらに染まっている松の木立のなかの、からっと乾いていちめん針葉に被われた地面に寝転びながら、露わな両腕を頭の下に敷いて魅力的な脇の下のくぼみを見せ、そこは最近剃りあげたばかりとみえて、今は鉛筆で影でもつけたみたいになっていたのだが――おかしなことだわとソーニャは言った。ソーニャもやはり同じことが何かと気になってはいたのだ――そう、この世には、死すべき存在たる一般庶民には入国が禁じられた国ってものがあるってことなのだ。「その国を何て呼ぶことにしようか？」クリミアの入江でリーダと遊んだことをふと思い出して、マルティンは聞いた。「何かこう北方風の名前ね」ソーニャが答えた。「見て、リスよ」リスがかくれんぼでもするようにぴょんぴょんと幹を登りどこかに消えた。「たとえば――ズーアランドはどうかな」マルティンが言った。「ノルマン人たちの言い伝えにあるんだよ」「そう、いいわね――ズーアランドか」ソーニャが飛びついてきたのでマルティンは満面の笑みを浮かべたが、思いがけずソーニャにも夢想する能力があるとわかっていささか面食らってもいた。「蟻《あり》を払ってもいいかな?」マルティンが括弧《かっこ》つきのお伺いを立てた。「どこにいるかによるわね」「ストッキングだよ」「ねえ蟻さん、どいてちょうだいな」ソーニャは蟻に話しかけて、自分で払い落とすと話をつづけた。「そこは冬が寒くて、軒には大きな氷柱《つらら》が下がってて――まるでオルガンのパイプでもまるまる一式ぶら下がってるみたいなんだけど――ちょっとすると一斉に融けだして、どこもかしこも水浸しになって、積もった雪の表面に点々と煤みたいに見えるのよ、ねえ、こんな話ならいくらだって話してあげられるわ、ほら、たとえばその国では法律が出てね、全住民は頭を剃るべしって、だから、もう今じゃいちばん重要で、そりゃいちばん影響力のある人といったら床屋なのよ」「頭どもの平等ってやつだね」マルティンが言った。「そうなの。ならもちろん、いちばん分《ぶ》がいいのは禿げ頭よね。それにね――」「ブブノフだったら安泰ってわけだな」マルティンはそう茶々を入れた。そのことにソーニャはなぜか機嫌を損ねてしまい、急に何もしゃべらなくなった。それでもこの日からときおりソーニャは、畏くもマルティンのズーアランドごっこに進んでご参加あそばされるようになったわけだが、そこでマルティンが思い悩むようになったのは、もしかしたらこの女《ひと》は手の込んだやり方でこちらをあざ笑っているのかもしれず、今にもこちらが足を踏み外すように仕向けて、この他愛ない法螺話が悪趣味なたわごとに姿を変えてしまう境目まで気づかれないようにうまく追い詰めてから、やにわに大音声の笑い声をあげてこの裸足の夢遊病者の目を覚まし、するとこちらは自分が軒先に吊り下げられているのが急に目に入ってきて、シャツはずたずただし、歩道には野次馬が集まってこちらを見上げていて、消防士のヘルメットまでちらほらしている、なんて結末を迎えるんじゃないかということだった。でも、もしこれがソーニャの仕掛けた罠だったとしても——何、かまうことなんてないさ、この女《ひと》の目の前で自分の心のなかを気軽に吐き出すことができるなんて、願ってもない楽しみだったのだから。二人はズーアランドの暮らしぶりや法律を研究し、この国は岩場が多くて風が強いのだが、風こそは善良なる力として認められており、それというのも平等の実現にむけた闘争において、塔や背の高い木々のごときは堪えがたきものであったし、また自身も、こっちがあっちより暑くならないようにとつねに骨身を惜しまない大気の諸（階）層の社会的志向を表現したものにすぎなかったからだ。それにもちろん、諸芸術や諸科学は法を逸脱したものとされており、なぜなら誠実なる無学者諸子にとっては、教養人が考え込んでばかりいるところや、そのあまりに分厚い書物などは見るのも苛立たしいことだからである。頭を剃って褐色の僧衣をまとったズーアランド人たちは焚火にあたって暖をとるのだが、そこでは火にくべられたヴァイオリンの絃《げん》がバチンバチンといい音を響かせてはじけているし、そろそろあの山がちな国の山地を爆破して、山どもが大きな顔でしゃしゃり出てこないように均《なら》してやらなきゃ、などと話している者たちもいる。ときとして、たとえばみんなしてテーブルを囲んでしゃべっているようなときにも、いきなりソーニャがこちらを向くと早口でつぶやくのだ――「ねえ聞いた、法律が出たのよ、芋虫がさなぎになるのは禁止ですって」だとか「言うのを忘れてたわ、サヴァン・ナ・ルイロ《鼻っ面に死装束》（幹部のひとりにつけたあだ名[142]）が医者たちに、どんな病気も全部同じ方法で治すように、バラバラにしちゃいけないって命じたそうよ」などと。

XXXVI

冬にスイスに戻ってからも胸躍る文通が続くものとマルティンは期待していたのだけれど、頻繁に来るわけでもないソーニャの手紙のなかではもう、ズーアランドのことは話題にも上らなかった。そのかわりある手紙では、父からグルジノフによろしく伝えてほしいとしたためられていた。それでわかったのだが、グルジノフが住んでいたのは、まさにあれほどにもマルティンが心惹かれた例のあのホテルなのであり、スキーでそこまで降りてみたが、グルジノフは留守だった。挨拶はグルジノフの妻のワレンチーナ・リヴォーヴナに言伝《ことづて》することになったのだけれど、若やいだ感じで色鮮やかな服をまとい、青みがかった黒髪をした四十絡みのご婦人で、にっこりするのにもやたらと慎重なふうで、それというのも前歯が（いつだって紅がついているのだが）やけに出っ張ってくるので、急いで上唇を伸ばして隠そうとするからだ。この女《ひと》ほどの魅力的な手はこれまで見たこともなかった。小さくて柔らかく、燃えるような色の指輪がいくつもはまっている。けれど、だれが見てもチャーミングなうえに、その優雅な身のこなしやよく響く優しそうな声もついうっとりさせられるようなものだったにもかかわらず、マルティンはそっけない態度のままだったし、この女が自分

142 ロシア語版全集の註によると、一五世紀のフィレンツェで神権政治をおこない美術品を焼却したことで知られる修道士サヴォナローラに掛けた名前。

に媚《こび》を売ろうとしているように思えて不愉快だった。とはいえそんな危惧自体が的外れではあった。ワレンチーナ・リヴォーヴナのほうもマルティンのことには興味がなくて、それは、いつも自分を橇に乗せてくれる、鼻が大きくて尖った頭に白髪がブラシみたいに生え、いつもけばけばしいマフラーを首に巻いているあの英国人に興味がないのと大差ないのだった。

「夫は七月にならないと戻りませんの」そう言うと、ワレンチーナはジラーノフ一家のことをいろいろと尋ねだした。「……ええ、そうね、伺ってますわ——お母さまも大変ですわね（マルティンがイリーナのことを話したのだ）——どうしてあんなことになったかご存じですか?」マルティンは知っていた。当時十四歳だったイリーナは、物静かでふくよかだけどふさぎがちな少女で、母といっしょに暖房客車に乗っていたのだが、そこはあらゆる類のならず者でごった返していたのだ。汽車の旅は延々と終わりがなく——チンピラ二人組が、仲間たちの止めるのも聞かないで、やたらと少女を触ったりつねったりくすぐったりしたうえに、胸糞わるくなるような淫らな言葉をかけ続け、母親は恐ろしさのあまり途方に暮れたような笑みを浮かべ、何とか娘を守ろうとしてずっとこうくりかえしていた。「大丈夫よ、イーロチカ、大丈夫だから、ああ、どうか娘に触れないでください、どうしてそんなひどいことを、大丈夫よ、イーロチカ……」——つぎに、寸分たがわぬ叫び声をあげて泣きじゃくりながら、寸分たがわぬやり方で娘の頭を抱えるはめになったのは、モスクワの近くまでたどり着いて別の列車に乗ったさいのことで、兵士たちが全速力で走る列車の窓から肥満気味の夫を押し出そうとしたからだったが、奇跡的にも夫は雪が降り積もったとある駅で家族と再会することができたのだった。そう、でっぷり太っていた夫は、窓につかえてしまったせいでヒステリックに笑っていたのだが、結局押していた連中が力を込めてえいやと声を合わせたとたんその姿を消し、空っぽになった窓の向こうを視界をくらますほどの雪が飛び過ぎていくのだった。そのあとイリーナはチフスを患いどういうわけか命だけは助かったけれど言葉がしゃべれなくなってしまい、ロンドンまで来てようやくいろんな種類の唸り声をあげたり、かなりはっきり聞き取れるように「マ・マ」と言えるようになったのだ。

マルティンは、これまでイリーナのことなど深く考えてみたことすらなく、知的な障害があるのにだってずいぶん前から慣れっこになっていたのだけれど、ワレンチーナ・リヴォーヴナが「つまりあのご一家はつねに生きた象徴と暮らしていらっしゃるのね」と言ったのを聞いてはじめて、何事かに激しく心を揺さぶられたのだった。ズーアランドの夜はなおいっそう闇が濃く、その密林はなおいっそう分け入りがたかったけれど、そのときすでにマルティンにわかっていたのは、だれであろうがどんなものであろうが、この密林のなかへ、薄暗がりでふくよかな子供たちが苦痛を味わい、焼け焦げた臭いや腐臭が漂っているあの場所へと、自分が潜入しようとするのを止められはしないということだった。春になって大慌てでベルリンに舞い戻ってソーニャに会いに行ったときにはもう、自分はひとりっきりで果敢な探検旅行に行ってきたような夢見心地になって（冬の真夜中はそんなにも冒険という冒険に満ち溢れていたわけだ）、すぐにもその話をしゃべりたくてうずうずしてくるのだった。部屋に入るとマルティンは、ソーニャの例の虚ろなまなざしが持つ破壊的な影響力にとらえられる前に言い終えてしまおうと焦って言った。「そんなふうにして、そうやってぼくはいつか帰国するし、そのとき、そのときにはね……」「そんなことはけっして何も起こりはしないわ」プーシキンのナイーナ[143]のような調子でソーニャは言った。いつもよりさらに顔色が蒼ざめていたし、仕事でとても疲れていることが多かったのだ。家のなかでは腰にちょっとしたベルトのついた黒いビロードの古いドレス姿で、擦り切れた飾り玉のついたスリッパを履いている。夜になるとソーニャはゴム引きコート《マッキントッシュ》を着てどこかに出かけることが多く、一方マルティンはしばらく部屋のなかをうろうろしてから、ズボンのポケットに深々と手を突っ込んだまま路面電車の停留所に向かうと、ベルリンの反対側に出て、テニスクラブで知り合った「エレボス」[144]のダンサーの家の窓の下で甘ったるい口笛を吹く。女はバルコニーに飛び出してきて手すりのところで一瞬立ち止まるが、そのあと姿を消し、また飛び出してくると、紙に包んだ鍵をこちらに放る。女の部屋でマルティンは緑色のミントのリキュールを飲み、金色に光る裸の背中にキスすると、女は肩甲骨をぐっと動かして頭を揺するのだ。マルティンは、女が筋肉質の日焼けした足を狭い歩幅ですばやく交互に差し出して部屋を歩きまわりながら、あいもかわらず口をきわめて例の興行主を罵倒するのを眺めているのが好きだったし、眉も不自然に細いうえに頬の色もオレンジがかっていて、髪をなめらかに後ろになでつけたこの女の奇妙な顔も気に入ってはいたが――そうやってソー

143　プーシキンの物語詩「ルスランとリュドミラ」に登場する魔女の名。
144　ここではキャバレーの店名だが、元々はギリシャ神話における地下世界の暗黒の神の名。

ニャのことを考えまいと虚しい努力をしていたのだった。あれは五月のとある晩のことだったか、通りで音色を変えながらそっと口笛を吹いていると、バルコニーに例のダンサーではなく、サスペンダーをつけた老紳士が姿を見せたことがあった。マルティンはため息をついてその場を後にし、ジラーノフの家の前に戻って、街灯と街灯のあいだを行ったり来たりしていた。ソーニャが姿を現したのは夜半過ぎのことで、たったひとり鍵束を探してバッグを掘り返しているところにマルティンは近寄り、どこに行っていたのかおそるおそる尋ねてみた。「いつになったら私のことをそっとしておいてくれるのかしら?」ソーニャは嘆声をあげ、答えを聞こうともせずに鍵を二度ガチャガチャといわせ、重々しい扉が開き、静止したかと思うとバタンと閉まった。それからというもの、マルティンには、ソーニャだけでなく共通の知人たちみんなが何だか自分を避けているように思えてきたし、自分はだれにも必要とされていないし、だれにも愛されていないような気がしてきたものだった。ブブノフを訪ねて行っても、相手は妙な目つきでこちらを眺めた末に、すまないがと言って執筆を続けるだけだった。そして最後には、もう少しで自分はソーニャの影になってしまい、あとはもう死ぬまでベルリンの歩道の上を滑りながら、自分のなかに熟してきた大切な何か、厳粛な何かを、何の足しにもならない情欲のために浪費してしまうだけのように感じるのだった。マルティンはベルリンに見切りをつけ、どこでもかまわないのだが、ひとりっきりで心を清め、落ち着いて探検の計画を練ることにした。五月の半ばにはもう、ストラスブール行きの切符を財布に忍ばせてソーニャにお別れを言いに行ったのだけれど、もちろんソーニャは家にはいなかった。部屋の薄暗がりのなかに全身白ずくめで座っていたのはイリーナで、まるで亀の幽霊か何かのように薄闇のなかに浮かびあがって、マルティンから目を逸らそうともしないのだ。そこでマルティンは封筒の表に「ズーアランドで極夜導入」[145]と書き入れると——ソーニャの枕の上にその封筒を残し、待たせていたタクシーに乗り込んで、オーバーも帽子も身につけず、ただスーツケースひとつを携えて——出発したのだった。

145 南極圏や北極圏で、日中でも太陽が沈んだ状態が続く現象。

XXXVII

列車が動き出したとたん、マルティンは元気を取り戻して陽気になり、旅につきもののわくわくした気分に満たされたが、今となってはそれも必要不可欠な練習だと見なしていた。リヨン経由で南に向かうフランスの列車に乗り換えると、ソーニャにまつわるもやもやからようやく解放されたように思えた。リヨンの近郊にさしかかる頃にはもう、南方の夜は空いっぱいに広がって、車窓の明かりが照り映えた蒼白い矩形《くけい》の列が真っ黒な斜面を駆け抜けていたし、汚いうえに猛烈に暑苦しい二等客車の車室にいたのは、マルティンの他には、顔は剃りあげているものの眉毛はぼさぼさで、ズボンの両腿のあたりがてかてかになっている初老のフランス人ただひとりだけだった。そのフランス人は上着を脱ぎ捨てると、指をすばやく上から下に動かしてチョッキのボタンをはずし、まるで手をねじ式に回して外すかのようにしてカフスを引っぱり出し、この糊のきいた二つの筒を丁寧に網棚に置いた。さらに、座席の端っこに腰かけて上体を揺らしながら——列車がフルスピードを出していたのだ——顎を持ち上げて襟とネクタイをはずしたのだが、このネクタイが出来合いの結び目をホックで留めるタイプだったせいで、またしても人間がいろいろな部品へと分解されていくように見えて、すぐさま頭も取り外すような印象を受けた。七面鳥みたいに萎びた首筋を露わにすると、フランス人はほっとしたように頭を左右に振り動かし、喉を鳴らしながら屈みこむと、靴を脱いで寝室用のスリッパに履き替えた。シャツもはだけてカールした胸毛がのぞいたその姿は、いかにもちょいと一杯ひっかけた好人物といった感じで――それというのもこの手の夜半の旅の道連れってやつは、蒼ざめててらてらとした顔で目つきもとろんとしていて、客車の揺れと暑さのせいで酔っ払っているように見えるのが常だからだ。行李《こうり》のなかをごそごそやって赤ワインのボトルと大きなオレンジを取り出すと、まずはワインをごくんとラッパ飲みして唇をぴちゃりといわせ、コルク栓を力まかせにぎゅっと押し込み、前もっててっぺんを嚙み破ってから、親指でオレンジの皮を剝きはじめた。そのとき、膝の上にタウフニッツ[146]を置いてあくびしようとしていたマルティンと目が合って、フランス人は口を開いた。「ここはもうプ

146　「英米作家叢書」を刊行したことで有名なドイツの出版社の名。

ロヴァンスだよ」笑顔でそう言って、ふさふさの眉を動かして窓のほうを示したが、その黒い鏡のような窓ガラスのなかでは、この男のぼんやりとした分身がオレンジをきれいに剝いているところだった。「そうですね、南国の感じがします」マルティンは答えた。「あんた、英国人かね？」男はそう尋ねると、白い繊維に被われたオレンジを二つに割った。「そのとおりです」マルティンは答えた。「どうしてわかったんです？」フランス人はみずみずしい果物を頰張りながら肩をすくめた。「そんなに難しくはないさ」男は言い、オレンジを飲み込むと、毛深い指でタウフニッツを指さした。マルティンは寛大な笑みを浮かべた。「おれはリヨンの人間だよ」男は続けた。「ワインを商ってるのさ。始終あちこち飛び回らなきゃならんが、でも動いてるほうが性に合ってるんだよ。知らない土地や知らない人に会えるだろ、つまりは――世のなかを見てまわれるわけさ。おれには妻と小さな娘がいるんだ」ぎこちなく広げた指を紙切れで拭いながら男はそうつけ加えた。それからマルティンに目をやり、ひとつしかないスーツケースとしわくちゃのズボンを見て、物見遊山の英国人が二等車なんかに乗るはずはないとあたりをつけると、前もって頷きながらこう言った。「あんたも旅回りだろ？」マルティンにはそれが省略だとわかった――旅回り《コミ・ヴォワイヤジュール》の販売員と言うべきところをたんに旅回《ヴォワイヤジュール》りと言ったのだ。「そうです、まさに旅回りというところですね」フランス語に英国風の重厚さを加味しようと努めながらマルティンはそう返事した。「ただもっと広い意味の旅回りですけれども。とても遠くに行くんですよ」「でも商売のためなんだろう？」マルティンは首を横に振った。「てことは、自分の愉しみのためかね」「まあそんなところです」マルティンは答えた。フランス人はしばらく間を置いてからこう聞いた。「とりあえずはマルセイユまで行くんだろうね？」「ええ、マルセイユまででしょうね。まだその、準備がすっかり整っているわけではないので」フランス人は頷いたが、あきらかにとまどった様子だった。「準備ってものは」とマルティンは続けた。「こういう事柄にかんしては、きわめて細心に行わなくてはなりません。私は一年ほどベルリンで過ごしましたが、必要な情報をそこで得られると踏んだわけでして、それにあなたはどう思われるか……」「うちの甥にも技師をやってるのがいますよ」フランス人がいそいそと割り込んできた。「いえ、違います。私は技術関係の仕事をしているわけではありませんし、そのためにドイツに行ったのではないんです。ただ申し上げたかったのは、情報を手に入れるのがどんなに困難か、あなたには想像もつかないだろうということです。それというのも、私が研究しようとしているのは、はるか遠くに隔たった、ほとんど人跡未踏のある地域だからなのです。そこに潜入して戻ってきたという者もいますが、でもどうやってそういう人たちを見つけて、どうやってそのことをしゃべらせたらよいのでしょうか？　私の手元にあるものと言えば何でしょう？　地図だけなんです」そしてマルティンはスーツケースを指さしたが、実際そこにはベルリンの旧軍司令部で買い求めた「一露里地図」[147]が入っていたのだ。沈黙がそれに続いた。列車が轟音を立てて揺れた。「いつも言ってるんだよ」とフランス人は言った。「わが国の植民地には大きな将来性があるってね。あんたの国だってもちろんそうだろうさ――それにあんたのお国じゃ植民地には事欠かないからな。リヨンに住んでる知り合いでね、熱帯地方で十年暮らしたやつがいるんだが、喜んであっちに戻りたいって言ってるよ。そいつがあるとき話してくれたんだがね、猿どもが尻尾を握って一列につながって、河の上にかかった木の幹を渡って行くって言うんだが――それがまたとんでもなく可笑しいのさ――なにせ尻尾につかまった猿が延々と連なっていくんだからね……」「植民地は関係ないんですよ」マルティンは言った。「植民地に行こうとしているわけじゃないんです。これから向かう道程は野蛮で危険な場所を通って行くことになりますからね――わかったもんじゃありません――もしかしたら戻って来られないかもしれない」「そりゃ学術的な探検か何かなのかね？」奥歯であくびを噛み殺しながらフランス人が聞いた。「そういう面もありますが。でも――どう説明したらいいんでしょうね？　それはいちばんの目的じゃない。いちばん大事な目的は……。いや、実際どう説明したらいいのかわからないんですよ」「そうでしょう、そうでしょうとも」疲れた様子でフランス人が言った。「あんた方英国人は、賭け事や記録ってやつに目がないからね」「記録」という言葉が寝言でもむにゃむにゃと言っているみたいに響いた。「雲間に突き出た裸の絶壁なんかが何の役に立つってのかね？　それに――まったく、何だって汽車に乗ってるとこんなにも眠くなるんだか！――氷山とかなんとかいうやつも、それにしまいにはあの極点ってやつもだよ。それに沼地だってそうさ、熱病でくたばるのがオチだろうに」「そうですね、あなたのご指摘はたぶん的を射てますよ、でもそれがすべてじゃないし、たんなるスポーツってわけじゃありません。そう、それだけじゃとてもすべてとは言い難い。だってそのほかにもまだ――どう言ったらいいのか――その土地への愛

147　一露里（約一・〇六七キロメートル）を一インチに縮尺した地図。四万二千分の一に相当。

着や優しさ、かなり不可解な感情が無数にあるんですから」フランス人は目を丸くして身を乗り出し、マルティンの膝を軽く叩いた。「おれをからかってるってわけかね？」男は穏やかに言った。「いや、まさか、全然そんなことありませんよ」「もういいさ」上体を元の場所にどっかりと落ち着けて男は言った。「サハラ砂漠を走り回るにはあんたはまだ若すぎるよ。よかったら電気を消して寝ようじゃないか」

XXXVIII

真っ暗になった。フランス人はほとんど瞬時に鼾をたてはじめた。『でもこの男はぼくが英国人だって信じたんだしな。こうやってぼくは北に向かって行くわけだ、こんなふうに——汽車に乗って行くんだけれど、それは止めようがないし——それにそのあとは、そのあとは……』マルティンは森の小径をそろそろと歩きだし、その小径はどこまでもくねくねと曲がりくねっていたのだが、眠りはこちらに向かって歩いては来なかった。マルティンは目を開いた。窓枠を押し下げて開けてみたらさぞ気持ちいいだろうな。暖かな夜の風が顔に吹きつけ、マルティンは眼を皿のようにして顔を突き出してみたのだけれど、見えない埃みたいなものが瞳のなかに飛び込んできて真夜中の疾走に目がくらまされ、顔を引っ込めた。真っ暗な車室に咳が響いた。「すまんが、どうか勘弁してくれないかね」不満そうな声が聞こえた。「お星さまにじかに見られて寝るなんてまっぴらごめんさ。さあ、閉めてくれないかね」「ご自分でお閉めなさい」マルティンはそう言うと、明かりのついた廊下に出て、並んだ客室の横を歩きだしたが、そこにはきっと、眠りこけた庶民たちの身体が頼りなげに、服も脱ぎかけのままおさまっていて、寝息やため息、魚みたいに開いた唇、俯《うつむ》いていたかと思うと不意に持ちあがる頭、そしてその鼻先には他人の踵が突き出ているのだろう。デッキからデッキへ、ぎしぎしと軋む鉄板の上を渡りながら、マルティンは三等車の二つの車両を通り抜けた。扉が開いている車室もいくつかあって、そのひとつでは水色の軍服の兵士たちが騒々しくカード遊びに興じていた。その先の寝台車の廊下の窓が半ば降ろされて開いているところで立ち止まると、ふと、手に取るようにまざまざと蘇ってきたのが、子供の頃南仏を旅したときの記憶で、そう、あの窓辺の跳ね上げ式の椅子や、垂れさがった布のベルトでもって列車を運転しているつもりになって遊んだこと、それに三か国語で書かれた警告——なかでも「ペリコローソ[148]」——の惚れ惚れするような抑揚も……。マルティンは思った――自分の人生は何とも奇妙な巡り合わせになってしまったものだ――マルティンには、自分は一度も急行列車から降りたことがなくて、ただある車両から別の車両へとぶらぶらしているだけのように思え、ある車両では英国人の若者たちやらダーウィンやらが非常ブレーキのレバーを神妙な面持ちで握りしめているし、別の車両にはアーラとその夫や、さもなきゃクリミアにいたときの友達だとか、鼾をかいているハインリヒおじさん、あるいはジラーノフ家の人たちがいて、ミハイル・プラトーノヴィチは新聞を読み、ソーニャは虚ろな目つきで窓の外をじっと見つめているのだった。「そのあとは歩きだ、歩きで行くんだ」興奮気味でマルティンはそう口にした――森があって、そこに曲がりくねった小径が通っている……どれもまあ巨木ばかりだ！　それにこっちの寝台車にはきっと子供時代のマルティンが乗車していて、揺さぶられながら革製のブラインドのボタンをはずしているところだろうし、その先に行けばそこは食堂車で、父と母が食事をしており――テーブルには菫色の包み紙に入ったチョコレートのインゴットが置いてあるし、折り戸の上にしつらえられたプロペラ型の換気扇は、百花繚乱《ひゃっかりょうらん》の広告に取り囲まれて陽炎《かげろう》みたいにゆらめいている。そしてふとマルティンは気づいたのだが、窓の外には子供の頃に見たあの光景があった――はるか遠く、黒々とした丘陵地のはざまにちらつく街の灯だ。ちょうどだれかがそれを手のひらから手のひらへぱらぱらと移し替えてポケットにしまうところだった。それを眺めているあいだにも列車は速度を緩め――そのときマルティンはだれに言うともなしにこう口にしたのだ、もし今駅に停車したら、その場で列車を降りて、そのまままっすぐ明かりの見えるほうに歩いていっちまうだろうな、と。まさにその通りになった。プラットホームがゆったりと近寄ってきて、月みたいな時計の文字盤が現れ、列車が「シューッ……」とため息をついて止まった。マルティンは大急ぎで元の車両に取って返したが車室が見当たらず、よそ様の寝息が響く真っ暗闇に二度も首を突っ込んだあげくようやく探しあて、無遠慮に明かりをつけたので、席にいたフランス人はゆっくりと身を起こして、拳で目をこすった。マルティンはスーツケースを引っぱり出し、本をポケットに突っ込んだ――とにかく尋常じゃない慌てぶりだった。もう列車が静かに動き出していたことにも気づいておらず、そのおかげで、つるつるしたプラットホームに飛び降りたとき

148 イタリア語で「危険」の意。

に危うく転びそうになった。窓がぞろぞろと通り過ぎていき、するともう——列車は影も形もなく、空《から》のレールだけがあとに残されていて、石炭の火の粉が枕木のあいだにきらめいているのだった。

マルティンが深呼吸してプラットホームを歩き出すと、手押し車で《Fragile《フラジル》》と書かれた箱を運んでいたポーターが、南仏特有の金属的なイントネーションで陽気に話しかけてきた。「よく乗り過ごさずに起きられましたね」「ところで」マルティンはにわかに聞いてみたくなったのだ。「その箱には何が入ってるんですか?」ポーターは箱に目をやったが、それはまるで、はじめて箱があるのに気づいたといった感じだった。「自然科学博物館」ポーターは宛先を読みあげた。「なるほどね、きっと標本ですね」マルティンはそう口にすると、テーブルがいくつか入り口の前に並んだ照明の薄暗いビュッフェのほうに足を向けた。

その場の空気にはビロードのような温もりがあった。ガス灯が白っぽい光を放って燃え、そのまわりを舞っていた褪めた色をした羽虫たちのなかに、一匹だけ黒っぽい大きな翅《はね》に灰色の裏地つきの蛾が混じっていた。壁を飾っていたのは一サージェン[約二・一三四メートル]ほどもある国防省のポスターで、若者たちを軍務という魅惑的な世界に誘い込もうと躍起になっているのだった――前景には見るからに勇猛果敢なフランス軍兵士が描かれ、その背後には、ナツメヤシの葉や駱駝《らくだ》、長衣《ブルヌース》を着たアラブ人、そして隅っこにはチャルシャフ[149]姿のふくよかな二人の女も見える。

プラットホームには人影がなかった。少しばかり離れた場所に立っている鶏小屋のなかでは雄鶏たちが眠りこけていた。レールが見えなくなるその彼岸には、低木の茂みが黒々とした翳をなしている。あたりには石炭や杜松《ねず》の木の香り、尿の匂いが漂っていた。ビュッフェのなかから浅黒い肌の老婆が出てきて、マルティンはアペリティフを注文したのだけれど、その素敵な名前はある広告のなかに読みとったものなのだ。しばらくすると全身青ずくめの労働者が隣のテーブルに座り、頬杖をつくと居眠りし始めた。「ちょっと教えてほしいんですが」マルティンは老婆に言った。「ここに向かってる途中、街の明かりが見えたんですけれど」「どこ？　あっちのほうかしら？」汽車がやってきた方角に手を伸ばして老婆が聞き返した。マルティンは頷いた。「それはモリニヤック以外にはありえないわね」老婆は言った。「そう、モリニヤックよ。小さ

149　イスラム教徒の女性がまとう全身を被う黒い衣装。

な村だわ」マルティンは金を払うと出口に向かった。闇に包まれた駅前広場、プラタナスの木々、さらにその先には――青みがかった家々、幅の狭い道。すでにその道を歩き出したところではっとしたのだが、プラットホームから見える駅名の看板を見落としてしまい、偶然降りるはめになったこの町の名も今となっては知りようがないのだった。そのことも心地よい緊張感をもたらしてくれた。わかったもんじゃないさ――もしかしたら、ここはもう国境線の向こう側かもしれないんだからな……こんな夜更けに、場所さえもあやふやなところで……今にも呼び止められるかもしれないのだから……。

XXXIX

翌朝になって目覚めてからも、マルティンは前日のことがうまく思い出せずにいた――目が覚めたのも、蠅どもが顔をくすぐったせいだった。ベッドはそれはもうふかふかで、禁欲的な感じの洗面台のそばには、ヴァイオリン形の便器があり、熱を帯びた青い光が明るい色のカーテンに息づいていた。こんなにぐっすりと眠れたのはひさしぶりだったし、こんなに腹が減ったのもひさしぶりのことだったのだ。カーテンをめくると、目の前には眩い白い壁一面にけばけばしいポスターが貼られ、ちょっと左のほうには商店の縞模様の日除《ひよ》けが連なり、まだら模様の犬が後ろ足で耳を掻いていて、歩道と道路のあいだをきらきらと水が流れていた。

……ベルが二階建てのホテル全体にものすごい音で響き渡ると、威勢のいい足音を立てて姿を見せたのは、瞳の色は明るいが薄汚れた身なりのメイドだった。マルティンはたくさんのパンとたくさんのバターと大量のコーヒーを持って来るように言い、メイドが何もかも運んでくると、モリニヤックにはどう行ったらいいのかと聞いた。このメイドがまたおしゃべりなうえにやたらと詮索好きだったのだ。マルティンはそれとなく、自分はドイツ人なのだとほのめかしてみた——ここに来たのは博物館の依頼で昆虫採集をするためなのだと言ってみたのだけれど、そのときメイドはじっと何かを考えるように壁を見つめていて、その壁には不審な赤茶けた斑点がついていた。だんだんとわかってきたのだが、ひと月後か、もしかするともっと早くにこの町とモリニヤックを結ぶバス路線が開通するはずなのだ。「てことは、歩くしかないんだね？」マルティンはそう尋ねた。「十五キロもありますよ」恐れをなしてメイドが声をあげた。「本気ですか？　それもこんな暑いときにだなんて……」

看板の上に三色《トリコロール》に塗った煙突が突き出た煙草屋でこの地方の地図を買い求めると、マルティンは狭い通りの陽当たりのいい側を歩き出し、すぐに気づいたのだが、襟を開いた無帽の自分の姿がおおいに衆目を集めているのだった。この小さな町は真っ白に照り映え、光と翳のコントラストがじつに鮮やかで、やたらと菓子屋ばかりが目につくのだった。家々は互いに折り重なってわきへと退き、街道には巨大なプラタナスが両側に植わっていて、緑色の幹には肌色の唐草模様が入っているのだけれど、その道は葡萄畑のそばを通っているのだった。ごくまれに石工連中や子供たち、黒い麦藁帽子の女たちとすれちがうと——食い入るようにじろじろ見つめてくるのだ。マルティンは、将来役に立ちそうな実験をやってみようと急に思いついた。つまり隠密に行動しようというのである——黒い目隠しをした驢馬《ろば》に繋がれた馬車だとか、埃だらけでガタがきた自動車がもし遠くに見えたら、側溝を飛び越えて、黒苺の茂みに身をひそめるのだ。二露里［約二一三四メートル］ほど進んだところでマルティンは完全に街道をはずれ、道と平行になった丘の斜面に分け入っていき、そこでは樫の木やきらきらした銀盃花《ミルテ》、榎《えのき》の大木などが姿を隠してくれるのだった。陽光はじりじりと焼けるように照りつけ、蟬《せみ》しぐれはかまびすしく、香ばしい草いきれがむんむんと立ち込めていたため、しまいにはマルティンはへとへとになって日陰に座り込み、冷たくべとべとする首筋をハンカチで拭った。地図を眺めて確信したのだが、五キロほど行くと道は輪でも作るみたいにくるっと曲がっているので、ヒトツバエニシダの花で黄色く染まったあちらの高台を通って東に向かえば、またこの道に出られるはずだ。そっちのほうに向かって進んで行くと、実際白い蛇のような道が見えたので、ふたたびその道に沿って草のいい香りのする茂みのなかを歩き出し、地形をきちんと把握できる力があるのにすっかり得意になっていた。

ふと涼しげな水の音を耳にすると、この世にはこの音楽に勝るものはないなと思うのだった。木の葉のトンネルのなかで、平らな岩の上を震えるように水が流れていた。マルティンは膝をついて座り、喉を潤すと深く息をついた。それから煙草に火をつけた。燐《りん》のマッチから口元に甘ったるい味覚が伝わってきたが、マッチの火はこのひどい炎暑のなかでほとんど見えもしない。石の上に腰かけて水の流れる音に耳を傾けながら、マルティンは旅ならではののんびりとした気分にすっかり浸りきっていた――どことも知れず流浪の身となって、この何とも妙《たえ》なる世界にただひとり身をおいているのだが、世界のほうではこちらのことなどまったく眼中にもないのだった——宙には蝶たちが舞い、石の上をとかげどもがすばしこく駆けまわり、木の葉が燦々と輝くさまは、ロシアの森やアフリカの森で木の葉が輝くさまと変わらなかった。

マルティンがモリニヤックに着いたのは、もう正午をかなりまわってからのことだった。まさにこれが、すでに子供時代から自分を呼び招いていたあの明かりの灯っていた場所だというわけだ。静かで猛烈に暑い。狭い歩道のわきを駆け抜けていく節くれだった水流を透かして、色とりどりに染まった川床が見えた——割れた食器の破片みたいだ。砂利や温まった歩道には、臆病そうで白っぽくて、恐ろしく痩せこけた犬たちが寝そべっていた。こぢんまりした広場には記念像があって、女性の顔に翼をそなえ、旗を掲げている。

マルティンはまず手始めに郵便局に立ち寄ったが、そこは涼しくて薄暗く、いかにも眠たげだった。その場所で母に葉書を書いたが、そのあいだずっと蠅がブンブンと鋭い唸りをあげていて、見ると窓敷居で蜂蜜みたいに黄色い葉っぱに足を一本絡ませていたのだった。この葉書から、ソフィア・ドミトリエヴナの箪笥にしまってある手紙の束は新しいものになっていた——最後の束のひとつ前だった。

XL

モリニヤックに一軒しかない宿屋の女将にも、さらに後には、この女将の弟というのがワインと多血症のせいで顔が紫になった農場主だったのだけれど、すっかり無一文になってしまった関係で一週間後にはこの弟に出稼ぎとして雇われるはめになったマルティンは、この弟にも、自分はスイス人で（それはパスポートが証明してくれた）、もう長いことあちこち渡り歩いては、その場で仕事をしているのだと話した。こんなふうにして、もう三度も国を偽って、信じやすい土地の人たちを試しながら、身分を隠して暮らす練習をしているわけだった。自分が遠い北国の生まれだということは、もうずっと以前から、うっとりするような秘密のニュアンスを帯びるようになっていた。海の向こうから来た気ままな客人とでもいう風情で、異教の地のバザールをうろついてまわるようなものだ——何から何まで面白くて胸躍るのだけれど、どこにいようと、自分は選ばれた者なのだという驚くべき感覚は何によっても弱まることはなかった。言葉にしても、概念やイメージにしても、ロシアが創り出したそれは、よその国では見られないもので――だから、他国の人間に「オスコーミナ」[150]だとか「ポーシロスチ」[151]とは何なのか説明しようとすると、しどろもどろになってしまったり、神経質に吹きだしてしまったりすることが多かった。英国人のチェーホフ好きやドイツ人のドストエフスキイ好きには自尊心をくすぐられるのだった。かつてケンブリッジで、一八六〇年代にこの地で出ていた雑誌のある号に、「A・ジェームソン」とそっけなく署名された詩が載っているのに出くわしたことがある。「私はひとり道を行く／砂利多きその道ははるか彼方へと続き／夜は静まり石は冷たく／星は星と語らう」[152]ときに、ある歌をじつに達者に編曲しているのだけれど、その節回しがロシアの酒場では憂い顔の酔っ払いどもをめろめろにしていたなどとは知る由もない手回しオルガンの音が、ベルリンのアパートで中庭の奥底から響いてくることがあって、そんなときには妙に物思わしい気分にすっぽり被われてしまう。音楽か……。マルティンが残念だったのは、いまだに耳に残っているあの音を舌にのせて歌おうとすると、体のなかから番人みたいなやつがしゃしゃり出てきて邪魔することだった。それでも、プロヴァンスのさくらんぼの樹の枝に登って農作業の最中にイタリアから来た若い出稼ぎ労働者たちが声を張りあげているのを聞くと、マルティンだって、かすれた声だが威勢はよく、それはもう驚異的な音のはずしようで何か自己流に唸ってみせるのだが、それはクリミアでピクニックをした夜に、ザリャンスキイのバリトンが合唱の声にかき消されそうになりながら、小ぶりの酒杯だの七絃の親しき女[153]だのよその国のよそよそしい将校さんだのの歌をうたったあのときと同じ旋律なのだった。

下を見おろせば彼方では牧草が風にそよぎ、上からは青々とした空が熱気を帯びて覆いかぶさってきて、頰っぺたのすぐそばでは、銀色の葉脈が走る木の葉がさらさらと音を立て、大きな枝に掛けられた防水布の籠《かご》はしだいに重さを増し、大粒の黒くてつやつやしたさくらんぼの実でいっぱいになっていくのだが、それをマルティンは軸のところから力一杯もぎ取るのだった。さくらんぼの収穫が終わった頃にはもうつぎの作物が採り入れの時期になり、杏子《あんず》の実は太陽をいっぱいに吸い込んではちきれそうだし、それに桃は手のひらで優しく包むようにして採らないと、痣ができてしまう

150　元は「酸味」「渋味」の意だが、「嫌になる」「あきれる」といった熟語で使われる。
151　「俗悪さ」「下品さ」「月並み」などを意味するロシア語。
152　一九世紀ロシアの詩人レールモントフの著名な詩「私はひとり道に出る……」の翻案。
153　一九世紀ロシアの詩人アポロン・グリゴーリエフの詩による当時ポピュラーな歌曲の歌詞。

のだった。仕事はまだほかにもあった。上半身裸になって、背中はもうテラコッタなみの色艶で、玉蜀黍《とうもろこし》の苗木に御奉公とばかりせっせと土を耕しては盛り上げ、狡猾でしぶとい雑草を鍬《くわ》の歯先で叩き斬ったり、林檎や梨の木の新芽の上に何時間も屈み込んで枝切鋏《えだきりばさみ》をしゃきしゃきいわせたりした——それはもうとびっきり楽しかったのは、農場の貯水池から苗床へと水を引いたときのことで、そこでは鶴嘴《つるはし》で掘った溝が互いにつながっていて、若木の根元につけられたくぼみへと通じている。放流された水は、陽光にきらめきながら苗床全体に広がって、生きものみたいに歩を進め、止まってしまうところがあるかと思えば、まるで道を手さぐりするかのようにしてさらに先へと走り出す場所もあって、マルティンはときおり牛蒡のちっぽけな花を覆っている棘に顔を顰《しか》めながら、ねっとりとした藤色の泥にくるぶしまで浸かってねちゃねちゃ音をさせ——こっちでは鉄の板を勢いよく突き立てて水をさえぎり、またあっちではその逆に水の流れが通り抜けられるように助けてやって——それからぴちゃぴちゃと歩いて若木の根元に掘られたくぼみのところに来る。くぼみは泡立った茶色い水で満たされていて、そのなかをシャベルでまさぐって優しく慈しむように土をやわらかくほぐすと、感触が何だかすっと軽くなって水が土のなかに吸い込まれ、恵みゆたかに根を潤していく。マルティンは草木の渇きを癒すことができて幸せだったし、自分にはそれなりに機転も利けばスタミナもあることを確かめられるような労働が偶然のおかげで見つかったことも幸せだった。他の労働者と納屋でいっしょに暮らし、連中と同じようにひと晩でワインを一リットル半も飲んで、この連中に劣ったところなんか——いつのまにかやつらが生やしている金色の顎鬚をのぞけば——何ひとつないってことにスポーツ選手ばりの喜びを見出していた。

夜にはいつもきまって、雑魚寝のまえに煙草を喫いに外へ出て、しばらく夢想に耽るために農場の外にあるコルクの林に行く。どこかさして遠くないところで小夜鳴き鳥がとぎれとぎれに艶っぽい口笛を響かせ、貯水池からはもう、ゴム質の押し殺したようなカエルたちの唸り声が聞こえていた。あたりの空気はほんのりと霞んでいて、まだ黄昏というわけではないが、といってもう昼間でもなく、オリーブの段々畑も、彼方に広がる神話の舞台のような丘の連なりも、小山のてっぺんにぽつんと伸びた一本松も、何もかもがほんのわずかに立体感を失って茫然とした表情を見せ、光の消えた空がどこまでも一様にせり出してきてあたりを朦朧とさせてくるので、活気を与えてくれる星たちの姿がちょっとでも早く空を透かして現れないものかと心待ちにしていたくなるのだった。闇がその濃さをいや増して、黒々とした丘の上にはもう星の光がまたたき、農場の建物の窓に明かりが灯って、もうしばらくすると――あたり一面すっかり闇に包まれるのだが、はるか遠くの果てしない暗黒のなかを、体節を煌々と輝かせた列車がガタゴトと音をさせながら這い進んで行き、忽然《こつぜん》と姿を消すのを見るたびに、マルティンはさも満足そうに自分に言い聞かせるのだ、あの列車から眺めたなら、この農場やモリニヤックが、魅惑に満ちたひと掬《すく》いの明かりの塊に見えるのだ、と。この明かりの招きに応じて、静けさをたたえたそのすばらしい本質を発見できたことが嬉しかったのだ――そして、ある日曜の晩にマルティンは、急峻な葡萄畑にまわりを囲まれた小さな白い家にばったり出くわしたのだが、斜めにかしいだ杭に「売家」の札がかかっているのに気づいた。実際のところ――危険で無茶な計画なんぞ放り出してしまったほうがいいんじゃないか、情け容赦のないズーアランドの夜を覗き込んでみたいなんていう望みはあきらめたほうがよくはないか、若い嫁さんでももらって、まさにこういう場所に、働き者の主《あるじ》が現れるのを心待ちにしている肥沃な土地の突端にでも移り住んでみたらどうだろう。そうさ、決めなくちゃいけないんだ――時は過ぎていき、国境を越える日と思い定めた暗い秋の夜が近づいてきていて、マルティンはもう十分に休息をとって気持ちも落ち着き、どんな人物のふりだってやってのける自信があったし、うろたえることもけっしてなく、どこであろうと常にそのときの状況に合わせて生きることだってできるのだ……。

そこで、運試しにマルティンはソーニャに手紙を書いた。返事はすぐに来て、それを読むとマルティンはほっとため息を吐《つ》いた。「どうか私を苦しめないでちょうだい」ソーニャは書いていた。「お願い、もうたくさんよ。私はあなたの妻にはならないわ。それに葡萄畑も暑いのも蛇もまっぴらごめんなの、なかでも大蒜《にんにく》はね。私のことはもうきっぱりあきらめてよ、友達のよしみでね、どうかお願いよ」

まさにその同じ日、マルティンはバスで街に出て金色の顎鬚を剃り落とし、ホテルに預けていた旅行鞄を受け取ると駅に向かった。まったく同じテーブルに、まったく同じ労働者が頭を手にもたせかけたまま眠りこけていた。明かりが灯って、蝙蝠《こうもり》たちがひらひらと舞い、緑がかった空はすっかり色褪せていた。「さらば、さらば」――歌でもうたうようなこんな節回しがふと思い浮かんできたのは、もう震えだしたレールのはるか向こうにぼさぼさ頭をのぞかせている杜松の樹や腕木信号、それに手押し車の黒い影を押している黒い人影を眺めていたときだった。

飛び込んできた夜行列車は一分もするとまた動き出し、その刹那、飛び降りたい、何不自由のない、おとぎ話みたいなあの農場にもどりたいという思いに胸が疼いた。だが駅はとうに暗闇のなかに掻き消えていた。マルティンは窓の外に目をこらし、モリニヤックの街の灯が見えてくるのを待ち受けていたが、それは街の灯に別れを告げるためだった。あれだ、はるか向こうに点々と明かりが灯っている――それはなんとも言えない素晴らしさで、何だか信じがたいほどなのだ……。「すみません」マルティンは車掌に聞いた。「あそこに見える明かりですが、あれはモリニヤックですか?」「どの明かりです?」車掌は聞き返して窓を覗き込んだ――が、ちょうどそのとき不意にせり出してきた斜面に遮られて何も見えなくなってしまった。「どっちにしてもモリニヤックじゃないですよ」車掌は言った。「モリニヤックはここからは見えませんからね」

XLI

スイス国境で『国外の言葉《ザルベージノエ・スローヴォ》』紙を買い求めたマルティンが思わずその目を疑っ

たのは、下段のコラム欄の表題に「ズーアランド」と大きな活字が躍っているのが目に入ったからだった。署名は「S・ブブノフ」とある。それは惚れ惚れするような見事な言葉で綴られたごく短い物語で、批評家たちなら「空想物語風」とでも評するような類のものだったが、マルティンが（まるでとんでもない非礼な真似でもされたかのように）打ちのめされてひどくショックを受けたのは、そのなかにソーニャと二人で語り合った内容の大半が書かれているのがわかったからで――しかもまたそれが何から何まですっかり、赤の他人の、つまりブブノフ流の想像力でもって変な照明の当てられ方をしていたのだ。『それにしてもソーニャのやつ、よくも裏切ったな』そんなことを思ったマルティンは、以前ブブノフとソーニャが腕を組んで暗い夜道を歩いていたのを目撃したものの、あくる日にソーニャがヴェレテンニコワと映画に出かけたなどと言ったものだから、あれは人違いだったんだと自分を説き伏せたことをふと思い出して、どうにもやり場のない嫉妬に激しく身を焦がした。

大きな包みやら行李やら図体の大きな女たちと一緒に乗り合いバス《シャラバン》に揺られて、おじさんの家から歩いて十分ほどの距離にある村に着いたときには霧雨が煙っていて、山々はやっと下半分が見えるだけだった。ソフィア・ドミトリエヴナには、近々息子が帰ってくるにちがいないとわかっていた——電報が来るのをもう三日も心待ちにしていて、車で駅に迎えに行くんだと思うとわくわくするのだった。客間で刺繍《ししゅう》をしていると、庭のほうで気持ち低めな息子の声がして、丸みはあるが聞き取りづらいあの笑い声が響いたが、久方ぶりにひょっこり姿を現したときに、息子はよくそんな笑い方をしたものだった。すっかり顔を真っ赤に染めたマリーが一緒に並んで横を歩きながら、スーツケースをマルティンの手からもぎ取ろうとしていたのだけれど、そのたびにマルティンは歩いたままそれを片方の手からもう片方へと持ち替えてしまうのだった。息子の顔は赤銅みたいに黒く焼けていたが瞳はきらめきを放ち、その身体からは焦げ臭い煙草の匂いや湿気を吸ったジャケットのウールの香り、それに汽車の匂いがじつにみごとに香り立った。「もうずっとここにいられるんでしょう、ずっとここに」母はあまりの嬉しさに声を詰まらせながら何度もそう言った。「まあそんなところだね」マルティンはしっかりそう答えた。「ただね、もう二週間ぐらいしたら用事でベルリンに出なくちゃならないんだけど——またすぐ戻って来るさ」「まあ、今さら用事だなんて、すぐじゃなくたっていいでしょうに！」母は嘆声をあげた。ハインリヒおじさんは朝食のあと自室で休んでいたのだけれど、目を覚まして話し声が聞こえると、あわてて靴を履いて下に降りてきた。

「放蕩息子《ほうとう》よ」入ってくるなりおじさんは言った。「また会えて本当に嬉しいぞ」マルティンはおじさんの頬に自分の頬を触れ、二人は同時に宙で唇をチュッと鳴らしたが、それが二人のきまった挨拶だった。「きっと——しばらくはいられるんだろうね?」おじさんは顔を見つめたままそう尋ね、手さぐりで椅子の背をつかんで腰掛けると無造作に足を広げた。「まあそんなところだよ」ハムを口に入れたままマルティンは答えた。「ただね、もう二週間ぐらいしたら用事でベルリンに出なくちゃならないんだけど——またすぐ戻って来るから」「戻ってきやしないくせに」ソフィア・ドミトリエヴナが笑いながら言った。「あなたのことはお見通しなんだから。さあ、すっかり話してちょうだいな、いったいどうだったのかしら。まさか本当に畑を耕したり、草刈りやら乳搾りやらしてたっていうの?」「乳搾りはなかなか楽しいよ」マルティンはそう言うと、二本の指を広げてそのやり方を披露してみせた(ちょうどこの牛の乳搾りこそまさに、モリニヤックでは従事する機会に恵まれなかったものにほかならず——それは名前が同じマルタン・ロックという男の役目だったのだ——だからどうにも解せないのは、どうしてマルティンがこの話を初っ端に持ってきたのかということで、本物の体験談なら他にいくらだって話せたはずなのだ)。

翌朝、連なる山々を眺めて、マルティンはまたしても例のいささかむせび泣くような調子の「さらば、さらば」という一節を思い浮かべたものの、すぐさまそんな自分のケチくさい小心さを呪ったが、そんなときソフィア・ドミトリエヴナが手紙を持って入ってきて、部屋の敷居を跨《また》いだとたんにもう――ソーニャかと期待させる隙を息子に与えないように――威勢よく言った。「あなたのダーウィンからよ。昨日渡すのを忘れてたわ」一行目からもうマルティンは声も立てずに笑い出した。ダーウィンの手紙には、英国人の素敵な女性と結婚すること、その女性とはナイアガラのホテルで知り合ったこと、いろんな場所を飛びまわっていること、一週間後にベルリンに行くことが書いてあった。「ダーウィンをこっちに呼べばいいじゃない」ソフィア・ドミトリエヴナが活気づいてそう言った。「そのほうが簡単でしょう?」「だめだめ、言ったじゃないか、あっちに行かないとだめなんだよ、それで万事うまくおさまるんだから……」

「ねえマルティン」ソフィア・ドミトリエヴナはそう言い出しはしたものの口ごもってしまった。「どうしたの?」マルティンは笑いながら聞いた。「あっちではどんな調子なの——言ってることはわかるわよね……あなたはもしかして、もう婚約しちゃったのかしら？」マルティンは目を細めて笑っていたけれど何も答えなかった。「あの人のことは大好きになれると思う」静かだが厳かな声でソフィア・ドミトリエヴナはそう口にした。「その辺を歩こうよ、すごくいい天気だしね」そう言ってマルティンは話題を変えるふうを装った。「あなたは行けばいいわ」母は答えた。「私ったら馬鹿よね、今日はちょうどドルゥエさんのところの老夫婦をお呼びしちゃったのよ、あの人たちにお断りの電話なんか入れたら、心臓発作で死んじゃうわ」

庭ではハインリヒおじさんが林檎の木の幹にちょっとした梯子を立てかけているところで、それが終わると今度は並はずれた用心深さを発揮しながら三段目に上った。井戸のそばにきらきらする水がいっぱいのバケツを置いたままマリーが手を腰に当てて立ちつくし、どこかあらぬほうをじっと眺めていた。マリーはここ数年でだいぶ肉付きがよくなっていたものの、それでもなお今この瞬間、陽射しが剝き出しの首筋を、ワンピースの生地の上を、硬く巻きつけられたおさげ髪を明るく染めている姿を目にすると、ほんの束の間に抱いたあの恋心が思い出されるのだった。マリーがすばやくこちらを振り向いた。丸々太って間が抜けた顔つきだった。

XLII

弾むような足どりで小径を歩いていくと、黒々とした樅の林のあちらこちらに幹の細い白樺が黄色っぽい表皮をつやつや輝かせていて、するとマルティンは期待に胸がわくわくしてくるのだが、まさにこんなふうになかまで陽が射し込んでくる秋の森林の奥深くでは、ピンと張った蜘蛛の巣がふりそそぐ光をうけて照り映え、アカバナが水はけの悪い窪地に密生し――かと思えばいきなり目の前が明るくなって、その先は――森が開けて荒地になり、秋の野が広がって、丘の上にはずんぐりした小さな白い教会が見えるのだけれど、そのまわりに放牧されている何軒かの丸太小屋たちは、今にもてんで勝手な方角に逃げてしまいそうだったし、丘を囲むように大きくカーブした明るい川面には、巻き毛みたいな模様が映り込んでいた。黒い針葉樹林を透かしてアルプスの山肌が垣間見えたときにはほとんどはっとさえした。

そこでマルティンが思い至ったのは、出発までには胸につかえている事柄に決着をつけなくちゃならないということだった。慌てることなく黙々と斜面を登り、灰色の割れた岩がごろごろしているところまでたどり着くと、急勾配になった岩肌をよじ登って平らな場所に行き着いたが、そこから斜面を伝って向こう側に回り込むと、例のあの岩棚に出られるのだ。ためらうこともなく心が命じるまま、それに従わないことなど思いもよらないので、マルティンは身体を横にして幅の狭いせり出しの上を進み、行き止まりまで来ると肩越しに振り向き、その瞬間、燦々とした陽光にあふれた谷底が目に入り、その奥底には——陶器みたいに見えるホテルの建物があった。「どうだ、やれるもんならやってみろ」マルティンはホテルに向かってそう言うと、くらくらするのにもめげず、左側の元来たほうに動いて——もう一度立ち止まると、度胸試しにズボンの尻のポケットからシガレットケースを取り出して火をつけようとした。胸だけを岩肌につけて両手はともに離していた瞬間もあって、そんなときには、背後で谷底がぴんと張りつめた感じになり、ふくらはぎや肩が引っぱられるような気がするのだった。火をつけなかったのはただマッチの箱を取り落としたためだったのだが、心底ぞっとさせられたことには、地面に当たった音がいっこうに聞こえてこず、せり出した足場の上をふたたび進みはじめたときにも、マッチ箱はまだ落ちている最中なんじゃないかと思えるのだった。首尾よく平らな場所まで戻ると、マルティンは嬉しさのあまり喉をくくっと鳴らし、これで義務は果たしたんだという確固たる意識とともに、またしても黙々と斜面を降りはじめ、目的の山道を見つけると、白いホテルに向かって下って行った——この顛末にかんして、ホテルがいったい何を語ってくれるのかを確かめるためだ。そこでは、テニスコートのそばの庭園のベンチにワレンチーナ・リヴォーヴナが白いズボンの紳士と並んで座っているのが目に入ったけれど、こちらに気づかなければいいがと願った——山の上から持ち帰ったばかりのこの貴重なものがあまりにもすばやく掻き消されてしまうのが心残りだったのだ。「マルティン・セルゲーイチ」ワレンチーナは大きな声をあげ、マルティンは満面の笑みを作るとそばにやってきた。「エーデルワイス先生の息子さんよ」ワレンチーナ・リヴォーヴナが白ズボンの紳士に言った。その男は立ち上がり、カンカン帽《キャノチエ》を取って肘を後ろに引き、狙いを定めると一気に手のひらを前に突き出し、マルティンの手をぎゅっと握った。「グルジノフです」男は小声でそう言ったが、まるで秘密でも打ち明けているようだった。

「こちらへは長くご滞在？」ワレンチーナ・リヴォーヴナがにっこり笑って尋ね、産毛の生えた上唇で大きな薔薇色の前歯をすばやく隠した。「まあ、そんなところです」マルティンは言った。「ただ、ちょっとばかりベルリンに行く用事があるんですよ、済んだらまた戻りますがね」「マルティン……セルゲーエヴィチですか？」グルジノフ氏が小さな声で問いかけ、マルティンがそうだと答えるとまぶたを閉じて、その名と父称をもう一度心の中でくりかえした。「それにしてもあなたはまた……」ワレンチーナ・リヴォーヴナはそう口にすると、美しいその手を壺の形でもなぞるように動かした。「ごもっともです」マルティンは答えた。「南仏の農場で出稼ぎ労働をやっていたんです。あちらの暮らしときたらじつにのんびりしてましてね、自然と肉が付かざるを得ないんですよ」グルジノフ氏は二本の指で口の隅に触れ、そのとき、頬にかすかに桃色みが差して練ったら飴菓子でも作れそうな善良そうでさっぱりと若々しいその顔に、ほんの少し女性的な表情が現れた。「そうだ、思い出したよ」グルジノフ氏は言った。「クルグロフって名前だったな、トルコ人の女と結婚しているんだよ」（「あら、どうぞお座りになって」ワレンチーナ・リヴォーヴナがあわててそう言うと、腰を二度浮かせて、香水の香りのきついしなやかなその身体を横にずらした――ベンチにマルティンの場所を空けるためだ）「あの男はちょうど南仏に開墾地を持ってたはずだよ」グルジノフ氏はさらに考えを進めた。「それにたぶん街にジャスミンを卸しているはずだ。あなたはどちらにいらっしゃったんですか――やっぱり香水原料の栽培農家でしょうか?」マルティンは答えを言った。「ああやっぱり」グルジノフ氏は調子を合わせた。「どこかその近くだな。まあもしかしたら違うかもしれないがね。あなたはその、ベルリン大学の学生さんなのですか」「いいえ、ケンブリッジを出ました」「そりゃじつに興味深いな」グルジノフ氏は重みのある物言いをした。「あそこにはローマ時代の水道がまだ残っているんだよ」妻に向かってグルジノフ氏はそう続けた。「ねえ君、考えてもごらんよ、ローマ人たちはね、故郷から遠く離れた異国の地に居を定めてみてさ――気がついたんだな、こいつは具合がいいぞ、何かと便利だし、王侯貴族並みの暮らしぶりだってね」ケンブリッジではマルティンは特にどんなローマ水道も目にしたことがなかったけれど、それでも頷いておくに越したことはないと思ったのだった。ユニークな経歴を持った並はずれた人たちといるといつもそうなのだが、心地よい興奮が感じられて、新たにこの人物と知り合ったことをどう利用するのがいちばん効果的か、早くも心のなかで算段してしまうのだ。ところがこのユーリイ・チモフェーエヴィチ・グルジノフときたら、まるで穴のなかから這い出すように自分の殻を脱ぎ捨てて、一糸まとわぬ姿で陽だまりのなかにゆったりと腰をおろしているときみたいに満ち足りた心の状態に持っていくのがそれほど楽ではなかった。ユーリイ・チモフェーエヴィチは殻を破りたいなどと願っちゃいないのだ。この男は完璧なまでに人当たりがいいのだが、それと同時に人を寄せ付けず、どんなテーマだろうが喜んで話すし、自然界の現象も人間世界の事柄も話題にのぼらせたけれど、その言葉のなかにはいつも何かこう、聞いている者がふと自問したくなるものがあるのだ――恰幅がよくがっしりした体格でござっぱりした身なりのこの紳士が、あたかも会話に参加していないかのような冷たい目をして、ひそかに自分をあざ笑っているんじゃないか、と。以前よくこの人物が話のネタになって、あえて危険に挑む性分だの、国境への潜入だの、隠密裏に仕組まれた蜂起だのが話題になっていたときには、マルティンが想像していたのはどこか居丈高で鷲のごとく精悍《せいかん》な人物像だった。それが今、ユーリイ・チモフェーエヴィチが黒いケースを二つに開いて読書用眼鏡をかけているのを見ると――それもどういうわけか至極簡素なメタルフレームの眼鏡で、年かさの労働者、折り畳み定規をポケットに突っ込んだ大工の棟梁なんかがよくかけているような代物なのだ――マルティンには、これ以外にグルジノフなんぞあり得ないという気がしてくる。この男の単純素朴さだとか、ある種の脆《もろ》さといってもいいようなところ、そのいかにも古臭いセンスの服装（フランネルの縞のチョッキ）、冗談を飛ばしたりやたらと物事に細かいところ——こういうことすべてがしっかりした外皮となり繭となっていて、どうしてもマルティンにはそれを打ち破ることができないのだ。そうは言っても、まさにこれから探検に赴こうとする矢先にこの男と巡り合ったという事実そのものが、マルティンにとってはめっぽう幸先のいいことに思えた。それがなおさら僥倖《ぎょうこう》だったのは、スイスに帰るのがあとひと月遅かったら、グルジノフ氏に会うことは叶わなかったからだ——その頃にはグルジノフ氏はもうベッサラビア[154]に行っていただろうから。

XLⅢ

散歩に出かける。滝のある場所までだ。サン・クレール。かつて隠遁者《いんとんしゃ》が暮らしていた洞窟がある。そして帰路。九月は暑くて日和もいい——朝は霧雨が降ったりもするが、昼頃までにはこの世のありとあらゆるものが陽射しをうけてやんわりと輝きだし、木々の幹はきらめきを放って、道にできた水溜《みずたま》りも青々と燃え立つし、折り重なる山も天日に焼かれて模糊とした靄から自由になっていく。前方を歩くのはソフィア・ドミトリエヴナとワレンチーナ・リヴォーヴナ、その後をついて行くのがグルジノフ氏とマルティンなのだ。グルジノフ氏は徒歩で行くのが性に合うらしく、自作のステッキをしっかりと地面に突いて歩き、景色を眺めるために立ち止まったりするのを嫌がるのだった——散歩のリズムが台無しになるというわけだ。どこかの牧場からシェパードが飛び出してきて道をふさぎ、唸りだしたことがあった。ワレンチーナ・リヴォーヴナは「まあ、怖い」と言って夫の背後に身を隠し、マルティンは母が持っていた杖を手に取ったが、その母も馬を追うときに出すのと同じ音を発して犬を威嚇《いかく》しようとしていたのだった。ただひとりグルジノフ氏だけが正しい行動をとった——地面から石を拾うようなそぶりを見せると、犬は一目散に駆け去ったのだ。もちろんどうでもいいことだけれど——しかしマルティンはそんなどうでもいいことに愛着があった。とても険しい山道にさしかかって、ステッキを持っていなかったマルティンが難儀していたときにも、グルジノフ氏はポケットからフィンランド製のナイフを取

154 現在のモルドバ共和国領にあるドニエストル川とプルート川に挟まれた地域の旧称。

り出して手頃な木を選び、正確無比なナイフさばきで杖をこしらえてくれて、なめらかで白いその杖は、まだ生木のままのすがすがしい手触りがした。やっぱりどうでもいいことだ――でもこの杖はどういうわけかロシアの香りがした。ソフィア・ドミトリエヴナもグルジノフ氏に魅力を感じていて、朝食のテーブルで、あなたも絶対にもっと親しくしたほうがいいわと夫に勧めたし、すでにいくつか伝説を持っていることも話したのだった。「そりゃまったく否定はしないさ」ハインリヒおじさんはそう答えながら、サラダに酢をかけた。「でもな、その男は冒険主義者《アヴァンチュリスト》じゃないか、私らと同じ世界の住人とは言えんよ。とはいえそうしたいのなら家に呼びなさい」マルティンには、ユーリイ・チモフェーエヴィチとハインリヒおじさんが語り合うのに耳を傾けられないのが心残りだった――機械による圧政だとか、現今の物質文化のことが話題になるだろうに。朝食が済むと、マルティンはおじさんのあとを追って書斎に入り、こう言った。「火曜日にベルリンに行くよ。おじさんに話があるんだ」「おまえはどうしたというんだね?」ハインリヒおじさんは不満気に問いかけ、目を大きく見開いて首を横に振りながらこう付け加えた。「お母さんはひどく悲しむことになるぞ――わかってるはずだろう」「出かけないわけにはいかないんだよ」マルティンは話を続けた。「やるべきことがあるんだ」「恋愛絡みなのかね？」ハインリヒおじさんの好奇心がくすぐられた。マルティンはにこりともせずに首を横に振った。「それじゃ何だね？」ハインリヒおじさんはそうつぶやくと楊枝の先を見つめたが、すでにしばらくのあいだそれで発掘作業をやっていたのだ。「お金のことなんだけど」かなりの力を込めてマルティンは言った。「金を用立ててほしいんだ。知ってるだろうけど、夏になれば結構な稼ぎ口があるからね、夏になったら返すよ」「いくらだね？」ハインリヒおじさんは尋ねたが、その顔には満足気な表情が浮かび、瞳は涙でうっすら潤んだ——自分の気前のいいところをマルティンに見せつけるのはそれこそ望むところだったからだ。「五百フラン」ハインリヒおじさんは眉を吊り上げた。「そいつは要するに、カルタ遊びの借金か何かじゃないのかね？」「気が進まないなら……」マルティンは口を開いたが、おじさんが楊枝を啜る姿を見ていると嫌でたまらなかった。相手は慌てた。「自分のルールってものがあってね」慰めるような調子でおじさんは話すのだった。「若い人にはけっして正直さを求めちゃいかんってことさ。私にだって若い頃はあったからね、若者がときおり軽率なふるまいをするものだってことはわかってるよ、それはごく当たり前のことだ。だがね、厄介事は避けるようにしないと……おや、待ちなさい、待たないか、どこに行くんだね——わかった、貸してやるから——渋ってるわけじゃないんだよ——それに返済については……」「つまりきっかり五百だね」マルティンは言った。「火曜には発つからね」

わずかにドアが開いた。「入ってもいいかしら？」ソフィア・ドミトリエヴナがか細い声で尋ねた。「二人で何をひそひそやっているの？」いささか気取った調子でそう続けながら、心配そうに息子から夫へと視線を移すのだ。「私には教えてもらえないのかな？」「そうじゃないさ、例の一件だよ——プチ兄弟のことでね」マルティンが答えた。「話は変わるが、マルティンは火曜日に出発だそうだ」ハインリヒおじさんはそう言うと、チョッキのポケットに楊枝を差し込んだ。「何ですって、そんなにすぐ？」ソフィア・ドミトリエヴナは弛緩したような声を出した。「そう、そんなにすぐにだよ、すぐったらすぐなんだ」めずらしく苛立った様子で息子はそう言うと、部屋を出て行った。「仕事もせずにぶらぶらしてるからおかしくなるんだよ」大きな音でドアが閉まるのを聞いて、ハインリヒおじさんはそんなふうに注釈した。

XLIV

もう見るのもうんざりなホテルの庭にマルティンが入っていくと、ユーリイ・チモフェーエヴィチがテニスコートのわきに立っているのが目に入ったが、そこでは二人の若者が打々発止《ちょうちょうはっし》、なかなかの好ゲームを競い合っている最中だった。「どうだね、山羊《やぎ》みたいな跳ね方だろう」グルジノフ氏が言った。「そういえばうちの村に鍛冶屋がいたんだがね、その男がラプター155を打つのがまたじつに巧みでね——鐘楼越えの球も打てるし、河の向こう岸にだって届くのさ——お茶の子さいさいだよ。やつをここに連れて来たら、こんな若造どもなんぞひねりつぶしたことだろうさ」「テニスはルールが違いますからね」マルティンがそう難癖をつけた。「あの男だったらルールなんて関係なく二人を伸《の》しちまっただろうけどね」グルジノフ氏は涼しい顔で反論した。ふっと会話が途切れた。ボールの弾む音がする。マルティンは目を細めた。「ブ

155 クリケットや野球に似た、板で球を打つロシアの伝統的な遊び。

ロンドの彼のドライブショットはなかなかのもんですよ」「笑わせるね」グルジノフ氏は言ってマルティンの肩をぽんと叩いた。そうこうするうちワレンチーナ・リヴォーヴナが太腿をしなやかに揺らしながら近寄ってきたけれど、その後知り合いの英国人の令嬢二人を見つけると、あの用心深い笑顔を見せてそちらのほうに向かって行った。「ユーリイ・チモフェーイチ」マルティンは言った。「あなたにご相談があるんです。ここだけの大事な話なのですが」「喜んで伺おうじゃないか。墓石並みに口は堅い方なんでね」マルティンはもじもじしながらあたりを見回した。「その、どう言ったらいいか……」マルティンはそう切り出した。「それじゃあ部屋に来るかね」グルジノフ氏が誘った。

ホテルの客室は狭くて薄暗く、ワレンチーナ・リヴォーヴナの香水がきつく匂った。グルジノフ氏が窓を開け放ったその一瞬、金色《こんじき》の背景に翼を広げた大きな黒い鳥のように見え、つぎの瞬間には部屋中がぱっと明るくなって陽射しが床を駆け抜け、ドアのところで止まったが、そのドアをマルティンは音もなく後ろ手で閉じた。「散らかっちゃいるがね、どうか気にせんでくれ」午後の昼寝《シエスタ》で乱れたダブルベッドに手をかけてグルジノフ氏は言った。「ソファーに座ってくれたまえ。とっても甘い林檎でね、遠慮せずにやってくれよ」「じつは」マルティンは語り出した。「ご相談というのはですね――友達がいまして、その友達がラトヴィア[156]からロシアへの不法入国を企てているんですが……」「こいつがいいよ、真っ赤に熟してるから」グルジノフ氏が割って入った。「ずっと考えてるんですが」とマルティンは話を続けた。「うまくいくでしょうか？　その場所の地図はしっかりと頭に入っているとして――でもそれだけじゃ足りないでしょう――国境警備隊やら諜報員やらスパイやらがあちこちにいるでしょうし。あなたにお聞きしたいのは――まあ何というか、そういった点なんです」グルジノフ氏はテーブルに肘をついたまま林檎にかぶりつき、くるくる回しながらシャリッと音をさせてあちこちと果肉を齧り取ってはまた回して、新たな攻撃目標を選定するのだった。「君の友達はまたどういうわけであっちに渡りたいのかな？」マルティンのほうにちらりと視線を走らせるとそう問い質した。「わかりません、それは言ってくれないんです。たぶん、オストロフかプスコフ[157]あたりにいる家族に会いた

156　ロシアと国境を接したバルト海沿岸の国。
157　いずれもロシア北西部のラトヴィア国境に近い都市。

いんでしょう」「パスポートは持っているのかね？」グルジノフ氏が尋ねた。「外国のパスポートですね、彼は外国籍なので――リトアニア[158]だったかな」「だったらまたどうして――ビザが下りないのかね？」「それはわかりません――きっとビザなんか申請したくないんでしょう、自分の流儀でやりたい性質《たち》ですからね。でも実際にビザが下りないのかもしれません……」グルジノフ氏は林檎を食べ終わると言った。「アントーノフ林檎[159]と同じ味のやつをずっと探してるんだがね――たまにこれだと思うときがあるけれど――よく味わってみると、やっぱりそうじゃない、別物なんだな。ビザの取得ってのはどのみち厄介なことだよ。まだ一回も聞かせたことがなかったかな、義理の兄がどうやってアメリカの移民割当ビザをまんまとせしめたかって話は？」「何か助言をいただけると思ったのですが」気まずそうにマルティンは言った。「そりゃまた妙なことを言うね」グルジノフ氏は言った。「君の友達のほうがよく知ってるだろうに」「でも彼のことが心配で……」マルティンは小声でそう言うと、想像していたのとはまるで違う話の成り行きになってしまい、自身が何度も国境を行き来した話などユーリイ・チモフェーエヴィチは絶対にしてくれそうもないと思ってがっかりした。「心配するのもわかるがね」グルジノフ氏が言った。「その友達に土地勘がなければなおさらだ。そうは言っても、道案内はいつだって見つかるもんだよ」「いや、だめですよ、それは危険です」マルティンは声をあげた。「きっと裏切りますからね」「そりゃもちろん、用心に越したことはないさ」グルジノフ氏もそう認めて、手のひらで目をこすりながら、太くて白い指のあいだからマルティンを見た。「それにその土地を知っておくのだってきわめて重要さ」グルジノフ氏は気怠そうな声でそうつけ加えた。

そこでマルティンは、筒状に巻いた地図をさっと取り出した。その地図はもうそらで覚えていて、気晴らしに何も見ないでそれを紙に描いてみせたことも一度や二度ではなかった——だが今はそんな知識は噯《おくび》にも出さないようにしておかなきゃならない。「見てください、地図だって用意してあるんですからね」屈託のない声でマルティンは言った。「コーリャはたとえばここか、あるいはここで越境すると思うんです」「おお、友達はコーリャって言うのかい」グルジノフ氏が言った。「覚えとこう、しっか

158 やはりロシアと国境を接したバルト海沿岸の国。
159 一九世紀初頭からロシアで栽培されている林檎の品種。耐寒性に優れ強い芳香を放つ。

とね。それに地図も立派なもんだ。ちょっと待ってくれよ……」（ケースが現れて、唇でも鳴らすようにして開き、メガネがきらめいた）……「てことはだ、ちょいと御免よ――縮尺はどうなってるんだ？――ああ、そういうことか……――ここが――レジッツァ[160]で、ここがプィタロヴォ[161]だな、国境線のすぐそばだ。ぼくにも友人がいてね、妙な符合でやはりコーリャって言うんだけれど、一度はこの川の浅瀬を渡ってこう行ったんだが、そのつぎはここから行って――あとはもうひたすら森のなかを進むのさ――それがまたじつに鬱蒼とした森林でね――ロゴージンの森ってやつさ、それでもって今度はだな、北東に進路を取るとしたら……」

広げた安全ピンの針先で地図をたどるうちに、グルジノフ氏のしゃべる声は見ちがえるように活気を帯びてどんどん早口になっていった――わずか一分のあいだに半ダースものルートを示して見せたかと思えば、周辺の村の名前をのべつ幕なしに畳みかけては、地図にはないはずの小径につぎつぎと生命を吹き込んで蘇らせていく――そしてそのしゃべりようが熱を帯びれば帯びるほど、グルジノフ氏は自分をからかってるんだな、とマルティンはますますはっきり悟るのだった。いきなり庭で二人の女性の声がしたが、変な発音でユーリイ・チモフェーエヴィチの苗字を叫んでいる。氏は顔を出した。英国人のご令嬢たちが（グルジノフ氏はもともと若い女性に人気がある——女性たちの前ではのろまなお人好しを演じていたので）、アイスクリームを食べないかと誘っているのだ。「ほとほとうんざりする人たちだな」グルジノフ氏は言った。「どっちにしてもぼくはアイスクリームなんぞ絶対に食べやしないのに」マルティンはかつて、すでにどこかでこの言葉を聞いたことがあるような気がしたし（まるでブロークの「見知らぬ女」みたいだ）[162]、そのときもちょうど今と同じように、何か問題を抱え、何かを説明しようと躍起になっていた。「ぼくのアドバイスはこうだ」グルジノフ氏は器用に地図を丸めてマルティンのほうに差し出すと言った。「コーリャに伝えてくれたまえ、家に残って、何かまともなことでもやったらいいとね。きっと前途ある若者なんだろうから——道を踏み外すようなことでもあると可哀想

160 ラトヴィア東部の都市。現レーゼクネ。
161 ロシア、プスコフ州西部のラトヴィア国境に近い町。
162 二〇世紀初頭のロシアの詩人アレクサンドル・ブロークの著名な戯曲『見知らぬ女』に、「どこかで同じ言葉が同じ語順で発せられていたのをだれもがにわかに思い出したかのようだ」という台詞がある。

じゃないか」「そのことはぼく以上によくわかってるはずですよ」マルティンは仕返しめいた答え方をした。

二人は庭に降りて行った。マルティンは強いてずっと笑顔を絶やさないようにしていたが、グルジノフ氏にたいして、その冷たい瞳や、何を考えているのかわからないクリーム色の額にたいして嫌悪を感じていた。だがひとつだけいいことがあった――話をすることはできたわけだし、それももう終わったのだ――まるで子供扱いのようなあしらいを受けたが――あんな奴なんてクソくらえだし、良心に疚《やま》しいところもありはしない、あとはもう落ち着いて荷物をまとめて出発するだけのことだ。

XLV

出発の日はとても早くに目が覚めたが、そういうことは子供の頃、クリスマスの朝などにはよくあった。母は英国の習慣にしたがい、夜のうちにそっと入ってきて、ベッドの足元に、プレゼントがぱんぱんに詰まった靴下を吊るした。できるだけ本物らしくしようとして、母は綿の顎鬚をつけ、夫の防寒頭巾をかぶっていた。マルティンがはからずも目を覚ましてしまったら、聖ニコラスの姿を目の当たりにしたことだろう。朝になって、電球の黄色っぽく眩い光に照らされ、ペテルブルクの冬の夜明けの仄暗い空に見守られて——褐色の空が向かいの黒っぽい建物をおおっているのだが、その軒の張り出しだけが雪で真っ白に輝いているのだ——マルティンは母の長い靴下を手さぐりするのだが、するとぱりぱり音がして、ほとんど口元までいっぱいに袋が詰まっており、それが絹地を透かして見えているのだけれど、息を殺してそのなかに手を突っ込み、動物たちやボンボンの缶を引っぱり出して包みを開ける——これはどれももっと大きなプレゼント、つまり機関車や客車、それにレール（巨大な8の字に組むことができる）への序章なのであり、それらはもっと後に客間でマルティンを待ち受けているのである。今回もやはりマルティンを待ち受けているのは列車なのだけれど、この列車は夜になる前にローザンヌを発って朝の九時頃にベルリンに到着する。ソフィア・ドミトリエヴナは、息子はジラーノフ家の末娘に会いに行くものと確信していたものの、ベルリンから手紙が来なかったのに気づいていて、ジラーノフ家の次女はあまり息子を愛しておらず、いい妻にならないかもしれないと思い悩み、息子をできるだけ明るく送り出してやろうと努めて、ある種熱に浮かされたようにことさらに潑剌とふるまうことで、そうした不安も、また戻ってきたと思ったとたんにもう、丸々一か月ものあいだ自分を置いて息子が行ってしまう悲しさも押し隠そうとしていたのだった。ハインリヒおじさんは歯肉炎を腫らしてしまい、昼食の席では浮かない顔をして言葉数も少なかった。マルティンはおじさんが取ろうと手を伸ばした胡椒《こしょう》入《い》れを眺め、その胡椒入れ（太った男の形をしていて銀色の禿げ頭に小さな穴が開いているもの）を見るのも最後だなと思った。すばやく母に視線を移し、淡い色のそばかすのあるか細い腕や母の優しい横顔、つりあがった眉――まるで皿に盛られたラグー料理の脂っこさにびっくりしたみたいなのだ――を見てふたたび、このそばかすも眉もラグーも、目にするのはもう最後なのだと感じた。それと同時にこの部屋の調度品の一切も、窓の外の悪天候の景色も、食器棚の上にかかった木の文字盤の時計も、黒い額縁に入った髭にフロックコート姿の紳士たちの引き延ばされた写真の数々も――何もかもが、別れが近いことを悟って、自分のほうに注意を向けてくれと要求し始めたかのようだった。「ローザンヌまであなたを送って行っていいかしら？」一母が聞いた。「あら、見送りが好きじゃないのはわかってるのよ」母は慌ててそう付け加えたが、マルティンが眉根に皺を寄せたのに気づいたのだ。「でもあなたを見送るためじゃないのよ、ただ自動車でドライブしたいの、それにあれこれと買い物だってしなくちゃならないし」マルティンはため息を吐いた。「そう、嫌なのね――じゃあよしましょう」ソフィア・ドミトリエヴナは精一杯の快活さをふりまいてそう言った。「乗せて行ってくれないならここに残るわ。でも暖かいオーバーを着るのよ、それだけは絶対にね」

二人は自分たちだけで話すときにはロシア語を使い、それはいつだってハインリヒおじさんを怒らせる原因となったが、なにしろおじさんが知っているロシア語といったらたったひとつ「ニチェヴォー」[163]だけで、しかもそれはどういうわけか、おじさんにとってはスラヴ人の運命論者的な性格を象徴的に表すものと映っていたのだった。気分ときたらもう最悪の状態で、腫れた歯茎の痛みに苦しんでいたおじさんは、急に椅子を後ろに引き、ナプキンで食べかすを腹の上から払い除けると、歯を吸う音をさせながら書斎に引っ込んでしまった。『もう歳だな』おじさんのうなじの白髪を眺めながらマルティンは思った。『それともこれは光の具合なんだろうか？　まったくい

163　「どうしようもない」「どうでもいい」「何とかなる」などの意味を持つ言葉。

やな天気だな』

「さあ、もうそろそろ支度しなくちゃね」ソフィア・ドミトリエヴナが注意した。

「きっともう自動車が待ってるわよ」母は窓の外をのぞいた。「そら、いるわ。ごらんなさいな、向こうの景色が面白いこと。霧で何も見えないわ、山がひとつもないみたいよ……そうじゃない？」「どうも剃刀を入れ忘れたみたいだ」マルティンは言った。

マルティンは自室に上がって剃刀と夜用のスリッパを入れ、やっとのことでスーツケースの蓋をパチンと閉じた。ふと思い浮かんだのは、リガ[164]かレジッツァで、素朴で質実剛健な品々——帽子、半外套、長靴——を買い揃える光景だった。もしかして、回転式拳銃《リヴォルヴァー》も？「さらば、さらば」そうすばやく口ずさんだ本棚にはサッカー選手の置物が載っていたが、それを見るといつも、アーラ・チェルノスヴィートワを思い出すのだった。

階下の広々とした玄関間にはソフィア・ドミトリエヴナが立ち、ゴム引きコート《マッキントッシュ》のポケットに手を突っ込んで鼻歌をうたっていたけれど、それは苛々したときによくやる癖だった。「家にいればいいのに」マルティンが同じ高さまで降りてくると母は言った。「何だってまた出かけなくちゃならないの……」上に羚羊《かもしか》の頭が突き出ている右手のドアからハインリヒおじさんが出てきて、上目遣いにマルティンを見やると尋ねた。「金は十分に足りてるのかね?」「大丈夫さ」マルティンは答えた。「どうもありがとう」「達者でな」ハインリヒおじさんは言った。「ここでお別れを言うよ、今日は外に出る気はないんでね。他のだれかだったら、こんなに歯が痛かったとしたらもうとっくにお頭《つむ》がいかれて病院送りだよ」

「さあ行きましょう」ソフィア・ドミトリエヴナが言った。「汽車に遅れてしまうわよ」

風雨が激しい。ソフィア・ドミトリエヴナは髪がすぐにぼさぼさに乱れてしまい、つねに耳のあたりを撫でつけていた。「ちょっと待ちなさい」まだ庭の木戸までは距離がある二本の樅の木の幹の立っている場所で母は言ったが、夏にはその幹のあいだにハンモックを吊るしたものだった——「待って、キスするから」マルティンはスーツケースを地面に降ろした。「あの娘《こ》によろしく伝えてね」母は意味ありげな笑みを浮かべて囁いた——マルティンも頷いた(『早く出発しなくちゃ、こんなのは耐えが

164 ラトヴィアの首都。

たい……』)。

運転手がうやうやしく木戸を開けてくれた。自動車は濡れてつやつやと光り、ボディーに当たる雨音がかすかに響いていた。「それに手紙をちょうだいね、週に一度でいいから」ソフィア・ドミトリエヴナが言った。母は後ろに下がって笑顔で手を振り、泥の上をしゅるしゅると音を立てながら、黒い自動車は立ち並んだ樅の木の背後へと呑み込まれて姿を消した。

XLVI

夜は客車のなかで——がたがた揺れる暗灰色の車両のなかで——はてしなく続くのだった。ほんの一瞬マルティンは眠りに落ちるのだが、ぞくっとして目が覚め、そしてまたふっと下方に落ち込んでいく——まるでジェットコースターにでも乗っているみたいに、またしても空高く舞いあがり、線路の音が虚ろに響くなかで、下段に寝ている乗客の寝息をとらえようとするのだが、その等間隔の鼾はあたかも、列車の運行そのものに参加しようとでもしているようなのだった。

到着のはるか前、だれもがまだ寝台車で眠っているあいだに、マルティンは上段から降り、スポンジと石鹸、タオル、それに防水布でできた折り畳み式の盥を持って洗面所に入った。そこで、ローザンヌで手に入れた『タイムズ』をあらかじめ床に敷くと、ゴム引き布の盥の不安定なふちを直し、パジャマを剝ぎ取って、がっしりして黒く日に焼けた身体一面に石鹸の泡をなすりつけた。狭苦しいうえに激しく揺れて、レールが走り抜けていくのが何だか直《じか》に伝わってくるようで、思わず壁にぶつかってしまう危険もあった。でもマルティンにとっては朝の入浴を欠かすなんて論外で、これをある種英雄的な防御手段とすらみなしていた——こんなふうにして大地の執拗な攻撃をはね除けるわけだが、それはようやくそれとわかる程度のわずかな埃の層になって侵攻してくるのであって、まるで、人がすっかり土に還《かえ》るときがくるのが待ちきれないとでもいう風情なのだ。身体を洗いさえすれば、どんなによく眠れなかったとしても、天恵のごとき気力が漲ってくるのである。そういうときには死、つまりいつかは訪れるもので——それもたぶん——わかったもんじゃないが——すぐにも降参して、何百億人も何百兆人もがやってきたのと同じようにせざるを得ないのだけれど、だれのもとにも避けがたくやってくるこの死というものに思いをめぐらせてもマルティンはさして動揺することもないものの、ただ、だんだんと夜が近づくにつれてそれは力を帯びるようになって、真夜中になる頃には、ときに怪物みたいな大きさにまで膨れあがってしまうのだった。処刑を夜明けにおこなう習慣には慈悲深いところがある、とマルティンには思えるのだ。そんなことは、人がまだしっかり自分を保っていられる朝のうちに願いたいものだ——咳払いをしてにっこり笑い、そのまま——すっくと立ったと思ったら両手が投げ出されるって寸法だ。

アンハルター駅[165]のプラットホーム《デバルカデール》に出ると、マルティンは煙の入り混じった冷たい朝の空気を味わい深く吸い込んだ。遠く列車がやってきたほうを眺め透かすと、鉄骨とガラスのアーチの向こうに、雲ひとつない蒼ざめた空やきらきら光るレールが見えたし、この明るさとコントラストをなすように、今いるアーチ屋根の下は薄暗かった。マルティンは暗がりに沈む車両の横を進み、しゅうしゅうと音を立てる汗だくの巨大な機関車のそばを通り、改札のボックスから突き出た人の手に切符を渡し、階段を降りて通りに出た。子供時代のイメージへのこだわりもあって、マルティンは旅の出発地にフリードリヒ駅を選ぶことにしたが、その駅こそ、かつてコンチネンタル・ホテルに滞在していたロシア人一家が、北急行《ノール・エクスプレス》に乗り込んだ場所だったのだ。スーツケースはめっぽう重かったのだけれど、胸が躍って居ても立ってもいられなかったマルティンは徒歩で行くことにした。ところが、ポツダム通りの角まで来ると猛烈に腹が減ってきたので、残りの道のりを計算したあげく、賢明にもバスに乗り込んだのだった。この日はいつもとは違って、一日の初っ端からあらゆる感覚が鋭く研ぎ澄まされていた――すれちがった人の顔も全部覚えられるような気がしたし、色彩や匂いや音もかつてないほど活き活きと感じられるのだ――自動車のクラクションも、雨の夜などには水っ洟でも鳴らすような気持ちの悪い音がして耳ざわりなことがよくあるけれど、それが今では何だか浮世離れして、独特の節回しを哀れっぽく響かせるのだった。バスの車内では、すぐ近くでロシア語の会話がひたひたと打ち寄せてくるのが耳に入った。中年の夫婦と目がくりっとした二人の男の子だ。上の子は窓ぎわに陣取り、下の子はその兄にいくらか寄りかかっている。「レストランだ」上の子が歓声をあげた。「見て、レストランだよ」弟が寄りかかったまま言った。「わかってるよ」兄が食ってかかった。「あれはレストランだよ」弟が自信たっぷりに言う。「バカだな、

165　ベルリン中心部にあった終着駅。現在は廃止されている。

うるさいんだよ」兄が声をあげた。「まだリンデンじゃないのかしら」母親が気を揉みだした。「ここはまだポチターメルさ」[166] 父親の言い方はいかにももっともらしかった。「ポチターメルはもう過ぎたよ」と子供たちが叫んで、ちょっとした言い争いになった。「凱旋門だよ、すごいなあ！」上の子がガラスを指で突《つ》いて嘆声をあげる。「大声を出すんじゃないぞ」父親が注意した。「何なの？」「大声を出すなって言うんだ」上の子は機嫌を損ねた。「もとから静かにしゃべってたじゃないか、大声なんて出してないよ」「凱旋門だ」弟が感服したようにそう口にした。一家全員がブランデンブルク門の眺めに見入るのだった。「歴史の名所だね」上の男の子が言う。「そう、由緒ある凱旋門さ」父親もそう認めてやった。「あんなとこ通れるのかな」バスの横腹が心配になって、上の子が聞いた。「めちゃくちゃ狭いじゃないか！」「通れた」下の子がほっとして呟いた。「これはウンターよね」[167] 母親が心配しだした。「降りなくちゃ！」「ウンターはすごくすごく長いんだよ」上の男の子が言う。「地図で見たもん」「これはプレジデント通りだよ」夢見心地の声で下の子が言った。「うるさいんだ、バカ！　これはウンターさ」それから一家みんなが声をそろえて「ウンターはすごくすごく長くて」。そして男声のソロ。「どこまで行っても終わらない……」

ここでマルティンはバスを降り、駅に向かって歩きながら、自分の幼い頃、子供らしい興奮を覚えたときのことを思い出して、妙に胸が締めつけられるのだった——まさにあんなふうでもあったし、まったく違ってもいた。でもそんなのはほんの一瞬の符合でしかない。それはもうとっくに過ぎ去って聞こえなくなった歌なのだ。

手荷物預かり所にスーツケースを預け、リガ行きの夜汽車の切符を手に入れると、音がよく響くビュッフェのホールに腰かけて、アルゴス[168]の眼玉みたいなフライドエッグを頼み、食べながら『国外事情』紙を読んでいたのだが、するとその記事のなかに、ブブノフの『カラヴェラ』にたいする辛辣《しんらつ》な批評があるのが目についた。満腹になると、マルティンは煙草に火をつけて周りを見回した。隣のテーブルには若い女性が座り、何か書きながら涙をぬぐっていたが——その後鉛筆を唇に押しつけると、うるんだ目でマルティンのほうをぼうっと眺め、必要な言葉を見つけては素早くそれを書き

166　「ポツダム広場 Potsdamer Platz」の Potsdamer を、ロシア語の「ポチタ（郵便局）」の発音と混同している。
167　同頁の「リンデン」とともに、ベルリンの大通り「ウンターデンリンデン」を略している。
168　ギリシャ神話に登場する無数の目を持つ巨人。

つけるのだけれど、鉛筆の持ち方が子供みたいで、ほとんど先端に近いぎりぎりのところを、指を鉤《かぎ》みたいに曲げてぎゅっと握りしめている。胸元のあいた黒いコートの襟には擦り切れた兎《うさぎ》の毛皮があしらわれ、琥珀のネックレスが柔和な白さの首元を飾り、手にはハンカチが握られている……。勘定を済ませたマルティンは、その女が席を立つのをじっと待って、その後をつけようとした。ところが、書き終えた後も女はテーブルに肘をついたまま、口を半開きにして宙を見つめていた。そんなふうにして女はずっと座ったままで、窓ガラスのあちら側のどこかでは列車がつぎつぎと出発していて、領事館に行くのに遅刻するわけにいかないマルティンは、待つのはあと五分だけ、それでおしまいだと決めた。五分経った。『どこかでコーヒーでも飲む約束がしたいだけなんだが――それだけなのに』マルティンは祈るようにそう思い、旅の長い道のりやその危うさをそれとなくこの女に吹き込んで、女が泣くところを想像してみた。さらに一分が過ぎた。「いいさ、もうあきらめるよ」マルティンは言い、英国風にゴム引きコート《マッキントッシュ》を肩に引っかけると出口に向かった。

XLVII

　オープンカーのタクシーが枯れ葉の音を立てながら素早く通り過ぎ、周囲では壮麗なティーアガルテン[169]がまだらに染まって、暖かな臙脂色《えんじいろ》の陰影をたたえた木の葉は見事なものだった――「憂いのとき、瞳を魅了せしものよ！」[170]……。さらに進むと、運河の水面には立派ではあるが生気の失せたマロニエの大木が映っていたし、橋を渡っていて気づいたのだが、石でできたヘラクレスのライオン[171]の尻尾に残る修理の跡がまだあまりにも明るく光っていて、石像のライオンたちみんなの年季の入った色合いと同じになるのはきっとまだ先のことだった。あとどのくらいの年月だろう――十年、十五年？　四十になった自分を思い浮かべるのはどうしてこんなにむずかしいのだろ

169　ベルリン中心部にある広大な公園。
170　プーシキンの詩「秋（断章）」の一節。
171　ティーアガルテン公園にはライオンの彫刻で飾られた橋がある。ギリシャ神話のヘラクレスはライオン退治で有名。

うか?

ラトヴィア領事館の地下は人だかりで窮屈だった。「トントン」とスタンプの音が響いた。数分後、スイス人エーデルワイス氏はもうそこから出て、すぐ近くにある陰気な一軒家で、大した出費もなくリトアニアの通過ビザを受け取った。

これでやっとダーウィンに会いに行けるようになった。ホテルは動物園の真向かいだ。「もう外出されましたが」フロント係は答えた。「いいえ、いつお帰りかは存じ上げません」

『本当に残念だ』マルティンは表に出て行きながらそう思った。『「数日中に」ってだけじゃなくて、正確な日にちを言っとくべきだった。これは失敗だな、へまをした……。じつに残念なことだ』マルティンは時計を見た。十一時半だ。パスポートに問題はないし、切符だって買ってある。あまりにも予定が立て込んでいたはずのこの一日が、いっぺんに手持無沙汰になってしまった。これからどうしたらいいだろう? 動物園にでも行くか? 母に手紙を書いたらいいのか? いや、それはあとでいい。

それに、こんなことを考えているあいだにも、意識の奥底ではたえず暗黙のうちにある作業が行われつつあったのだ。マルティンはそれに抵抗し、努めて気づかないようにしていたのだけれど、それというのも、まだフランスにいたときから、もうけっしてソーニャには会わないと固く心に決めていたからだった。ところがベルリンの空気ときたらいたるところソーニャに満ち溢れていて――たとえば真向かいの動物園では、二人は赤みがかった金色の尾長雉《おながきじ》やとにかく目を引くカバの鼻っ面、それにディンゴ[172]という黄色い犬が高く飛び跳ねるのをいっしょに見物したものだった。「今は仕事中のはずだ」マルティンは思った。「でもジラーノフ家にはやっぱり寄らないといけないな……」

ほどけていくかのようにしてクーアフュルステンダムが動き出していた。自動車が路面電車を追い越し、路面電車は自転車を追い越していく。そのあとに陸橋が現れ、汽車の煙がはるか下方に見えて、そこには無数のレールが走り、謎めいた水色の空が広がっている。カーブを曲がると、秋のグリューネヴァルトが魅力たっぷりの姿を現す。

ドアを開けたのはソーニャその人だった。黒のカーディガン姿で身繕いもいささか

172 オーストラリアの野生化した犬。

中途半端だし、斜視気味で薄暗い瞳は眠そうだったが、蒼白い頰には見慣れたえくぼがあった。「まあ、だれかと思えば」ソーニャは引き延ばすような口調で言うと、下に降ろした両手をぶらぶらさせたまま低く低く頭《こうべ》をたれた。「さあどうぞ、よく来たわね」上体を起こしてソーニャは言い、黒髪の束が一筋、額に弓なりに落ちかかったが、人差し指を動かしてそれをはねのけた。「どうぞ」そう言うと、ソーニャは先に立って廊下を歩き出し、夜用のスリッパがパタパタと柔らかい音を立てた。「仕事に出てるかなと思ったんだけどね」マルティンはそう口にしたが、ソーニャの素敵なうなじには目をやらないようにしていた。「頭が痛いの」こちらを振り返りもしないでそう言うと、歩きながら小さな声をあげて床用の雑巾を拾いあげて籠に投げ入れた。二人は客間に入った。「座って、何もかも話してちょうだい」そう言うとソーニャはソファーにぐっと身を沈めたが、そのとたんにまた立ち上がり、片足を尻に敷くようにしながらふたたび腰をおろした。

客間は何もかも元のままで、壁にはあのベックリンの陰鬱な絵が掛っており、ビロードははげかかっていて、色褪せた葉っぱの感じがなぜかいつも変わらない植物が花瓶に活けてあるし、女が尻尾を引きずりながら泳いでいるような形をした胸の悪くなるようなシャンデリアも、バヴァリア娘の顔と上半身がついているうえに、いたるところから鹿の角《つの》を生やしている。

「本当に今日着いたばかりでね」マルティンはそう言って煙草に火をつけようとした。「ここで働くんだよ。というか、本当はここじゃなくて、郊外なんだけど。工場があってね、つまり単純労働者ってわけさ」「まさか」ソーニャは引き延ばすように言い、マルティンが何かを探すような目つきをしているのに気づくとこう付け加えた。「気にしないで、床に落としちゃってかまわないわよ」「それでね、ばかばかしいことだけど」マルティンは続けた。「わかるだろうけどね、実をいうと母には工場で働いてるのを知られたくないんだ。だから、何かの拍子に母がオリガ・パーヴロヴナに手紙をよこすようなことがあったら――ねえ、うちの母ったらたまに裏から手をまわして、ぼくが元気かどうかなんて知りたがるじゃないか――そういうときはだよ、いいかい、ぼくはいつもここに遊びに来てるって書いてほしいんだ。もちろんもうめったなことじゃ来られないんだ、暇がないんだよ」

「器量が落ちたわね」思案顔でソーニャが言った。「何だか人相が悪くなったわ。たぶん日焼けのせいね」

「南仏中を放浪してたからね」指でトンと叩いて灰を落としながら、しわがれ声でマルティンは言った。「いろんな農場を渡り歩いて日雇い人夫をやって、でも日曜にはいつも旦那らしい身なりをしてモンテ・カルロにくりだして羽目をはずすのさ。すごく面白いもんだよ——ルーレットってのはさ。君はどうしてるんだい？ みんな元気なのかな？」

「ご先祖様はみんな元気よ」ため息まじりにソーニャが言った。「でもイリーナにかんしてはまったくのお手上げね。十字架を背負ってるみたいなものよ……。それにお金のことは完全にお先真っ暗だし。パリに移らなくちゃならないってパパは言ってるわ。あなたもパリに行ったことあるの？」

「ああ、ちょっと寄っただけだけどね」マルティンはぶっきらぼうに言った（パリに行ったのはもう何年も前、ビアリッツからベルリンに行く途中のことで、テュイルリー公園で輪転がしをして遊ぶ子供たちや、池の水に浮かんだおもちゃのヨット、雀《すずめ》に餌をやる老人、銀色の骨組みが透けている塔、それにナポレオンの墓所では、立ち並ぶ円柱がねじった大麦糖飴《シュクル・ドルジュ》みたいなのだ……[173]）。「そう、ちょっと寄っただけなんだ。それはそうと知ってるかい——ダーウィンがこっちに来てるんだよ」

ソーニャは笑顔になって目をぱちくりさせた。「まあ、あの人を連れてきなさいよ！　絶対に連れてきて、すごく楽しいわよ」

「まだ会えてないんだよ。あいつは『モーニング・ニュース』の仕事で来てるのさ。あいつはね、アメリカに派遣されて正真正銘のジャーナリストになったんだ。しかもいいかい、英国にフィアンセがいてね、春には結婚するんだ」

「それはすごいじゃない」落ち着いた声でソーニャは言った。「何もかも絵に描いたようね。相手の人のことが手に取るように思い浮かぶわ——背が高くて、目がお皿みたいで、お母さんもその人にそっくりなのよ、ただもっとほっそりして顔が赤いのね。ダーウィンたらかわいそうに！」

「ばかばかしい」マルティンは言った。「きっとその人は美人で聡明にちがいないさ」

173　「大麦糖飴（フランス語 sucre d'orge）」は大麦の煮汁に砂糖を混ぜて煮詰めたキャンディーのこと。英語では barley sugar という。ちなみにこれをねじって作った棒状のキャンディーの形が、木製家具のねじった脚と似ていることから、英語ではそうした家具の脚は barley sugar twist と呼ばれる。おそらくそれを念頭に置いた表現。

「さあ、もっと何か話しなさいよ」ちょっと間を置いてからソーニャが頼んだ。マルティンは肩をすくめた。何とも軽はずみなことに、手持ちの話題をいっぺんにすっかり言いつくしてしまったのだ。ばかげているとしか思えないのだが、すぐ目の前の、ほんの二歩ばかりのところにソーニャがいるのに、大切なことは何ひとつ話すこともできず、ソーニャの最後の手紙のことをほのめかしたり、ブブノフと結婚するのかどうか聞くこともできない——何もできないのだ。マルティンが想像しようとしていたのは、もう帰還した後に、まさにこの同じ部屋で、ソーニャが自分の話に耳を傾ける光景なのだった——そんなとき自分はちょうど今みたいに何もかもいっぺんにしゃべり倒してしまうのだろうか、ソーニャはちょうど今みたいに、シルクの上から脛《すね》を掻いたり、マルティンから目線をはずしてその後ろにあるこちらからは見えないものにじっと注いでいるのだろうか？　きっと訪問のタイミングがまずかったにちがいない、ソーニャはだれかを待っていて、自分といるのが気詰まりなのだとマルティンは思った。だが立ち去ることもできず、かといって面白い話題も何ひとつ思い浮かばなかったし、ソーニャは押し黙ることで、わざとマルティンをにっちもさっちもいかない状況に追い込もうとしているみたいなのだ——もうほんのちょっとでマルティンはどうしていいかわからなくなって、洗いざらいしゃべってしまうだろう——探検のことも、恋のことも、それにこの探検とマルティンの恋心と「憂いのとき、瞳を魅了せしものよ！」を互いに結びつけている、心の奥底に秘めた何より大切なもののことも。

玄関のドアが音を立て、足音が響いて、客間に入ってきたのは書類鞄を抱えたジラーノフ氏だった。「おや、よく来たね」氏はそう言った。「お母さまはいかがお暮しかね？」しばらくして別のドアからオリガ・パーヴロヴナが姿を見せて同じ質問をした。「お昼をご一緒にどうかしら」オリガ・パーヴロヴナは言い、みんなは食堂に移った。イリーナは入ってくるなり凍りついたかと思うと、いきなりマルティンに飛びついて、濡れた唇でキスしだした。「イーラ、イーロチカ」母親が申し訳なさそうな笑顔を作ってそう言った。大きな皿に盛られていたのは小さな黒いハンバーグだった。ジラーノフ氏はナプキンを広げると、その角を襟首に突っ込んだ。

食事中マルティンはイリーナに、三番目と二番目の指を交差させて丸パンを触ると、それがひとつでなく二つに感じられるやり方を演じて見せた。イリーナはなかなか手をそのとおりの形にできなかったのだけれど、マルティンの手助けを借りてようやく、指の下にある丸パンは魔法のように二つになり、イリーナは嬉しさのあまり鳩のような声をあげた。鏡の破片のなかに自分が映っているのを見た猿が、裏側に別の猿がいるんじゃないかと覗いてみるようにして、指で触っているのは二つの丸パンだと思って、イリーナはいつまでも首をかしげているのだった。昼食のあと、ソーニャがマルティンを廊下の隅の台所近くにある電話まで連れて行くと、イリーナは呻《うめ》き声をあげながら二人のあとを追って飛び出してきたのだが、マルティンがもう帰ってしまうと心配したからで、そうでないとわかると食堂に舞い戻り、テーブルの下にもぐりこんで転がり落ちた丸パンを探すのだった。「じつはダーウィンに電話したいんだけど」マルティンは言った。「電話帳でホテルの番号を調べなくちゃ」ソーニャの顔がぱっと明るくなり、慌て気味に言った。「あら、私にやらせて、私が電話するわよ、ダーウィンと話すわ、わくわくするわね。ねえ、あの人をちょっとからかってやりましょうよ」「いや、だめだよ、どうしてまた」マルティンは答えた。「それじゃあ電話を取り次ぐだけにするわよ。それだけならいいでしょう?　番号はどれ?」ソーニャはマルティンが見ていた電話帳の上に屈み込んできて、その髪のぬくもりがふっと伝わってきた。目のすぐ下の頰っぺたには迷子になった睫毛が一本ついていた。忘れないように小声で早口に番号をくりかえしながら、ソーニャは衣装ケースの上に腰をおろして受話器を取った。「電話を取り次ぐだけだよ、いいね」マルティンが厳しく言い渡した。ソーニャは努めてはっきりと番号を告げて、あとはただ待つだけになり、目をあちこちにやりながら、両方の踵で衣装ケースの側面を軽く叩いていた。それからにっこりすると受話器をさらに強く耳に押し付け、マルティンが手を伸ばしたものの、ソーニャはそれを肩で押し返して全身を猫背に丸め、よく響く声でダーウィンを電話口に呼び出すように頼んだ。「受話器をよこせよ」マルティンが言った。「ずるいぞ」ソーニャはよりいっそう身をちぢこめた。「切るぞ」とマルティンは言った。ソーニャは急に動いてフックを守り、その瞬間、警戒するように眉を吊り上げた。「いいえ、すみません、大丈夫です」ソーニャは言い、受話器を掛けた。「いなかったわ」マルティンのほうを向いて上目遣いにそう言った。「安心していいわよ、もう電話しないから。あなたは昔からがさつな人だったけど、前のまんまね」「ソーニャ」マルティンは引き伸ばすように言った。ソーニャは衣装ケースからすっと滑るように降りて、転がっているスリッパを、床を擦るようにして履くと、食堂に歩いて行った。そこでは食卓を片づけているところで、エレーナ・パーヴロヴナがイリーナに何か話していたが、イリーナはそっぽを向いているのだった。「また会う機会があるだろうか?」ジラーノフ氏が尋ねた。「何ともわかりません」マルティンは言った。「どうやらもう行かなくちゃならないようです」「念のためお別れを言っておくよ」ジラーノフ氏は言い、仕事をするために寝室に退いた……。

「私たちのことを忘れないでね」オリガ・パーヴロヴナとエレーナ・パーヴロヴナが同時に言い、お互いのドレスの黒い袖に触れあった。マルティンは頭を下げた。イリーナは片手を胸に押しつけるとやにわにマルティンに突進して、ジャケットの襟の折り返しにしがみついた。マルティンは困惑して、その指をそっと外そうとした。けれどもイリーナはしっかりと摑んで離さず、母親が肩をつかんで後ろに引っぱると、イリーナは大声をあげて号泣しだした。マルティンは思わず顔をしかめたが、それは彼女のすさまじい顔つきや、眉のあいだにできた赤い発疹が目に入ったからだ。ちょっと乱暴なぐらい急な動きでマルティンはその指を引き離した。イリーナはほかの部屋に連れて行かれ、声を限りの絶叫は遠のいて聞こえなくなった。「いつもこの調子なの」マルティンを玄関に送って行きながらソーニャは言った。マルティンはゴム引きコート《マッキントッシュ》を羽織った——コートは面倒な作りになっていて、ベルトをきちんと締めるのにけっこう時間がかかった。「夜になったらどうかしてまた来なさいよ」マルティンの悪戦苦闘をカーディガンの前ポケットに手を突っ込んで眺めながらソーニャが言った。マルティンは不機嫌そうに首を横に振った。「集まって踊りに行きましょうよ」ソーニャは言うと両足をぴったりと閉じて、まずつま先を動かし、つぎに踵を、またつま先、また踵とやりながら、ちょっとずつ横に動いた。「さてと」身体じゅうのポケットをはたきながらマルティンが話した。「荷物はたしか何もないよな」「覚えてる?」ソーニャは聞いて、ロンドンでやっていたフォックストロットのメロディーをそっと口笛で吹いてみせた。マルティンは咳払いした。「あなたの帽子かっこ悪いわね」ソーニャがダメ出しした。「今どきそんな被り方しないわ」「さらば」マルティンは言うと、じつに巧みにソーニャを掻き抱き、その剝き出しの歯や頰や耳の後ろの柔らかい場所に唇を押しつけると手を離して（そのときソーニャは後退りして危うく倒れるところだった）、素早くその場を立ち去ったが、思わずドアが大きな音を立てた。

XLVIII

はっと我に返ると、マルティンはニヤついていて息があがっているうえに、胸が激しく動悸を打っているのだった。「そう、これだ、これだよ」小声でそう言うと、まるでどこかに急いでいるかのように、大股で舗道を歩き出した。急いで行かなきゃならない場所なんてなかったわけだが。ダーウィンの不在のおかげですっかり予定が狂ってしまったが、とはいえ、汽車が出るまでにはまだ何時間か残っていた。クーアフュルステンダムを歩いて戻ってきて、ベルリンの街の馴れ親しんだディテールをあれこれと眺めていると、そこはかとない寂しさが募ってくる。あそこの交差点にある教会の峻厳さときたら、異教徒の映画館がひしめくなかにあって孤高そのものじゃないか。あのタウエンツィーン通りじゃ、歩行者たちはどういうわけだか真ん中に通っている並木道を避けて、ショーウィンドウの並ぶ狭いところを通って行こうとするんだ。あっちでは目の見えない人が光を商っている――いつも変わらぬ闇のなかに、いつも変わらぬマッチ箱を差し出してるってわけだ。カルーナ[174]や紫苑《しおん》の花を売る露店にバナナや林檎の屋台。臙脂色のオーバーを着た男が古びた自動車の座席の上に立って、名も知らぬ板チョコを扇形に広げて持ち、そのびっくりするような品質のよさを、集まった野次馬たちに言葉巧みに説いている。マルティンは角を曲がって本を買おうとロシア語書籍の店に入った。慇懃な態度で恰幅のいい、いささか亀に似たところがある紳士が、「新刊書」というやつを店先に並べていた。何も見つからなかったのでマルティンは『パンチ』を買い、また外に出た。そのとき満たされない気持ちでふと思い出したのは、ジラーノフ家のつましい昼食だった。レストランからならもう一度ダーウィンに電話をかけるのにうってつけだと考えて、マルティンは「ピール・ゴロイ」[175]に向かったが、そこは去年よく使っていた場所だった。ホテルの返事では、ダーウィンはまだ戻っていなかった。「二十ペニヒいただきます」白粉をはたいた女がカウンターの向こうで言った。「メルシー」

レストランのオーナーは、アドレイズにもいたあの画家のダニレフスキイだっ

174 ツツジ科に属する植物。
175 「ピール・ゴロイ」はロシア語で「山盛りのごちそう」の意。

た——背が低くてもうけっこうな歳だが、スタンドカラーの上着に子供みたいな真っ赤な頬をして、片目の下には色の薄い疣がある。この男はマルティンのテーブルまで来ると遠慮がちに尋ねた。「ボ、ボルシチはお気に召しましたでしょうか？」（この人物ときたら自分が発音しづらい音に妙に惹かれる癖があるのだ）。「ええ、とても」マルティンは答え——いつもそうなのだが、優しさに胸が締めつけられるのを感じながら——ダニレフスキイの背後にあのクリミアの夜を重ねて思い浮かべてみるのだった。相手はテーブルに横向きに座り、マルティンがスープを啜《すす》るのを応援でもするように見つめていた。「言ったとは思いますが、あれこれと耳にしたところでは、あの人たちはま、あの人たちはま、まだどこにも行かずにあの屋敷に暮らしているそうですよ——驚くべきことだ……」

（『あそこの一家がまだ手つかずで残ってるだなんて？』マルティンは思った。『本当に昔のままだっていうのかな——たとえば、ヴェランダの屋根に干されていた小さな洋梨なんかも？』）

「モヒカン族ですな」[176]ダニレフスキイは物思いにふけるように口にした。

店内は殺風景だった。籐編みの長椅子、ストーブに曲がりくねった煙突、木の竿にかけられた新聞。

「これもみんな、もうちょっとましになるはずですよ。私はねえ、壁一面にで、でかでかとお、お、女たちを描いてみたかったんですよ、もちろんあんまり悲しげなやつじゃだめですけどね——衣装はもう火焔のごとく艶《あで》やかそのものでね、でも蒼白い顔に瞳は馬のようで。少なくともそんなのになるはずです。下絵をか、か、描いてみたんですよ。それともこっちにそれを描いて、その下、下のほうは森の縁にするか。店自体も広げますよ、そ、そっち側も向こう側も全部借りあげてね、昨日大工を呼んだんだが、なぜだか来なくってね」

「繁盛してるんですか?」マルティンが尋ねた。

「いつもは——そうですよ。今は昼時じゃないんでね、これで判断されちゃ困るんだが。でも大概は……。それにね、文学関係のお歴々もよく来てくださいますよ。たとえばラキーチンですがね、ジャーナリストで、いつもゲートルを巻いていて、やたらと人さら、人さわがせで……。それについ最近ブ、ささ最近、ブ、セリョージャ・

176 ロシア語では「(最後の)モヒカン族」という言い回しは「消え去り行く者たち」を意味する。

ブブノフがぶれ、ぶれ――荒れましてね、食器を割ったりして、酒乱ですな、失恋したんですよ、ひどい話です――だって婚約がは、はだ破談になったんですから」

ダニレフスキイはため息をつき、テーブルを指でコツコツ叩いて、ゆっくりと立ちあがると厨房《ちゅうぼう》に戻って行った。この男がふたたび姿を見せたのは、マルティンが洋服掛けから帽子を取ろうとしていたときだった。「明日はシャシリクですよ」[177]ダニレフスキイが言った。「お待ちしています」そのとき、こんなにもメロディー豊かな吃音を聞かせてくれるこの寂しげで愛すべき人物に、何かとてもいい言葉をかけてあげたいという思いがマルティンをよぎった。でも、実のところ何を言えばいいのだろうか？

XLIX

舗装されているその中庭の中央には芝生が植わっていて、鼻の欠けた銅像が立ち、黒檜《くろべ》が何本か生えているのだが、そこを通り抜けると見慣れたドアを押し開けて、キャベツや猫どもの匂いで出迎えてくれる階段をあがり、呼び鈴を押した。ドアを開けてくれたのは間借り人のひとりである若いドイツ人で、ブブノフは病気なのだと釘を刺してから、通りがかりに彼の部屋のドアをノックしていった。かすれたブブノフの声が陰気に喚きたてた。「入れ《ヒアライン》」

ブブノフはベッドに腰かけ、黒のズボンに開襟シャツ姿で、その顔は浮腫んで無精髭に被われ、まぶたは赤黒かった。ベッドにも床にも、机の上にはコップのお茶の黄色く濁った液体が透けて見えるのだが、そこにも紙片が散乱していた。ブブノフは小品《ノヴェッラ》を書き終えようとしながら、それと同時に税金の支払いを要求してくる税務署に宛てて、ドイツ語で心を動かす手紙をしたためようとしていたのだった。酔っ払ってはいなかったものの、素面《しらふ》だと言うのもまたはばかられた。激しい苦悩はどうやらもう過ぎ去ったようだったけれど、ブブノフのなかでは何もかもがすっかり嵐に揺さぶられてがたがたになり、思考はふらふらと彷徨って落ち着ける場所を探し求めるのだが、見つかるのは廃墟ばかりなのだ。春以来会っていなかったはずのマルティンが現れたのに驚く様子もまるでなく、ブブノフはどこかの批評家をさんざんにこき下ろ

177　カフカス地方が起源の、ロシアでポピュラーな肉の串焼料理。

しだした――まるで、その批評家の書いたことについてマルティンに責任があるとでもいう具合に。「おれを潰そうとしているのさ」ブブノフは憎々しげにそう言うのだが、そんなとき眼窩の落ち窪んだその顔は相当に不気味なのだった。自分の本を貶《けな》そうとする書評はこぞってどれも本筋とは違う理由に突き動かされているのだ、ブブノフにはどうしてもそう思えるのだった――嫉妬や個人的な憎悪、あるいは批判された腹いせなどだ。そして今、文学業界の陰謀にかんするその大して脈絡もない話を聞かされて、マルティンは、他人の意見というものがこれほどにも人を弱らせるということに目を開かされ、ブブノフに、ズーアランドのことを書いた例の短篇は失敗作の偽物で、何の足しにもならないものだと言ってやりたくてたまらなくなった。それまでしゃべっていたことと何のつながりもなしに、いきなりブブノフが不幸な恋愛の話をしだしたときには、マルティンは自分をこの場所まで導いてきた悪趣味な好奇心を呪った。「女の名前は言わないよ、聞かないでくれたまえ」俳優並みにやすやすと敬語なしの「おまえ」に移りながらブブノフはそう言った。「でも覚えておけよ、あの女のせいで破滅したのはおれだけじゃないんだ。彼女をどんなに愛したことか……。本当におれは幸せそのものだったよ。そりゃ果てしもない感情でね、そんなときにはさ、わかるかい、天使たちの羽音がとどろくんだよ。でもあの女ときたら、おれがあまりに天高く舞いあがりすぎたのに恐れをなしたわけさ……」

マルティンはそれからしばらくのあいだそこにいたのだが、どうしようもなく気が滅入ってくるのに押し流されそうになって、黙ったまま立ち上がった。ブブノフはすすり泣きながら玄関までマルティンを見送った。数日経って（すでにラトヴィアで）、マルティンはロシア語新聞にブブノフの「小品《ノヴェッラ》」が出ているのを見つけたが、今回のそれは出色の出来で、しかも主人公のドイツ人は薄いグレーの地に薔薇色のストライプの入ったマルティンのネクタイをしており、あれほど悲しみに沈んでいるかに見えたブブノフが、片手で涙をぬぐいながら、もう一方の手で人の時計を抜き取ろうとする腕っこきの泥棒さながらに、それを盗んだというわけだった。

文房具店に立ち寄って絵葉書を半ダース買い、干上がっていた万年筆の中味をいっぱいに満たすと、マルティンはダーウィンのホテルに向かったが、そこでぎりぎりの時間まで待って、そこからはもうまっすぐ駅に行く算段だった。五時近くで、空はぼんやりとかすんで——白っちゃけてまるで心が浮き立たない。朝よりももっと虚ろに自動車のクラクションが響く。二頭の馬に引かれた無蓋の荷車が通り過ぎたが、そこには家具調度がまるまる山と積まれていた――ソファーベッドに箪笥、金色の額縁に入った海、それにその他のありとあらゆる類の寂しげなガラクタ。濡れてまだらになったアスファルトの上を、喪服姿の女性が青い目の赤ん坊を乗せた乳母車を押しながら渡って行ったが、歩道のところまで来ると、ハンドルを下に押して乳母車を後ろ足で棒立ちさせた。プードルが、黒いイタリアン・グレイハウンドに追いつこうとして駆けていった。イタリアン・グレイハウンドのほうは、身震いしながら前足の片方を曲げて持ち上げると、不安気にあたりを見回した。「実際これが何だっていうのか」マルティンは思った。「ぼくに何のかかわりがあるって言うんだ？　だってぼくは戻って来るんだからな。戻って来なくちゃならないんだ」マルティンはホテルのロビーに入った。ダーウィンはまだ帰っていなかった。

そこでマルティンは、ロビーにあった座り心地のいい革のソファーを選び、万年筆のキャップを取ると、母宛に葉書を書き始めた。絵葉書のスペースは限られていたのにマルティンの字が大きいので、入る量はわずかだった。「何もかもうまくいっています」ペンをぎゅっと握りしめてそう書いた。「前と同じところにいます。手紙はその住所に出してください。おじさんの歯肉炎がよくなっているといいのですが。ダーウィンにはまだ会っていません。ジラーノフ家のみなさんからよろしくとのことです。つぎの手紙は一週間以上あとになるでしょうが、それというのも何ひとつ書くことがないに決まっているからです。たくさんのキスを《メニー・キッスィーズ》」これを最初から最後まで二度読み返すと、どういうわけか胸がきゅっと締めつけられて背筋がぞくっとした。「くだらないことを書いちゃだめだぞ」そう自分に言い聞かせると、マルティンはふたたびぎゅっとペンを握って、自分宛に来た手紙を取っておいてくれるように少佐夫人に依頼する文面をしたためた。絵葉書を投函するとマルティンは戻ってきてソファーに身をまかせ、壁の時計を眺めながら待つことにした。十五分経ち、二十分、二十五分と過ぎていった。異様なほど足の細い白人と黒人の混血の女が二人階段を上っていった。不意に背後から威勢のいい息づかいが聞こえてきて、すぐにそれとわかった。飛び起きると、ダーウィンは肩をぶん殴りざま、喉を鳴らすような嘆声を発した。「この悪党め、悪党めが」マルティンは嬉しそうに呟いた。「朝から探してたんだからな」

L

ダーウィンはほんの心持ち太ったかのようで、髪は薄くなり、口髭を伸ばしていた——金髪で刈り込まれたそれは、まるでおろしたての歯ブラシみたいだった。ダーウィンもマルティンもどうしたわけか戸惑ってしまい、何をしゃべっていいのかわからなくなって、いつまでもお互いをはたきあいながら、ニヤついてうんうん言い合うばかりだった。「何を飲む?」狭いけれど立派な造りの部屋に入ると、ダーウィンが尋ねた。「ウィスキーとソーダにするかい? カクテルかな? それともただのお茶か?」「何でも好きなものでいいよ」マルティンは答え、テーブルの上から高価な額縁に入った大判の写真を取りあげた。「その人さ」ダーウィンが簡潔に言った。それは若い女性の肖像写真で額にはティアラを差している。眉間で一本につながった眉、明るい色の瞳、白鳥のような首筋——何もかもがじつにきりっと明確で凜《りん》としているのだった。「イヴリンっていうんだが、彼女はね、歌わせたらなかなかのもんだよ、君なら絶対彼女と親しくなれると思うな」そして写真を取り返すと、それを元の場所に置く前に、ダーウィンはもう一度うっとりと写真を眺めた。「さてと」長椅子に身体を沈めてさっと両足を伸ばすと、ダーウィンは言った。「その後どうしてたんだね」

ボーイがカクテルを運んできた。マルティンはピリッとした香りの液体を味わうでもなくひと飲みすると、この二年の暮らしぶりを手短に話した。驚いたことに、マルティンがしゃべり終わったとたん、ダーウィンは自分のことを仔細《しさい》に、しかも得意げに語り出したのだけれど、そんなのは以前にはけっしてなかったことだ。ものぐさで純真無垢《むく》なこの男の口先から、成功の話だの稼ぎのことだの、将来にたいする薔薇色の希望だのの話を聞かされるとは、何とも妙な感じだった――しかも、今この男が書いているのは蛭やら日没やらを綴ったかつての魅力的な作品ではなく、経済や政治の問題についての記事だし、いちばんの関心事は何かの支払い停止《モラトリアム》だという。ふと話が途切れた瞬間をとらえて、マルティンがかつてのケンブリッジでの面白おかしい出来事――荷車が燃えた話やローズのこと、喧嘩のことに触れると――ダーウィンはさして関心もなさそうにこう言ったものだった。「ああ、いい時代だったよ」そのときマルティンは、ダーウィンのなかではもう思い出が死に絶えてしまったか消えてしまっていて、残ったのはわずかに色褪せた看板一枚だけだと悟ってぞっとしたのだった。

「ワジムはどうしてるのかな?」ダーウィンが眠そうな声で聞いた。

「ワジムはブリュッセルにいるよ」マルティンは答えた。「どうやら勤めてるらしいよ。それにジラーノフ一家はここにいてね、ソーニャとはよく会ってるんだ。あの娘《こ》はまだ結婚してないよ」

ダーウィンは大きな煙の塊を吐き出した。「よろしく言っておいてくれ、よろしくね」そう言った。「それにしても君は……そう、君が何だかいつまでもぶらぶらしてるってのはよくないな。明日何人か紹介してやろう、新聞の仕事もきっと気に入るよ」

マルティンは咳払いした。いちばん大事なことを話すときが来たのだ――そのことをダーウィンに話すのをここ最近はずっと夢見てきたのだった。

「恩に着るよ」マルティンは言った。「でもそれは無理なんだ――一時間後にベルリンを発つんだよ」

ダーウィンはわずかに腰を浮かせた。「そりゃひどいじゃないか。どこに行くんだい?」

「今説明するから。これから話すことはまだだれも知らないことなんだ。かれこれもう何年ものあいだ——そう、何年ものあいだ——でもそんなのはどうでもいい……」

マルティンは言葉に詰まった。ダーウィンはため息をついて言った。「もうわかった。結婚式の介添人をやらせてもらうよ」

「やめてくれ、どうかお願いだよ。ぼくは真剣なんだからね。今日わざわざ君に会いに来たのはね、この話をするためなのさ。というのはね、ぼくはラトヴィアからロシアへ非合法に渡るつもりなのさ——そう、二十四時間だけね——そのあとまた帰ってくるよ。君に会う必要があったのはこんなわけなんだ——絵葉書を四枚渡すから、それを一週間に一枚ずつ、うちの母に送ってほしいんだよ——たとえば毎週木曜とかにね。もっと早く戻れるはずだけど——どれだけの時間が必要か、前もって言い当てるのは無理だからね、まずその土地を調べなくちゃならないし、ルートを選んだりその他諸々でね……もっとも、ぼくはもうある人物から、きわめて重要な情報を手に入れたんだがね。でも、予想外のことや何かで足止めを食ったり、すぐに脱出できないってことだってあるかもしれない。もちろん、母が何も察知しないようにしなくちゃならないし、定期的に絵葉書を受け取るようにしておく必要があるんだ。母には古い住所を教えておいたからね——すごく簡単だろう」

沈黙。

「そう、もちろん、簡単きわまりない話だな」ダーウィンがそう口にした。

また沈黙。

「いまひとつよくわからないんだが、何だってまた、そんなことをしなくちゃならないんだね」

「考えればわかるさ」マルティンは言った。

「古きよきソヴィエト人どもにたいする陰謀かね？　だれかに会いに行きたいのかい？　何か伝達するとか、組織するとかかね？　正直言うとね、子供の頃には冷酷非道な悪代官が乗ったトロイカめがけて爆弾を投げつけようとする、あの見るからに陰気そのものの髭面の連中が好きだったもんさ」

マルティンは仏頂面で頭を横に振った。

「ただ自分たちの父祖の住んでいた国を訪ねたいっていうなら——もっとも君の親父さんはたしかスイス人だったよな——でもそんなにそこに行きたいのなら、ビザを取って汽車で国境を越えたほうが簡単じゃないのかな？　それはいやなのか？　もしかして、ジュネーヴのカフェであったあの殺人事件[178]以来、スイス人にはビザが出ないと踏んでるのかね？　まかせとけって——君に英国のパスポートを取ってやるよ」

「君の言うことは何から何まで的外れだな」マルティンは言った。「君ならすぐに全部わかってくれると思ったのに」

ダーウィンは両手を頭の後ろにやった。マルティンが自分をからかっているのかそうじゃないのか——もしからかっているのでなければ、いったいどんな考えがあってこんなばかげた企てに駆り立てられているのか、判断がつかなかったのだ。パイプをふかすとダーウィンは言った。

「結局ただ剝き出しのスリルを味わいたいだけだって言うなら、そんな遠くに行く必要はないさ。この部屋から出なくても今すぐにやれる突拍子もないことを何か考えようじゃないか。そのあと飯でも食ってミュージックホールにくりだそう」

マルティンは口を噤《つぐ》んだまま、寂しげな顔をしていた。『くだらないにもほどがある』ダーウィンは思った。『こりゃ到底まともとは思えないな。あっちが国内戦の

178　一九二三年五月、ジュネーヴではなくローザンヌで、ソヴィエトの外交官が暗殺される事件が起きている。

まっさかりには涼しい顔でケンブリッジにじっとしてたくせに、今頃になってスパイ容疑で額の真ん中をぶち抜かれたいとはね。まさかおれをペテンにかけようってんじゃないだろうな？　何ともばかげた会話だよ……』

マルティンは急にびくっとして、時計を見ると立ち上がった。

「なあ、ばかな真似はもうたくさんだよ」パイプの煙をもうもうとあげながらダーウィンが言った。「それにね、こんな仕打ちはあんまりだと思うよ。二年も君に会ってなかったわけだからね。全部わかるように話してくれるか、それとも冗談だって白状するか、どちらかにしてくれ――それから別の話をしようじゃないか」

「もう全部話したさ」マルティンは答えた。「すっかりね。もう行く時間だよ」

マルティンはゆっくりとゴム引きコート《マッキントッシュ》を着て、床に落ちていた帽子を拾いあげた。

ダーウィンはゆったりとソファーに身をあずけたまま、あくびをして壁の方を向いた。

「さらば」とマルティンは言ったが、ダーウィンはずっと黙ったままだった。「さらば」マルティンはくりかえした。『ばかな、行きゃあしないさ』ダーウィンはそう思い、またあくびをしてしっかり目を閉じた。『行きゃあしないよ』ふたたびそう考えて、うとうとしながら片足をソファーにあげた。愉快な沈黙がしばらくのあいだ続いた。そのうちにダーウィンが小さな声で笑いだし、顔を振り向けた。けれど部屋にはだれもいなかった。マルティンがそんなにひっそり音もなく出て行けたこと自体が不可解に思えたほどだ。ダーウィンはふと、マルティンが隠れているんじゃないかと思った。横たわったままさらに数分経ってから、薄暗くなった部屋を注意深く見回して、足を下ろすとすっと立ち上がった。「さあ、わかったから出て来いよ」クローゼットとドアに挟まれたスーツケースを置くための空間からかすかな音がしたのを聞いて、ダーウィンはそう言った。だれも出てこない。近づいてその片隅を覗き込んでみた。だれもいない。あるのはただ、昨日の買い物の名残の大きな包装紙だけだった。ダーウィンは電気をつけて考え込むと、廊下に通じるドアを開けた。廊下はしんとして明るく、がらんとしていた。「あんなやつ悪魔に食われろだ」そう言うとまたしばし考え込んだものの、急にぶるっと身を震わせると、夕食に向かうためそそくさと着替え始めた。

内心は穏やかではなかったが、そんなのはここ最近あまりないことだった。マルティンの出現は、ただ大学で過ごした日々の甘美な余韻として心を揺さぶっただけではない——その出現自体がどう見ても普通ではなかったのだ——マルティンの何もかもが常軌を逸していた――あの荒っぽく日焼けした肌の色も、まるで息でも切らしたようなかすれ声も、これまでなかったような傲岸不遜《ごうがんふそん》な目つきも、奇妙に鬱々としたしゃべり方もだ。けれども、最近ではしっかりと地に足のついた暮らしぶりで、それほど動揺する機会も(愛の告白をしたときでさえ)なかったし、青春時代の不安や愉しみを乗り越えて、自分はやっとなだらかに舗装された道を歩けるようになったのだ、という思いにもう慣れ親しんでいたダーウィンは――マルティンの残していった尋常ならざる印象とも何とかうまく折り合いをつけ、こんなのはみんなろくでもない冗談にすぎないし、どうせマルティンのやつ、今にもまた姿を見せるはずさと勝手に思い込んでしまったのだ。ダーウィンはもうスモーキングに着替え、大柄な自分の姿や鼻の大きな顔を鏡に映して眺めていたが、するといきなりナイトテーブルの上の電話が鳴った。受話器から聞こえてきた声は距離のせいで遠くて聞こえづらく、すぐにはだれだかわからなかったが、それというのもどうしたわけか、マルティンとは一度も電話でしゃべったことがなかったからだ。「ぼくの頼みを思い出してもらおうと思って」聞き取りにくい声が言った。「近いうちに手紙を送るからね、一通ずつ転送してくれよ。もう列車が出るところなんだ。列車って言ったのさ。そうそう――ぼくの乗る列車だよ……」

声は途絶えた。ダーウィンは音を立てて受話器を置くと、しばらくのあいだ頰をさすった。それから急いで部屋を出ると階下に降りて行った。そこで列車の時刻表を見せてくれるよう頼んだのだった。そう——まさしく間違いない。何ということだろう……。

その夜、ダーウィンはどこにも出かけることなくずっと何かを待ち、婚約者に手紙を書こうと机に向かったものの、書くことが何もなかった。数日が経った。水曜にリガから分厚い封筒が届き、エーデルワイス夫人に宛てたベルリンの絵葉書が四枚同封されていた。そのうちの一枚に、ロシア語の文面に囲まれてこんな英語のフレーズがあるのを見つけたのだ。「よくダーウィンとミュージックホールに行っています」ダーウィンはいたたまれない気持ちになった。木曜の朝、よからぬ企てに手を貸しているという不愉快な思いを抱いたまま、最初の日付の絵葉書を角の青いポストに投函した。一週間が過ぎ、二枚目を出した。そのあとダーウィンはもう我慢できなくなり、リガに発って、そこで英国領事館や住所案内所、警察を訪ねたものの、何ひとつわからなかった。マルティンはまるで空気に紛れてしまったかのようだった。ダーウィンはベルリンに戻ると、嫌々ながら三枚目の葉書を投函した。金曜日、ジラーノフ氏の出版社に外国人風の大男が訪ねてきて、その顔を見つめたミハイル・プラトーノヴィチは、それがロンドンで娘をよく訪ねて来ていた英国人の若者だと気づいた。落ち着いた声でドイツ語をしゃべって、ダーウィンはマルティンと最後に交わした会話や、手紙の転送の話を伝えた。「そうですか、でもすみませんが」ジラーノフ氏は言った。「すみませんが、ちょっと話が変ですな——娘には、ベルリン近郊の工場で働くと言っていたそうですがね。本当に彼が行ってしまったとお思いなんですか？　それはまた何ともおかしな話だが……」「私も最初はふざけているんだと思ったんです」ダーウィンが言った。「でも今となってはどう考えたらいいのかわかりません……もし本当に彼が——」「それにしたって、無鉄砲にもほどってもんがある」ジラーノフ氏が言った。「まったく予想もしなかったな。温厚できちんとした若者なのに……。本当にね、まったくもって信じられないじゃありませんか、これは陰謀か何かですかな……。こうしましょう——まず何よりも、うちの娘が何か知らないかはっきりさせなくちゃならない。家に行きましょう」

ソーニャは父親とダーウィンが来たのを見て、二人の顔がどこか普通でないのに気づくと、百分の一秒ほどの瞬時にさっと考えをめぐらし（そんな一瞬の悪夢ってやつがあるものだ）、ダーウィンがプロポーズしに来たんだと思った。「ハロー、ハロー、ソーニャ」いかにもぎこちない馴れ馴れしさでダーウィンが声をあげて見せた。ジラーノフ氏はといえば娘に虚ろな目を向け、怖がらないようにと言うと、ドアを開けたままその場ですぐに何もかも話した。ソーニャは顔色がキャンバスみたいに真っ白になり、玄関間の腰掛けにへたり込んだ。「まさかそんな恐ろしいこと」ソーニャは小さな声で言った。しばらく黙り込んでいたが、やがてやんわりと膝を叩いた。「恐ろしいことよ」ソーニャはさらに静かにそうくりかえした。「彼はおまえに何か話してたのかね？　おまえは何があったか知ってるのか？」ジラーノフ氏が尋ねていた。ダーウィンは頬を拭って、ソーニャのほうは見ないようにしていたが、感じていたのは英国人が感じ得る最高に恐ろしい衝動――叫び出したいという衝動だった。「もちろん全部知ってるわ」か細い声をクレッシェンド[179]にしながらソーニャが言った。奥の部屋にオリガ・パーヴロヴナが姿を見せ、夫は邪魔しないようにと手で合図した。

179　「次第に強く」という意味の音楽用語。

「何を知ってるんだ？　わかるように言いなさい」ジラーノフ氏はそう言ってソーニャの肩に手を置いた。ソーニャはいきなり身体を二つに折ると号泣し始め、膝に肘をついて手のひらに顔をうずめた。それから――上体をそらすと大声でしゃくりあげ、喉がつまりそうにでもなったみたいにごくりと息を呑むと、嗚咽《おえつ》が入り混じったような声で叫んだ。「あの人殺されるわ、どうしましょう、だって殺されちゃうじゃない……」「しっかりしなさい」ジラーノフ氏が言った。「大きな声を出すんじゃない。落ち着いて説明するんだ、彼はおまえに何を話したんだ。オーリャ［オリガの愛称］、この方をどこかにお連れしてくれ――客間がいい――ああ、修理工が来てたってかまわんさ……。ソーニャ、泣き喚くのはやめなさい！　イリーナがびっくりするじゃないか、やめないか、言うことを聞きなさい……」

ジラーノフ氏は長いことソーニャをなだめながらいつまでも問い質していた。ダーウィンはひとり客間に座っていた。そこでは修理工がコンセントをいじっていて、電灯が消えたかと思えばまた点《つ》いたりするのだった。

「もちろん娘の言う通り、すぐにも手を打たなきゃならないが」ダーウィンを連れてまた表に出ると、ジラーノフ氏はそう言った。「でも何ができるって言うんだね？

それにどうもわからんのだが、こいつは娘が思っているようなロマンティックな冒険ってだけなんだろうか。あの子自身物事をそんなふうに見がちなところがあるからね。とても感じやすい性質《たち》なんだよ。どうにも理解しかねるんだがね、ロシアの問題なんぞさして身近に感じてもいないような若者にだよ、むしろほら、外国流のものの見方に馴染んでるようなのに、こんな……こんな、もしそう言っていいなら、捨て身の偉業をやってのける力があるとはね。もちろんのこと、その筋の人たちとは連絡をとってみるし、もしかしたらラトヴィアまで行かざるを得ないかもしれんが、たいして望みはないだろうな、もし本当に国境を越えようとしたのであればね……ねえ、じつに妙なめぐりあわせですよ、だって私がね――そう、この私なんですよ――かつてエーデルワイス夫人《フラウ・エーデルワイス》に、最初のご主人が亡くなったと伝えたのはね」

さらに数日が経った。判明したのはたったひとつ――忍耐が要る、待つしかないということだった。ダーウィンはスイスに向かった――ソフィア・ドミトリエヴナに知らせるためだ。ローザンヌに着いたときは、いちめん灰色で小糠雨が降っていた。山地を少し登っていくと湿った雪の匂いがして、樹々から水が滴っていた。十一月は最初の冷え込みのあと、急に雨模様になったのだった。雇った自動車はすぐにダーウィンを村まで送り届けたが、カーブでタイヤを滑らせて溝にはまり横転した。運転手は腕に打撲を負っただけだった。ダーウィンは立ちあがって帽子を見つけ、オーバーから湿った雪を払い、野次馬たちに、ハインリヒ・エーデルワイスの屋敷は遠いのかと尋ねた。いちばん近い道を教えてもらった——樅の木の森を通る小径だ。森を抜けるとダーウィンは馬車道を横切り、並木道を進んで行くと緑がかった褐色の建物が目に入った。木戸の手前の黒い土の上には、ダーウィンが通ったあとの靴底のゴムの模様が深々と残っていた。この跡には濁った水がゆっくりと満ちていき、木戸はダーウィンがしっかりと閉めなかったせいで、しばらくすると湿気を含んだ風に不意に煽《あお》られ、ぎいっと軋んで威勢よく開いた。そのあと木戸の上にシジュウカラがとまり、ずっと何か囀いていたが、やがて樅の枝に飛び移っていった。何もかもがじめじめして霞んでいた。一時間もすると靄がさらにひどくなった。悲しげな褐色の庭の奥からダーウィンが出てきて、後ろ手に木戸を閉じると（それはすぐにまた開いた）、来た道を戻って行った——森のなかの小径を。森のなかでダーウィンは立ち止まり、パイプに火をつけた。幅の広い茶色のオーバーはボタンをかけておらず、胸には派手な色使いのスカーフの先が垂れていた。森のなかはひっそりとしていて、ただちょろちょろと水の鳴る音だけが耳に入ってくる。湿った灰色の雪の下のどこかを流れているのだ。ダーウィンは聞き耳を立てると、どういうわけか首を横に振った。小さな声で何か言い、頬を拭うと、また歩きだした。空気は靄がかかっていて、小径のところどころを樹の根が横切り、黒々とした針葉の房がときおり肩に触れ、黒い小径は木々の幹が立ち並ぶあいまを縫ってうねり、それは絵のなかの景色のように謎めいて見えた。

解説

貝澤 哉

自伝的要素を色濃く反映したロマンティックな青春小説？

ここに訳出した『偉業《ボードヴィク》』は、後に『ロリータ』で世界的名声を得、「言葉の魔術師」とも呼ばれたロシア出身の作家ウラジーミル・ナボコフ（一八九九～一九七七）が、初期にロシア語で執筆、刊行した長篇の四作目にあたる。一九二〇年代後半から三〇年代にかけて、当時まだ売り出し中の作家だったナボコフは、ロシア革命後ベルリンやパリに大量に流入していた亡命ロシア人読者を相手につぎつぎと野心的な作品を発表し、徐々に一定の評価を獲得しつつあったのである。

『ルージン・ディフェンス』（一九二九）と『カメラ・オブスクーラ』（一九三二）に挟まれたこの長篇は、一九三〇年にベルリンで執筆され、一九三一年から三二年にかけてパリのロシア語雑誌「現代雑記《ソヴレメンヌィエ・ザピースキ》」に連載されたのち、一九三二年にすぐ同じ版元から単行本化されている。

後にこの作品は作家自身の監修のもと、息子ドミトリイによって（英語版序文のナボコフ自身の言葉によれば、「細部にいたるまで原文のとおりに」）英訳され、一九七一年に『栄光 Glory』と改題されて出版された。ちなみに、これまで邦訳で『青春』（渥美昭夫訳、新潮社、一九七四年）として親しまれてきた作品は、この英訳版『栄光』から翻訳されたものだったが、今回ここにお届けするのは、オリジナルのロシア語版『偉業《ポードヴィク》』を底本とした新訳である。

物語は、スイス人を祖父に持つ主人公マルティン・エーデルワイスがロシアで過ごした幼年時代の細々した記憶から語り出される。多感で空想癖のある少年マルティンは、両親の離婚とともに母に連れられてペテルブルクからクリミアへと移るが、やがて拡大しつつあったロシア革命を避けるように、コンスタンチノープルからギリシャを経由して一旦スイスのアルプスに落ち着き、さらにイギリスに渡ってケンブリッジで大学生活を送るうち、知り合いの一家の娘ソーニャに強く心を惹かれていく。つねに気持ちがすれちがう彼女との微妙な関係に悩まされながら、繊細で善良な青年マルティンはいつしか次第に、ある冒険旅行の計画を胸に秘めるようになる。それは少年時代に寝室に掛かっていた水彩画の風景に描かれていた、暗い森の奥へと続く曲がりくねった小径へと入り込んで行くのにどこか似かよっているのだったが……。

ナボコフの長篇には珍しく、この作品では、彼の他の小説につきものといってもいい異常な犯罪や偏執的な狂気、倒錯的な悪意といった派手なテーマやプロットがこれ見よがしに前面に押し出されることはない。『カメラ・オブスクーラ』に見られる蛇のごとき悪女や人を陥れては嘲笑う強烈な悪意も、『絶望』を突き動かしている偏執的な殺人計画もここにはないのだ。

ロシア育ちのロマンティックで夢見がちな主人公の幼少期や旅の記憶、亡命先のヨーロッパでの学生生活のディテールや恋愛模様があくまで淡々とした筆致でこまやかに綴られていくこの小説は、どちらかといえばこうした旅や人生にありがちな偶然のエピソードの寄せ集めのようにも見えるし、プロットも明確な結末を与えられることはなく、むしろ求心的な盛りあがりに欠け、何かと本筋から逸れて行ってしまう――英語版の邦訳者が題名を『青春』へと変更したことからもわかるように、これまでこの作品は、寸分の隙もなく計算された無駄のない虚構《フィクション》というよりも、むしろナボコフ自身の亡命生活の体験にもとづき、自伝的要素を色濃く反映した一種抒情的で甘く切ない青春小説と受け取られることが多かったといえよう。

実際この小説が世に出た当初から、作品の核になるような手に汗握る筋の展開や深い理念が見当たらないという指摘は多くの批評に共通して見られたし、幼年期の列車への偏愛に始まり、クリミアから黒海を経てトルコ、ギリシャを回りヨーロッパにいたる亡命ルート、ケンブリッジでの学生生活、テニスコーチのアルバイトなど、作家の伝記や回想記『記憶よ、語れ』のエピソードと符合する点が多いこともよく話題になる。

なので、この作品を自伝的な青春小説や一種の恋愛小説ととらえて、歴史の激動に翻弄される亡命者の一青年の甘美で切ない恋愛の成行きを、若きナボコフの亡命生活に思いを馳せながら堪能したとしても、それはもちろん読者の自由だし、それだけでもこの小説は十分に面白く読めるように作られてもいる。実のところ、淡い恋愛模様に彩られた切ない青春小説としても肩肘張らずに読めるこの作品は、ナボコフの小説にまだ慣れていない初心者にとっても、いちばん入りやすい本と言えるかもしれない。

偶然な細部どうしの思いがけない響き合い

とはいえ、「言葉の魔術師」の異名をとり、『ロリータ』や『青白い炎』のような複雑な仕掛けや難解なレトリックに満ちた小説で知られるナボコフが、いくら若書きとはいっても、単純で甘酸っぱいだけの恋愛小説や青春小説を書いたり、自伝的な記憶や事実をただ無造作に作品内にちりばめたりするだろうか。現に英語版の序文では、ナボコフ自身もあらかじめ、「著者はそう信じているが、賢明な読者なら自伝の『記憶よ、語れ』の頁を貪るように繰りながら、瓜二つの小道具やら似たところのある場面などを探し求めたりするのは控えようとすることだろう」とわざわざ読者に釘をさしているくらいである。

だとすれば『偉業』には、この作家らしいどんな小説的仕掛けが施されているというのだろうか。じつはこの『偉業』という小説は、その一見落ち着いた愛すべきたたずまいや淡々とした筆致にもかかわらず、ナボコフという作家の創作の本質にかかわるような、彼のきわめて重要な方法意識が全面的に浸透している点で注目すべき作品なのである。先ほどの言葉に続けて、ナボコフは英語版序文のなかでこう言っている。

『栄光』〔『偉業』〕の面白味はもっと別のところにある。それは、些細な出来事どうしが響き合ったり連携したり、行ったり来たりして切り替わったりすることで、何かに突き動かされているというイリュージョンを生み出すところに見出されるべきなのだ。

すこし目端の利く読者なら、こうした「些細な出来事どうし」の「響き合い」や「連携」が、時間や空間の垣根を越えて、小説内のいたるところに無数に配置されているのに気づくのは、さほど難しいことではないはずだ。

ナボコフ自身はその例として、マルティンが少年時代に夢想していたサッカーでの活躍がケンブリッジで実現する場面（二一六～二一七頁）や、小説の結末よりさらに後に起るはずの、マルティンがかつてよこした手紙の束を見た母の悲嘆の場面がはるか前の叙述に突然割り込んでくる個所（一四九頁）を挙げているのだけれど、そのほかにも、友人のダーウィンとソーニャに置き去りにされたマルティンが、舞踏会に乗り込むさまを空想していると、それがいつの間にかダーウィンと見た映画のシーンに置き換わっているところ（一六六頁）などに、こうした「切り替え」の例を見出すことができる。それらに共通しているのはおそらく、本来なら時間的、空間的あるいは論理的、因果的、事実的には何の繋がりもないはずの事象、つまり偶然に現れたばらばらな細部どうしが、ばらばらなままになぜか結びつけられてしまうという事態であろう。

広い意味ではこうした偶然的な細部の思いがけない響きあいは、たとえば少年時代に国際寝台列車の窓から見たのとそっくりな《Fragile》(「ワレモノ」)の注意書きのある荷物に、小説の終盤になって南仏のある駅のホームでふたたび遭遇する個所や、マルティンがクリミアで見た夢のなかでふと耳にした「グルジア人はアイスクリームを食べない」という言葉が、やはり作品の終り近く、「どっちにしてもぼくはアイスクリームなんぞ絶対に食べやしないのに」というグルジノフ氏の台詞になって反復される場面など、小説のいたるところに数多く見出すことができる。

けれどもちろん、こうした偶然的な細部の思いがけない一致のなかでもとりわけ印象的かつ重要なのが、小説の発端部分に登場する、水彩画に描かれた暗い森の小径のイメージであることは言うまでもないだろう。

すでに述べたように、ペテルブルクの幼いマルティンの寝室の壁には、祖母が描いたこの水彩画が貼ってあったのだが、あるとき偶然母から、ベッドの上に掛けてある森の小径の絵に入り込んでしまう少年のおとぎ話を語り聞かされた彼は、同じような絵が自分の頭上にも掛かっていることに母が気づくのではないかと恐れながら、そのくねくねした小径をたどって絵のなかの暗い森に迷い込む自分をひそかに空想する。ところが、スイスに着いたマルティンと母が身を寄せることになるのは、曲がりくねった山道を登って樅《もみ》の木立を抜けた先にある父の従兄弟の山荘だったし、さらに小説の終盤では、マルティンは国境の森林地帯に潜行し、空想のなかで「ズーアランド」と名づけた別の世界へと旅立とうとするのである。

「繋がりなき繋がり」「無関係という関係」

こうしてみると、暗い森の小径の絵のモチーフは、幼年時代や旅や青年時代の雑多なエピソードを小説世界の外側から緩やかにまとめあげる、プロット構成上の大きな枠組みの役割をはたしていることがわかる。ナボコフの創作によく見られるこうした特徴をとらえて、通常の「現実」の背後に「別世界《アザーワールド》」が透けて見えるなどと考える研究者もいるのだが、注意しなければならないのはむしろ、この小説ではつねに、細部のこうした一致や類似があくまでも偶然にすぎず、具体的連関を一切欠いたものとしてしか描かれていない、ということの方だろう。

そのことは、やはり小説の重要なモチーフをなす、幾度となく偶然に反復される街の明かりや白いホテルの例を思い出せば、かなりはっきりと理解できるはずだ。少年時代に寝台車の車窓から遠くきらめく街の明かりを見たマルティンは、それ以来、クリミアの断崖や列車の窓から街の灯を眺めるたびに、その光が自分を誘っているという感覚に強く囚われるようになっていく。ある日、南仏を走る客車からふたたび遠い街の明かりを目にしたマルティンは、我慢できずに列車を降り、灯火の光っていた場所を探して、ついにモリニヤックというその土地にたどり着くのだが、長い滞在ののちそこを去り、帰りに乗った列車の車掌に尋ねてみると、列車からモリニヤックが見えることはないと告げられる。

つまりマルティンはたんに自分の思い込みでまったく無関係な場所に偶然たどり着いたにすぎず、街の灯自体には何の意味もなかったというわけだ。何かというと視界に入ってきて、何らかのサインを送ってきているとマルティンが錯覚するアルプスの神秘的な白いホテルも、実際にそこに赴いてみると、うるさい英国娘だの、優秀な工作員のはずが労働者か大工の棟梁といった風情のグルジノフ氏だのがいるだけで、マルティンは肩透かしを食らう。何よりも、国境を越えて空想の国「ズーアランド」

（つまりソ連）に潜入しようという、彼がとり憑かれた「冒険」の計画そのものが、「何のために」という政治的、合理的な脈絡や実利的な合目的性を一切欠いていて、ただ国境潜入計画の具体的細部だけを異様に増殖し肥大化させていくのである。

ようするに、現実の背後には、全体を繫げて意味づけてくれる神秘的な力や「別世界《アザーワールド》」など何もないのであり、《偶然に現れた断片的な細部どうしがひそかに繫がっている》というのは、もともとどうでもいいような細部を偏愛する傾向のある主人公マルティンが、そうした細部からいわば勝手につくりあげたストーリーにすぎない。この小説を駆動している原理のようなものがもしあるとしたら、それはむしろ、ひそかに繫がっていると思われていた無数の細部が、じつはまったく繫がっていないということ、あえて逆接的な言い方をすれば、『偉業』では、おびただしい細部どうしを結びつけているのは「繫がりなき繫がり」「無関係という関係」だということなのである。

ナボコフの芸術観の純粋かつ直截的な表現

だがそれにしても、こんなふうに偶然な細部どうしが「繫がりなき繫がり」「無関係という関係」におかれるような奇妙な小説をあえて書こうとしたナボコフの狙いはどこにあるのだろうか。忘れてはならないのは、彼が作家としてつねに一般化を嫌い、具体的細部に執拗なこだわりを見せていたという事実だろう。たとえばあるインタヴューで、ナボコフは「芸術家として、また研究者として、私が好感を持つのは、一般化より具体的細部であり、観念よりイメージであり、分かりやすい象徴より説明しがたい事実であり、合成ジャムよりは野生の果実の方です」などと述べているし、また「観念は芸術家を堕落させる」とも言っていた。

「一般化」「観念化」することが、全体のなかに位置づけてその観念的見取り図のなかで理解可能にすることなのだとすれば、逆に一般化できない「具体的細部」とは当然、そのような一般的理解を拒むという意味で、脈絡を欠いた不合理で偶然的な「説明しがたい」細部ということになるのではないだろうか。ナボコフにとって小説の個々の細部とは、「一般化」や「観念」や「象徴」のような、もっと大きなものに奉仕するたんなる部品なのではなく、まさにその偶然性や無意味さ、不合理性そのものによってそれ独自の存在感やなまなましいリアリティを獲得する何かにほかならない。

注意深い読者なら、じつはこの小説のなかに、そうした一般化への嫌悪と細部への偏愛が、語り手の口を通して数度にわたりかなりストレートに表明されているのにお気づきのことと思う。たとえば、友人のダーウィンの居室を訪ねたマルティンには、「住む人の魂というものが感じられ」たのだが、それは「細かいところに目を凝らし、手さぐりしてみることでわかってくるもの」だったし（二二二頁）、カーライルの歴史書を読みながら「一般化ってやつも気に染まないマルティンが貪欲に探し求めていたのは、活き活きとして人間らしさの漲《みなぎ》るようなものなのだが、それは、今やっている映画が骨董品《こっとうひん》と化して、小雨がちらつくような画面になった頃に後代の人たちがそれを見たら、きっとうんざりするほど堪能させられるはずの、あの思わず息を呑むような細々したディテールと同じ部類のもの」だという（二二五～二二六頁、いずれも傍点引用者）。

また亡命ロシア人社会で敬愛されていた老ヨゴレヴィチが息を引き取ったさいには、新聞に出た追悼文のいかにも紋切型の表現にマルティンはこう反発する。

〔…〕「ロシアへの愛に燃え立ち」とか「つねにそのペンの気高き調子を保ち」といった追悼文の文句がどうも故人を貶《おとし》めているような気がしてならなかったが、

というのもまさに、そんな類の言葉だったらジラーノフ氏にだって、この追悼文を書いた老練な執筆者ご本人にだって言えることじゃないかと思ったからだ。マルティンにとって何よりも惜しまれてならなかったのは、本当に余人をもって代えがたい故人のユニークさというやつなのだ——あの人の身振りや顎鬚や、浮彫りみたいに刻まれた皺、思いがけず見せるはにかむような笑顔、それに糸一本でぶら下がったジャケットのボタンだって、封筒に貼って拳でバンと叩く前に舌全体を使って切手を舐めるあの仕草だってそうだった。それはある意味では、こういう便利な紋切型で言えるような故人の社会的貢献なんかよりも、ずっと価値のあることだったのだ〔…〕。(二七九頁、傍点引用者)

ここには、故人の社会貢献を讃える一般化された紋切型の言葉よりも、落ちそうになっているボタンのような一見無意味で偶然だが具体的な細部のほうが「ずっと価値のある」ものだとはっきり宣言されている。こうしてみると、必然的な全体(一般性)を犠牲にしてでも偶発的な具体的細部への偏愛を優先するナボコフの芸術観をもっとも純粋かつ直截に表現しようとしたのが『偉業』という小説ではないのか、という思いはますます強まってくるだろう。もしマルティンと作者ナボコフのあいだに何か非常に近いものが感じられるのだとしたら、それは伝記的な事実の符合などよりもむしろ、この無意味な偶然的細部にたいする執拗なこだわりのなかにこそ見出すべきなのである。

「偉業」――無根拠で目的を欠いた冒険物語

一般的な構成や全体のバランスよりも、偶然かつ不合理で些末な細部を優先し不釣り合いに肥大化させるのが『偉業』という小説の特徴なのだとすれば、当然ながら、小説ジャンルの定型的な物語の構造の統一性もまた、不釣り合いで偶然な細部の増殖によって浸食され解体されてしまう、ということになるだろう。

ナボコフの初期の小説はもともと、その多くが何らかの通俗的な小説ジャンルを下敷きにして、その一般的で定型的な物語構造を模倣・擬態することで――『マーシェンカ』は恋愛小説、『キング、クイーン、ジャック』や『絶望』は犯罪小説や推理小説、『カメラ・オブスクーラ』は悪女物のサスペンスという具合に――成り立っているのだが、『カメラ・オブスクーラ』や『絶望』の解説でも指摘したように、そうした通俗的物語の一般的で定型的な構造は、ナボコフにとっては、文学的な物語の徹底的に無根拠で詐術的なあり方を皮肉たっぷりにあぶり出すための装置として機能している。

『偉業』が下敷きにしているのはあきらかに、青春小説や恋愛小説、旅行記、冒険物語、自伝小説などのジャンルだが、すでに述べたように、ここでは恋愛が成就することもなければ、旅行や冒険もまた唐突で無意味な結末を迎えるにすぎず、こうしたジャンルにありがちな筋の定型的構造はことごとくはぐらかされてしまう。だがそのなかでも、この小説における文学的な物語の無根拠性をもっとも強烈に示しているのは、空想癖のある主人公マルティンが示す冒険物語の細部への異様な執着にちがいない。

注目すべきなのは、彼のこの空想癖のおかげで、革命や亡命の逃避行というシリアスな出来事でさえも、つぎつぎと安っぽい冒険活劇に変えられてしまうという点だろう。ソ連国境に潜入する危険な密入国の旅が、子供時代の暗い森の小径の絵のおとぎ話にすり替えられてしまうのはその最たる例だろうが、サラエヴォ事件は「納屋《サラエ》」でのチャンバラ活劇に変えられてしまうし、革命軍の侵攻を逃れるための貨物船の旅は、

「不幸な愛に別れを告げるため」の傷心旅行のストーリーへと粉飾され、しまいにはギリシャやシチリアへの豪華なヨット旅行にまで姿を変えてしまう。酔っ払いにピストルを突き付けられて何もできなかった忸怩《じくじ》たる体験でさえ、自分がもっと勇敢に見えるように少しずつ記憶を作り変えていくのである。

ただ誤解してはならないが、こうしたシリアスで歴史的な出来事の冒険的ストーリーへのすり替えは、一部の論者が主張するような、現実にたいする想像力の優位などを証明するものではけっしてない。むしろ事態はまったく逆と言うべきだろう。なぜなら、マルティンがつぎつぎと空想するストーリーは、難破した船から救った混血娘との無人島暮らしであれ、舞踏会で出会った女との危険な情事であれ、どれもつねにどこかで見たことのある、どこにでも転がっている陳腐で一般的な紋切型の物語の焼き直しにすぎないからだ（その証拠に、舞踏会で出会った女との情事は、先に見たように途中でありふれたメロドラマ映画の一シーンに変ってしまう）。

とりわけ重要なのは、マルティンが、自分にとってきわめて切実な体験であるはずの亡命生活ですら、「国を追われた身《イズクナンニク》」というロマンティックではあるがいかにも月並みで一般的な物語へとすり替えてしまうことだろう（一二八頁）。そもそも、彼がたどるクリミアからギリシャへの亡命のルート自体が、プーシキンやホメロスなどのロシア文学や古代ギリシャ文学の名作の舞台と重なることで、豪華な文学的な記憶《レミニセンス》にどっぷり浸かってしまっている。マルティンにとっては「亡命」さえも、冒険物語に彩りを添える舞台の書割《かきわり》のようなものにすぎないのだ。

どう考えてもこれは、「想像力が現実を凌ぐ」などといった牧歌的な問題ではなかろう。それはむしろ、私たちがつい「現実」と受け取ってしまいがちな日常や歴史の出来事が、すでに文学的な物語のもたらす一般化にどうしようもなく汚染されているという事態にほかならない。「青春」であれ「亡命」であれ、「冒険物語」や「自伝的物語」であれ、それらは本来ばらばらな細部が偶然寄せ集められたものにすぎないのであり（なぜなら人生や亡命とは青天《せいてん》の霹靂《へきれき》のような偶然の出来事の連鎖なのだから）、むしろ『偉業』において特徴的なのは、紋切型で陳腐な物語の一般的構造と見えるものが、じつは主人公がたまたま遭遇した偶然でばらばらな細部を無理やりつぎはぎして作られた詐術でしかないことが、透けて見えてしまっていることの方ではないのだろうか。

ここまで考えてくれば、なぜマルティンは、まったく無駄で意味や目的すら欠いた

「冒険」をわざわざ計画し実行しなければならなかったのか、そもそも題名の示す「偉業」とはいったいどのような偉業なのか、というこの小説にとってきわめて本質的な問いも、にわかに理解可能になってくるような気がする。

『偉業』では、一般的な「冒険物語」の構造もまた、その一貫した目的を持った必然的で因果的なつながりを透かして、じつはそれが、ばらばらな冒険的細部の偶然の寄せ集め、つぎはぎでしかないことを暴露される。勇敢な冒険者でありたい、つまり「偉業」を成し遂げたいというマルティンの願望は、一方でこうした凡庸で一般化されたありふれた物語を形成しようとするが、しかし他方でそのためには彼は、その幼年時代からクリミア、ギリシャ、ヨーロッパへと続く亡命の旅のなかで、冒険の具体的細部を繋がりのない偶然のなかから拾い集めざるを得ないのだ。それらの細部は本来偶然に結びつけられたものでしかなく、「繋がりなき繋がり」「無関係という関係」にあるのだから、この細部の繋がりのレベルでの「冒険」にはじつは、真の意味も目的も初めからありはしない。

この意味や目的を欠いた純粋な細部の繋がりとしての「冒険」を、小説の世界のなかにそのまま実現して見せること——これこそが、マルティンの「冒険」のアクチュアルな意味なのである。だからこそマルティンは、政治的な目的や関心をまったく持たないのに、いや、持たないからこそ「ズーアランド＝ソ連」の国境に潜入しようとする。これはいわば純粋に形式的で無根拠な、「潜入」という具体的な細部だけを肥大化させた「冒険」なのであり、こうした偶然でばらばらな具体的細部の繫がりなき繫がりだけを使って、純粋に目的を欠いた無根拠な冒険物語を長篇のプロットとして構成する、という困難な課題の遂行こそがまさに、マルティン（および作家ナボコフ）にとっての腕の見せ所、すなわち小説的「偉業」ということなのだろう。

「偉業《ボードヴィク》＝旅」としての文体

このように、陳腐で一般化され手垢にまみれた政治的観念《イデオロギー》や実利的目的とは切り離された、純粋かつ具体的な「冒険」的細部のみの肥大こそが、マルティンにとっての（そしてナボコフにとっても）「偉業」にほかならないわけだが、こうしたプロットの構成のために欠かすことのできないのが「旅」のテーマだろう。

一般に「冒険」と「旅」が深く結びついていることは言うまでもないが、旅というものはそもそも、さまざまな場所を移動して、そこでばらばらな物事と偶発的に遭遇する行為にほかならず、偶然の細部どうしの「繋がりなき繋がり」を自然に小説の内部に導入しうる効果的な仕掛けとして、それがこの作品のなかできわめて大きな役割を果たしていることは一目瞭然だろう。じつは、この意味で非常に興味深いことなのだが、ロシア語の「偉業《ポードヴィク》」にはもともと、「旅」や「移動」という意味が含まれているのである。

「ポードヴィク podvig」という語には、ロシア語の dvigat'（「動く」）や sdvig（「移動」）と同じ、運動を意味する要素 dvig が含まれており、現在は「偉業」や「功績」といった意味でしか使われないものの、一九世紀前半に民俗学者ダーリが編纂した著名な民衆語の辞書には、「ポードヴィク」の意味として「旅行」、「動き」が挙げられている。じつはロシア語で創作していた時期に、この辞書をナボコフがつねに参照していたことはよく知られており、実際『偉業』のなかでも、ペダンティックなロシア文学の教授アーチボルド・ムーンや彼に感化されたマルティンが、この辞書に載っている特殊な語彙や用法を楯に、まわりの人たちを煙《けむ》に巻く様子が繰り返し描かれている。そんなナボコフが、まさかダーリの辞書にある「偉業《ポードヴィク》」の意味を意識していないとは到底考えられないだろう。英語版の《Glory》ではそのニュアンスは失われてしまうが、ロシア語の『偉業《ボードヴィク》』という題名は、この小説のなかで遂行されようとする「偉業」が、旅や移動という偶然の細部との遭遇によってしかもたらされないものであることを示唆しているのだ。

こんなふうに、「旅」のテーマと小説の言葉との関係をさらに考えていくと、この小説を綴っている言葉、つまりその文体にそなわった際立った特徴の持つ意味も、かなり明確になってくるのではないだろうか。

ロシア語版の『偉業』には、先ほど触れたように、通常のロシア語ではめったに使われないような特殊な表現や、ダーリが一九世紀前半に採集したような古い民衆的な言い回しが数多く使われていて人工的な印象をあたえるし、その文体が古風なのかくだけているのかすら判別しづらく、語感の時空間的な感覚が攪乱《かくらん》されてしまうだけでなく、その叙述はしばしば、修飾句や複文をいくつも追っているうちに、何が最初に書かれていたのかすら見失ってしまうほどのだらだらとした息の長い文で綴られており、途中でいつのまにか話題が別の事柄に脱線してしまっていることさえ少なくない。

この翻訳ではこうしたロシア語の文体の特徴や印象をできる限り日本語で復元しようと努めたので、こうした長い文章を読み慣れていない読者のなかには、何とも要領を得ない読みにくい文体だと感じた方もおられるかもしれない。だが、じつはこのだらだらと続いていく文体の特徴ほど、『偉業』という小説の本質を何よりも純粋かつ即物的にあらわしているものはないと言うことさえできるだろう。

なぜなら、空想家マルティンの冒険の旅が、曲がりくねった小径をくねくねと進み、その都度そこにある偶然でばらばらな細部を拾いあげてはそれをつぎはぎしていくのとちょうど同じように、この小説を叙述する言葉自体もまた、あちこちに逸れながら紆余曲折《うよきょくせつ》し、そのたびに偶然なディテールを取り込み、ばらばらな細部を寄せ集めて肥大化させ、「繋がりなき繋がり」を増殖させていくからだ。

いわばこの小説では、叙述の言葉そのものが、「偉業＝旅《ポードヴィク》」に特有のくねくねと蛇行する暗い森の小径を擬態するように綴られているのであって、「ズーアランド」へのマルティンの冒険が純粋な冒険的細部の寄せ集めにすぎず何の目的地も意味も持たないのと同様、だらだらとつづく逸脱の多い文体にも、最終的な目的地や到達すべき意味など元からない。なので、読者はむしろ難しく考えずに、この文体の迷路のような紆余曲折に身を委ねて、くねくねした暗い森の小径にみずからも迷い込むような感覚で、言葉の「偉業＝旅《ポードヴィク》」を純粋に楽しめばよいのである。

ちなみに、一九七一年の英訳版『栄光』は、内容的にはかなりロシア語版に近い翻訳にはなっているものの、「細部にいたるまで原文のとおりに」というナボコフの言葉とは裏腹に、章立ての分割も一部変えられているし、ロシア語のテキストで読むと感じられる、こうした人工的で不自然な密度の濃い文体独特の感触や、ロシア語独自の駄洒落《だじゃれ》、複文の絡み合ったうねるように息の長い文章は、当然ながらかなり違った印象を与えるものになっているように感じられる。

またこうしてみると、この『偉業』という小説にチェーホフの名が頻出することも、やはり偶然とは思えなくなってくる。チェーホフの作品は、出来事の派手で劇的な展開が注意深く避けられたり、登場人物たちの言葉や思惑がかみ合わないことで知られているのだが、大学で「文学」を専攻するのを避けようとしたマルティンが、そうしたチェーホフの作品を日ごろから愛好しているだけでなく、『犬を連れた奥さん』のなかの、ヤルタの突堤の混雑のなかで柄付き眼鏡をなくしてしまう印象的だがごく些細なエピソードをこよなく愛していることは、いかにも文学然とした大仰な物語をしりぞけて、どうでもいい無内容な冒険的細部の増殖のなかで自分自身を「なくして」しまうマルティンの「偉業＝旅《ボードヴィク》」と、どこか思いがけず響き合っているように思えてならないのだ。

光文社古典新訳文庫版のナボコフの他の作品をすでに読まれた勘の鋭い読者のなかには、ここに述べてきたような、偶然でばらばらな細部どうしの「繋がりなき繋がり」という『偉業』の物語の一見奇妙な特性が、『カメラ・オブスクーラ』の「見えていない」はずのものを「見える」と錯覚してしまう登場人物たちや、『絶望』における、「似ていない」もののあいだになぜか「類似」を発見してしまう主人公のあり方と、どこかきわめて似かよっていることに、すでに気づいた方もおられるにちがいない。いずれの場合も、無意味で関係のない何かに勝手な関係を設定してしまう、という点に看過できない共通性があるからだ。

こうしてみると、繋がっていないはずの細部が繋がり、同時に繋がっているはずの細部がじつは繋がっていない、という関係のあり方の探求が、ナボコフの創作方法の基底にあるきわめて重要な動力であることはもはや疑う余地がないように思えるが、もしそこに何か違いがあるとすれば、『カメラ・オブスクーラ』や『絶望』の主人公たちが定型的な物語に囚われて、「見える」ものや「似ている」ものがじつはばらばらで無根拠な詐術にすぎないことに目をつぶり、その結果破滅していくのにたいして、

『偉業』のマルティンがこのばらばらな無根拠さを純粋に肯定することで、いわば積極的にその無根拠さに殉じてみずからも姿を消していくことなのだろう。ナボコフ自身が後の一九六六年にあるインタヴューで述べているとおり、マルティンは最初から「冒険のための冒険」しか目指しておらず、「だれにも必要のない頂上を取りに行こうとしている」だけであり、おそらく小説の物語のそうした無意味さ、無根拠さの純粋な肯定をこそ、ナボコフは「偉業」と呼んでいるのである。

なお、この『偉業』を読んでナボコフの小説に関心を持たれた読者には、光文社古典新訳文庫版の『カメラ・オブスクーラ』、『絶望』とともに『ナボコフ全短篇』(作品社)を読むことをぜひお勧めしたい。とりわけ、短篇のごく限られた紙数のなかでは、偶然の細部どうしが増殖し、繋がりなき繋がりのネットワークを無根拠に形づくっていく様子が、様々な角度から濃密に体験できるにちがいない。

この翻訳は、二〇〇〇年にサンクト＝ペテルブルクで出版されたロシア語期ナボコフ全集のテキスト(*Набоков В.В.* Русский период. Собр. соч. В 5 тт. Т. III. СПб., 2000.)を底本とした。

ナボコフ年譜

一八九九年

四月二二日（露暦一〇日）、サンクト＝ペテルブルクの貴族の家庭の第一子として生まれる（下に四人の弟妹）。父ウラジーミル・ドミートリエヴィチ・ナボコフは法学者で、後に立憲民主党創設に参加、二月革命時には臨時政府の閣僚も務めた。母はエレーナ・イワーノヴナ。英国びいきの家庭で、幼少時から英国人家庭教師による養育をうけ、ロシア語より先に英語を習得したという。また、幼少期よりチェス、テニス、ボクシングなどに親しむ。

一九一一年　一二歳

ペテルブルクにあった私立の中等学校テニシェフ校に入学。詩作と蝶の研究に熱中。テニシェフ校は英国風の自由主義的な校風を持ち、商業者・企業家などの子弟を多く集めた。ナボコフは、当時テニシェフ校の教師であり象徴派のマイナー詩人でもあったワシーリイ・ギッピウスから薫陶を受けたとされる。

一九一六年　一七歳

一〇月、死んだ伯父の遺産を元手に『詩集』を自費出版。

一九一七年　一八歳
革命直後、一家は革命を避けてクリミア半島のヤルタ近くに避難。当時クリミアに在住の象徴派詩人で画家、美術批評家でもあったマクシミリアン・ヴォローシンと交流。

一九一九年　二〇歳
四月、赤軍の進攻にともないクリミアを脱出、ギリシャからマルセイユに逃れ、パリ経由でロンドンに渡り、一〇月、ケンブリッジ大学トリニティ・カレッジに入学、動物学やフランス文学を専攻した。家族はその後ベルリンに移住。

一九二一年　二二歳
ベルリンのロシア語新聞「舵」に定期的に寄稿。「V・シーリン」の筆名をはじめて使用。

一九二二年　二三歳
三月、ベルリン・フィルハーモニー・ホールで講演中の亡命ロシア人政治家ミリュコフを狙った銃撃事件が発生、講演者を庇おうとした父が銃弾をうけ死去。ケンブリッジ大学を卒業したナボコフはこの年の夏ベルリンに移り住み、以後英語の家庭教師やショーの脚本執筆などで生計を立てる。スヴェトラーナ・ジーヴェルトと婚約。詩集『房』を出版。

一九二三年　二四歳
スヴェトラーナとの婚約、相手方より

破棄される。詩集『天上の道』出版。
ルイス・キャロル『不思議の国のアリス』を翻訳。母エレーナがプラハに移住。

一九二五年　二六歳
四月、ユダヤ系ロシア人亡命者ヴェーラ・スローニムと結婚。

一九二六年　二七歳
三月、初の長篇小説『マーシェンカ』をベルリンで出版。一部の亡命ロシア人批評家から高く評価される。

一九二八年　二九歳
小説『キング、クイーン、ジャック』をベルリンで出版。

一九二九年　三〇歳
一〇月から長篇『ルージン・ディフェンス』をパリのロシア語雑誌「現代雑記」に連載開始。

一九三〇年　三一歳
短篇集『チョルブの帰還』をベルリンで出版。中篇『密偵』を「現代雑記」に発表。

一九三一年　三二歳
小説『偉業』を「現代雑記」に連載開始。

一九三二年　三三歳
小説『カメラ・オブスクーラ』を「現代雑記」に連載開始。

一九三四年　三五歳
小説『絶望』を「現代雑記」に連載開始。五月、長男ドミトリイ誕生。『カメラ・オブスクーラ』が仏訳される。

一九三五年　三六歳
小説『断頭台への招待』を「現代雑記」に連載開始。

一九三六年　三七歳
『カメラ・オブスクーラ』英訳出版（ウィンフレッド・ロイ訳）。『絶望』単行本、ベルリンで刊行される。

一九三七年　三八歳
ナチスの支配するドイツを逃れ、五月、家族でフランスに移住。戯曲『事件』執筆。小説『賜物』を「現代雑記」に連載開始。『絶望』をみずから英訳出版。

一九三八年　三九歳
『闇のなかの笑い』（『カメラ・オブスクーラ』）をみずから英訳。初の英語による小説『セバスチャン・ナイトの真実の生涯』執筆。戯曲『ワルツの発明』を「現代雑記」に発表。短篇集『密偵』出版。

一九三九年　四〇歳
五月、母プラハで死去。『魅惑者』、『孤独な王』執筆開始。

一九四〇年　四一歳
『孤独な王』の断片を「現代雑記」に掲載。五月、スタンフォード大学に職を得てアメリカに移住。批評家エドマンド・ウィルソンの知遇を得る。ハーバード大学比較動物学博物館非常勤の職に就く。

一九四一年　四二歳
『セバスチャン・ナイトの真実の生涯』をアメリカで出版。五月末、ニューヨークからアリゾナ経由でカリフォルニアへの大陸横断自動車旅行に出発。夏、スタンフォード大学で講義。秋、ウェレズリー大学での講義開始。

一九四二年　四三歳
ハーバード大学比較動物学博物館の常勤研究員となる。

一九四三年　四四歳
グッゲンハイム助成金を獲得。

一九四四年　四五歳
評論『ニコライ・ゴーゴリ』、訳詩集『三人のロシア詩人たち』を刊行。

一九四五年　四六歳
アメリカ市民権を獲得。

一九四七年　四八歳
小説『ベンド・シニスター』、『九つの短篇』を出版。

一九四八年　四九歳
コーネル大学教授に就任し、以後一九五九年までの一一年間文学を講じる。

一九五一年　五二歳
自伝『確証』を出版。

一九五二年　五三歳
パリで『詩集　一九二九―一九五一年』(露語)を出版。『賜物』(露語)をニューヨークで出版。

一九五三年　五四歳
グッゲンハイム助成金、アメリカ芸術文芸協会助成金を獲得。

一九五五年　五六歳
アメリカで出版を拒否されたため、小説『ロリータ』をパリで出版。

一九五六年　五七歳
短篇集『フィアルタの春』をニューヨークで出版。

一九五七年　五八歳
小説『プニン』を出版。

一九五八年　五九歳
レールモントフ『現代の英雄』英訳をみずからの序文をつけて出版。短篇集『ナボコフの一ダース』出版。『ロリータ』がアメリカで刊行され、大きな話題となり世界的名声を獲得した。

一九五九年　六〇歳
『断頭台への招待』を英訳。コーネル大学を辞職し、以後スイス、モントルーのレマン湖畔にあるホテルに居を移し執筆に専念。

一九六〇年　六一歳
中世ロシアの叙事詩『イーゴリ軍記』を注釈付きで英訳。

一九六二年　六三歳
小説『青白い炎』を出版。スタンリー・キューブリック監督により『ロリータ』が映画化される。ナボコフはみずから『ロリータ』の映画用台本を用意したが、採用されたのは一部だった。

一九六三年　六四歳
『賜物』を英訳し出版。

一九六四年　六五歳
プーシキン『エヴゲニイ・オネーギン』英訳とコメンタリーを四巻本で刊行。この本をエドマンド・ウィルソンが厳しく批判。『ルージン・ディフェンス』を『ディフェンス』として英訳。

一九六六年　六七歳
短篇集『ナボコフの四重奏』を出版。『絶望』改訳を出版。

一九六七年　六八歳
回想録『記憶よ、語れ』出版。『ロリータ』を露訳しアメリカで出版。

一九六九年　七〇歳
小説『アーダ、あるいは情熱――ある家族の年代記』を出版。

一九七〇年　七一歳
『詩とチェス・プロブレム』出版。『マーシェンカ』を『メアリー』として英訳。

一九七一年　七二歳
『偉業』を『栄光』として英訳。

一九七二年　七三歳
小説『透明な事物』を出版。ノーベル賞作家ソルジェニーツィンが、ノーベル賞選考委員会にナボコフを推薦する書簡を送る。

一九七三年　七四歳
ロシア語期の短篇を英訳した『ロシア美人その他のストーリー』、インタヴュー集『ストロング・オピニオン』出版。

一九七四年　七五歳
小説『道化師をごらん』、『ロリータ――映画台本』出版。

一九七五年　七六歳
短篇集『暴君殺しその他のストーリー』を出版。

一九七六年　七七歳
短篇集『ある日没の細部その他のストーリー』を出版。
一九七七年　七八歳
風邪を悪化させ気管支炎となり、七月二日、ローザンヌの病院で死去。
一九七八年
ライナー・ヴェルナー・ファスビンダー監督が『絶望』を映画化。
一九八〇年
『ヨーロッパ文学講義』、『ナボコフ―ウィルソン書簡集　一九四〇―一九七一』出版。
一九八一年
『ロシア文学講義』出版。
一九八三年
『ドン・キホーテ講義』出版。
一九八四年
『妹との往復書簡』（露語）出版。
一九八六年
『魅惑者』英訳出版。
二〇〇九年
一九七〇年代半ばに書かれた未刊の草稿『ローラのオリジナル』出版。

訳者あとがき

このほど光文社古典新訳文庫から、あらたに初期ナボコフの長篇『偉業』を読者のお手元にお届けできることになった。この文庫でのナボコフの翻訳はこれで三作目となる。『カメラ・オブスクーラ』、『絶望』に続き、若きナボコフの技巧を凝らした秀作を、広くより多くの読者に気軽に手に取っていただけるようになったことは、訳者にとっては喜ばしいかぎりである。

解説にも書いた通り、本書も前二作同様、ロシア語版オリジナルから直接翻訳したものであり、この作品では後の英語版とのあいだでテキストに大きな改変や異同はないものの、初期のロシア語版特有の文体の雰囲気やロシア語独特の言い回しの面白さなど、可能な限り訳文に反映させようと努めたつもりである。英語版の邦訳『青春』と読みくらべて、どこに違いがあるか、細部に目を凝らして探すのも、ナボコフの小説のファンにとっては楽しい作業となるにちがいない。

　ただ、翻訳作業は予想外の困難をきわめ、結果的に長い時間を要してしまった。一見すると『偉業』は、ナボコフの他の長篇にくらべればプロットも平易で、扱われるテーマも幼年時代や恋愛、旅や学生生活など、比較的親しみやすいものなので、ナボコフの初心者のための入門書としては最適な本のようにも思えるのだが、じつは解説にも記したように、うねるようにあちこちに脱線していく独特の息の長い文や、古い辞書にしか載っていない特殊な語彙や言い回しを多用した密度の高い人工的なスタイルなど、非常に凝った文体をそなえていて、それをなるべく忠実に再現しながら、かつ読みやすい日本語の表現に置き換えるのは容易なことではない。

　ナボコフの作品はどれも凝った文体で書かれてはいるが、とりわけ『偉業』のうねるような息の長い文体は、それが暗い森へと通じるくねくねした小径や、マルティンの亡命の旅がたどる紆余曲折の道程をいわばそのまま言葉で擬態することで、この小説のテーマをじかに体現している大切なものなので、通常の翻訳でよくあるように、単に読みやすさのためだけに文を短く切ってしまったり、意味を取りやすくするためだけに語順や副文の位置関係を勝手に入れ替えてしまったのでは、この小説最大の魅力のひとつがさっぱり伝わらなくなってしまう。

そのために、翻訳作業の開始から刊行にこぎつけるまで三年近くもの歳月が経過してしまったが、この努力がどの程度実を結んだのかについては、いつものように首を洗って読者からの評価を待つほかない。この小説の文体の不思議な魅力を少しでも読者に感じていただけるなら、訳者としてこれにまさる幸せはない。

もともと、光文社古典新訳文庫でナボコフの翻訳を刊行しはじめたのは、長大で複雑な仕掛けを持った『ロリータ』や『青白い炎』など、こうした小説を読み慣れていない読者にはいささかとっつきにくいアメリカ時代のナボコフの小説よりもはるかに読みやすく、彼特有の小説技巧や独自の文体も堪能できる初期の作品（しかもその英語版からの邦訳の多くが品切れ状態になっている）をロシア語版の原典から翻訳すれば、より多くの読者にナボコフの魅力を比較的手軽に知っていただけるだけでなく、ロシア語原典独自の雰囲気や、英語の翻訳版との異同などを、コアなナボコフ・ファンにも味わっていただけるのではないか、と考えたからだった。まるでチェーホフの名品のように繊細でこまやかなこの『偉業』という作品もまた、たくさんの読者に愛されることを願ってやまない。

そうした私の奇矯な思いつきを快く受け入れてくださり、三冊もの作品の刊行を推し進めて下さった光文社の駒井稔出版局長、大幅に遅れた訳稿の作成を温かく見守りながら、いつも絶妙のタイミングで叱咤激励してくださった光文社古典新訳文庫編集部の今野哲男さん、訳稿に細かく目を通していただき、刊行にいたるまで貴重な助言をいただいた同編集部の中町俊伸さんには、今回もまた言葉に尽くせないほどお世話になった。ここに心よりお礼申し上げます。

本文中に2か所「ジプシー」という用語が用いられています。民族として差別されてきた歴史があり、今日では「ロマ」と表記されることが多い、配慮の必要な呼称ですが、本書では作品が成立した一九三〇年代という時代背景、古典としての歴史的・文学的な意味を尊重して、原典のままとしました。差別の助長を意図するものではないことをご理解ください。

（編集部）

kobunsha classics
光文社古典新訳文庫

偉業《いぎょう》

著者　ナボコフ
訳者　貝澤《かいざわ》　哉《はじめ》

2016年10月20日　初版第1刷発行

発行者　駒井稔
印刷　慶昌堂印刷
製本　ナショナル製本

発行所　株式会社光文社
〒112-8011東京都文京区音羽1-16-6
電話　03（5395）8162（編集部）
03（5395）8116（書籍販売部）
03（5395）8125（業務部）
www.kobunsha.com

ISBN978-4-334-75342-9 Printed in Japan

いま、息をしている言葉で、もういちど古典を

長い年月をかけて世界中で読み継がれてきたのが古典です。奥の深い味わいある作品ばかりがそろっており、この「古典の森」に分け入ることは人生のもっとも大きな喜びであることに異論のある人はいないはずです。しかしながら、こんなに豊饒で魅力に満ちた古典を、なぜわたしたちはこれほどまで疎んじてきたのでしょうか。

ひとつには古臭い教養主義からの逃走だったのかもしれません。真面目に文学や思想を論じることは、ある種の権威化であるという思いから、その呪縛から逃れるために、教養そのものを否定しすぎてしまったのではないでしょうか。

いま、時代は大きな転換期を迎えています。まれに見るスピードで歴史が動いていくのを多くの人々が実感していると思います。

こんな時わたしたちを支え、導いてくれるものが古典なのです。「いま、息をしている言葉で」――光文社の古典新訳文庫は、さまよえる現代人の心の奥底まで届くような言葉で、古典を現代に蘇らせることを意図して創刊されました。気取らず、自由に、心の赴くままに、気軽に手に取って楽しめる古典作品を、新訳という光のもとに読者に届けていくこと。それがこの文庫の使命だとわたしたちは考えています。

このシリーズについてのご意見、ご感想、ご要望をハガキ、手紙、メール等で翻訳編集部までお寄せください。今後の企画の参考にさせていただきます。
メール　info@kotensinyaku.jp

光文社古典新訳文庫　好評既刊

カメラ・オブスクーラ
ナボコフ
貝澤　哉　訳

美少女マグダの虜となったクレッチマーは妻と別居し愛娘をも失い、奈落の底に落ちていく……。中年男の破滅を描いた、『ロリータ』の原型で初期の傑作をロシア語原典から。

絶望
ナボコフ
貝澤　哉　訳

ベルリン在住のビジネスマンのゲルマンは、プラハ出張の際、自分と〝瓜二つ〟の浮浪者を偶然発見する。そしてこの男を身代わりにした保険金殺人を企てるのだが……。ナボコフ初期の傑作！

白夜／おかしな人間の夢
ドストエフスキー
安岡　治子　訳

ペテルブルグの夜を舞台に内気で空想家の青年と少女の出会いを描いた初期の傑作「白夜」など珠玉の4作。長篇とは異なるドストエフスキーの〝意外な〟魅力が味わえる作品集。

地下室の手記
ドストエフスキー
安岡　治子　訳

理性の支配する世界に反発する主人公は、「自意識」という地下室に閉じこもり、自分を軽蔑した世界をあざ笑う。それは孤独な魂の叫び声だった。後の長編へつながる重要作。

スペードのクイーン／ベールキン物語
プーシキン
望月　哲男　訳

ゲルマンは必ず勝つというカードの秘密を手にするが……現実と幻想が錯綜するプーシキンの傑作『スペードのクイーン』。独立した5作の短篇からなる『ベールキン物語』を収録。

★続刊

薔薇の奇跡　ジュネ／宇野邦一・訳

「聖性とは、罪の道を通じて天国にいたる過程において、初めて確かめられる」。薔薇＝美しい死刑囚をめぐる同性愛、濃厚な激情と思い出が交錯する驚異の書。監獄という闇に愛と〈奇跡〉を発見し続けたジュネによる自伝小説が待望の新訳で蘇る！

ナルニア国物語② ライオンと魔女と衣装だんす　C・S・ルイス／土屋京子・訳

戦火を逃れて田舎に疎開してきた四人きょうだいが預けられたのは、変わり者の教授が住む大きな屋敷。古い衣装だんすの中に入り込むと、そこはなんと雪に閉ざされた、白い女王が治める国だった……「ナルニア」で最も有名な第二巻。

ピノッキオの冒険　コッローディ／大岡 玲・訳

ディズニー映画などで親しまれるイメージが一変!? 十九世紀後半イタリア統一の歴史を背景に描かれる元祖ピノッキオには、不条理で陰惨な境遇を生き抜く新たな救世主像が体現されていた！ 誰もが知る童話の真の姿を、画期的な翻訳で。